丛书主编　阎晶明

主　编　黄德海

2023
太阳鸟文学年选

中国随笔精选

开阔的人间

辽宁人民出版社

图书在版编目（CIP）数据

开阔的人间：2023中国随笔精选 / 黄德海主编 . —沈阳：辽宁人民出版社，2024.1
（太阳鸟文学年选 / 阎晶明主编）
ISBN 978-7-205-10976-9

Ⅰ. ①开… Ⅱ. ①黄… Ⅲ. ①随笔—作品集—中国—当代 Ⅳ. ①I267.1

中国国家版本馆CIP数据核字（2023）第241459号

出版发行：辽宁人民出版社
地址：沈阳市和平区十一纬路25号　邮编：110003
电话：024-23284300（发行部）
http://www.lnpph.com.cn
印　　刷：辽宁新华印务有限公司
幅面尺寸：145mm×210mm
印　　张：8
字　　数：188千字
出版时间：2024年1月第1版
印刷时间：2024年1月第1次印刷
责任编辑：娄　瓴
装帧设计：丁末末
责任校对：冯　莹
书　　号：ISBN 978-7-205-10976-9
定　　价：58.00元

让文学闪烁出更加多彩的光泽

◎ 阎晶明

辽宁人民出版社的太阳鸟文学年选丛书又要跟读者见面了。

以体裁划分类别，以年度为选编范围，为正在发生的文学进行优中选优的筛选，这是一件读者需要、文学界人士热心为之的工作。各类年选纷纷推出，它们绝不属于选题重复的原因是，当下中国，每一年发表和出版的文学作品不计其数，只有"海量"一词可以作为"定量"描述。即使再热心的读者，哪怕是专业的文学工作者，要从中立刻识别出优与劣，筛选出有价值、可称上乘的作品，也绝非易事，特别是那些散见于文学刊物及报纸副刊的作品，很多人恐怕连接触的时间和机会都没有，文学的年度选本于是应运而生。从众多报刊中选出若干作品，提供给为工作而忙碌、为生活而奔波，却又愿意为文学腾出一点时间、从文学中享受阅读快乐的人们，就是这种年选工作的目的。通过集中阅读与欣赏，读者又可由此打开一个更大的界面，去阅读、欣赏更广泛的文学作品。辽宁人民出版社坚持做这项工作已逾二十年，在读者中建立起了良好的信誉。继续做好这一工作，努力做到优中选优，为读者负责，是编委会的共同责任。

新出版的太阳鸟文学年选，分散文、杂文、短篇小说、小小说、随笔共五卷。承担每一卷编选工作的编委，都是从事文学创作、评论、编辑工作的专业人士。他们具有广阔的阅读视野，是文学动态的及时追踪者，对所选门类的创作有较多介入和较深理解。当然，即使如此，要完成好这一任务也非轻而易举。编选者必须对本年度文学创作全局具有广泛了解和全面掌握，同时还必须具有专业眼光，从大量的作品中寻找出确实能够代表本年度创作水准的作品来。他还应具有公正的态度，处理好个人审美趣味与兼顾不同艺术风格的关系，能够在一个选本里多侧面地呈现和反映过去一年中国文学发生的变化及其多样性。出版社也是基于这些考虑而聘请并组成编委会的。我们希望这些选本能够为读者喜欢和认可，让这些浓缩的精华可以最大程度地展现出中国作家取得的最新创作实践，最大程度展现文学创作的新风貌。

我们正处在一个急剧变化的时代，生活总是展现着新的、更新的一面。经济社会在发展，人们的生活方式在变化。中国与世界的联系越来越紧密，同时也出现许多新的复杂现象和问题。科学技术的迅猛发展极大地改变着我们的生活。全面、深入地了解时代，反映现实，饱满地、准确地描摹生活中的变与不变，绝非易事。但我们仍然要相信，文学是最能够形象生动反映时代生活的艺术。作家是时代脉搏最敏感的感应者，是时代生活的生动记录者。作家从广泛的素材积累中凝练题材主题，通过个人的情感过滤来抒怀，从个人的思想出发对所描写的人与事作出评价，表达态度。这一切的过程中，又无不烙印着时代的痕迹，刻写着社会发展的趋势。从小中总会看出大，小我总是交融于大我之中。党的二十大报告指出，文学艺术要"坚持以人民为中心的创作导向，推出更多增强人民精神力量的优秀作品"。"增强人民精神力量"，就成为对优秀文艺作品的本质要求。文学总是作用于人们精神的，根本上应该是积极的、向上的，满怀着理想和执着信念，给人以力量的。在作家创作与读者需求之间，如何便捷地、快速地嫁接起这种沟通的桥梁，让作家的表达和读者的心声形成呼应，产生精神上的共振，编辑在其中发挥着重要的、不可替代的作用。而我们这些从已发表的作品当中再进行筛选的编选者，同样承担着重要职责。我们希望自己的工作能够体现出这样的真诚，能够让读者感受到这种责任意识。当然，我们更希望的是，读者从这些选本中读到一个特定时期中国当代文学的优秀作品，从中看到一个广阔、丰富的人生世界和情感世界，获得广博的知识和信息，得到美好的艺术享受。

太阳鸟在阳光照耀下展现着精美而多彩的羽毛。愿我们的文学闪烁出更加多彩的光泽！

是为序。

阎晶明

2022 年 10 月 18 日

这开阔的人间，需要开阔的文字

◎ 黄德海

有时候，我们偶尔走出家门，看看深邃的森林，挺拔的雪山，壮观的星空，会觉得世界无比开阔。大部分时间，我们受困在自己的具体处境里，仿佛很难在人间找到条缝隙安顿自己的身心。不只是我们吧，李白"行路难，行路难"的感慨，苏轼"小舟从此逝，江海寄余生"的遥想，还有众多诗文中的郁郁之感，说的也差不多是人活得逼仄的情形吧？

人总难免要在人间生活的，不如意的情形比比皆是，我们就任由这些不如意把我们逼向狭窄的角落？

不妨试着在某个时刻稍微振拔一下，找到一处可以自在呼吸的地方，让自己稍微放松下来，认真领受因开阔而来的光。

这本年度随笔选，不妨就看作一次对开阔人间的揣想。

第一部分的文章，涉及的是历史人物，分别是范蠡、阮籍和柳公权。范蠡的一篇，写的不是他如何成为当时巨富，而是写他面对自己不同性情孩子的处置方法，其间多是无奈，却也有他明快的判断在里面。那个好做青白眼的阮籍呢，似乎也不得不在复杂的社会情景中偶尔随世俯仰。《柳公权的祖辈们》则几乎是简练的柳氏家谱，可以看到一个家族如何在历史里升沉起伏。不用急着感叹人生的无奈，试着从不同的角度设想，在看起来无法选择的命运里，这些人如何一步一步成为了不可替代的卓越者。

第二部分所写，是刚刚逝去的文化大家。马小起回忆公公李文俊的一篇，不讨论老先生的翻译贡献，而是写他日常的点点滴滴，人间的暖意就在这样的点点滴滴里生起。张新颖纪念黄永玉先生的文章，写的是作者跟老人家的交流和感触，由此启人领会正常生活的重要性，体味人生长勤的种种善缘。董强则是从弟子的角度来观看昆德拉的价值和影响，勾勒出一代杰出思想者的动人风采。逝去的他们，都曾跟我们分享这同一个世间，他们的肉身永远离去了，留下的是精神上的缕缕馨香。

第三部分涉及的，则是三位秀出人物。他们是不久前获得世界杯的梅西，刚刚获得茅盾文学奖的孙甘露，还有则是更早些时候获得诺贝尔文学奖的鲍勃·迪伦。经历了多少次的折戟沉沙，梅西终于世界杯加冕，也让他的球王称号在最确切的意义上实至名归。卫毅的文章，写的正是球王的来龙和去脉。那个以先锋小说为人所知，那个被称为"书面语最精粹"的孙甘露，为什么写出了故事惊心动魄、文字行云流水的《千里江山图》？罗昕要探讨的，或许就是这个问题。李皖写鲍勃·迪伦，不谈他的歌，不谈他的音乐，独辟蹊径地讨论他作为乐评人的一面，以此展现他对音乐和时代的思考。

第四部分，用其中一篇文章的名字来说，就是"大地的根须"。何谓大地的根须？朱强《行云》，通过参加堂姐的乔迁致贺，牵连起乡村、城市、家族和每个人生活的往昔与今日，写的是作为家庭的大地根须。琪官《日本留学打工漫记》写自己在日本的留学打工生活，我们能从中看到，人作为大地的根须能够绵延到多远的地方。周齐林《大地的根须》写跟房子有关的事，下面这段话是篇名的出处："一栋百年老屋仿佛古树矗立在大地上，它的藤蔓手指般紧紧抓住地面，它的根须深深扎进大地深处，与大地融为一体。"那些普通人的故事，那些普通得不能再普通的生活，就是大地的根须。

第五部分，写的是大地和大地上的草木。杨占武《贺兰山阙作春秋》记录贺兰山沟谷的故事，以这些故事抵达中国历史的深处。次仁罗布《古道悠悠》写的是茶马古道和羊毛古道，展现这两条大地上的通道对西藏乃至整个中国的意义。阿来《蔷薇科的两个春天》既写诗词中的蔷薇科，更写自己所见的蔷薇科，而正是不同海拔高度上的蔷薇科植物，开出了两个春天。是的，无论山脉、古道还是大地上的任何草木，总是有两个春天，一个在历史和现实的花开花落里消失，一个在关于历史和现实的文字里花开花落。

如果我们感受到了某种现实生活的逼仄，不妨就从书中的这些文字开始，感受一下人间的开阔。

与此同时，或许有必要再次说明一下随笔这种文体。作为"尝试"（essai）意义的随笔，原本就可以无比开阔。就像在这本选集里，写历史人物可以是随笔，纪念逝者可以是随笔，深入的报道和思考可以是随笔，展示大地上人的生活可以是随笔，写大地和大地上的草木也可以是随笔——只有在这个意义上，随笔才不是苛刻的定义，而是无限的可能。

人间需要开阔，文体也一样。这开阔的人间，需要开阔的文字。

是为序。

目录

陶朱公救子

——读《史记·越王勾践世家》

◎ 陈小文

绪 论

太史公写《史记》，有严谨的体例。本纪、表、书、世家、列传，世称五体结构。上起黄帝，下迄汉武，内容丰赡，详略得当，条理分明，全面而系统。但是有一个人物，太史公写他的时候，在五体结构中把握不住他的属性。这个人物就是范蠡。

范蠡助越王勾践称霸，他的事功，比起留侯张良助刘邦称帝，不遑多让。越王勾践对范蠡说："孤将与子分国而有之。"看起来就像京剧里所说的"一字并肩王"的许诺。若如此，将与留侯一般，入世家系列。但是在"事了拂衣去，深藏身与名"方面，范蠡的做法，比张良尤甚，拒绝勾践封赐，挂冠而去。没有传世爵位，难以入世家，这是明显的。然而，范蠡毕竟功高盖世，品行高洁，无论如何他应该像伍子胥那样，在列传中名垂青史。但是在《史记》七十列传里，我们找不到一篇"范蠡列传"。有人可能会说，不对，《史记》里有范蠡列传，在《货殖列传》中。不错，《货殖列传》开篇讲的就是范蠡。但是我还是要争辩，不说其寥寥数语，语不成传，单说列传之名，是商人鸱夷子皮，是巨富陶朱公，而不是与越王勾践打天下称霸的那个范蠡。

这么说来，太史公是不是忽略了范蠡呢？不然。我们读《越王勾践世家》（以下简称《越世家》），差不多勾践一出场，范蠡就出场了，而且在所有关键时刻，范蠡都料事如神。勾践违背范蠡，就失败；遵从范蠡，就成功。

笔者简单统计了一下《越世家》的字数，算上现代标点，有四千五百余字。写勾践的部分，去掉范蠡的内容，一千五百余字。单独写范蠡的部分，字数也是一千五百余字。这一部分内容，独立于《越世家》，相当于列传里的合传。从太史公所花费的笔墨来看，事实上是把范蠡与勾践同等对待，当作"一字并肩王"来写的，远远超出协助其他世家称霸的那些功臣。如果我们用《史记》的体例来说，它应该算作是《越世家》的"合世家"，虽然在题目上没有范蠡的名字。在太史公撰写的《越世家》"颂赞"中，对勾践的评价是："不可谓贤哉！"对范蠡的评语是："名垂后世。"

除了把范蠡与勾践同等对待之外，太史公还有一个让人惊愕的做法，那就是花费大量笔墨写了"陶朱公救子"一事。在写范蠡的一千五百余字中，陶朱公救子就有一千余字，占据了三分之二的篇幅。范蠡作为鸱夷子皮和陶朱公的事迹，这些内容本该属于《货殖列传》，与越王争霸了无干系，不知为何被太史公放在了《越世家》。本文尝试逐段逐句解构它的内容，以期阐明太史公的用意。

陶朱公救子

朱公居陶，生少子。少子及壮，而朱公中男杀人，囚于楚。

少子即小儿子。陶在今山东定陶西北，定陶现在已经是山东菏泽的一个区（为叙述的方便，我们用今天的地名，虽然不是很准确）。朱公的小儿子是在定陶出生的。开篇的这句话非常重要，我们后面再讨论它的意义。

朱公在老年的时候，他的二儿子杀了人，被囚禁在楚国的国都。其时楚国的国都在郢，也就是今天的湖北荆州。朱公派他的小儿子去办这件人命关天的大事。

朱公曰："杀人而死，职也。然吾闻千金之子不死于市。"告其少子往视之。

"职"，《尔雅·释诂上》解作"常"。王念孙认为，这里的"职"也当作"常"讲。"常"的意思是常规，固定不变，用我们今天的话来说就是自然律令。《古代汉语词典》解释说，"职"作"职责"讲，"责"的意思就是分内应做的事，其意与"常"同：自然如此，理所当然。杀人就得偿命，这是杀人者的责任，自然如此，理所当然。

但是，陶朱公又说："然吾闻千金之子不死于市。"听说富贵人家的人，是不能死在刑场上的。听谁说？当然是听"大家"说。

"大家"是谁？是所有人，然而也是无此人。"大家"就在众人之中，预定了一切判断和决定，从"本人"那里卸除一切责任。"大家"能够最容易地负起一切责任，然而当责任到来时，又找不到对事情进行担保的人。"大家"就是听起来无所不在但找起来不曾存在的人。

朱公说："杀人而死，职也。"杀人偿命，欠债还钱，这是自然如此、理所当然的事。"千金之子不死于市"，这是"大家"都说的，质言之，是社会世俗要求富贵之家遵循的行为准则。在古代，"千金之子不死于市"就类似"刑不上大夫"一样。司马迁在《史记·货殖列传》中也进行了说明：

> 故曰："仓廪实而知礼节，衣食足而知荣辱。"礼生于有而废于无。故君子富好行其德；小人富以适其力……人富而仁义附焉……谚曰："千金之子，不死于市。"此非空言也。

这是从社会治理的积极方面来说的。从消极方面来说，如果富贵之家的人在刑场上被斩首，这个家族就会遭受社会舆论的轻视、贬斥和讥嘲，一个大家族从此不能参加任何社会、政治活动。朱公明知杀人偿命理所当然，却又被社会舆论、世俗流言所左右，花费重金让儿子脱罪。朱公明明知道顺从舆论违背了自己的良心，但他是一家之主，不仅要为自己负责，更要为这个庞大的家族负责，他不得不派他的小儿子"往视之"。

> 乃装黄金千镒，置褐器中，载以一牛车。且遣其少子，朱公

长男固请欲行，朱公不听。

在《司马相如列传》里，司马迁写了一个当时的俗语："家累千金，坐不垂堂。"在《袁盎晁错列传》里也写了这个俗语："臣闻千金之子坐不垂堂。""坐不垂堂"的意思是，千金之家的成员，尤其是孩子，不要坐在厅堂的屋檐下，以免瓦片掉下来，砸伤了人。引申为富贵之人，性命金贵，不要涉险。由此可见，家有千金，那是富贵之家。当司马迁写到"黄金千镒"的时候，他的脑海里，一定是有一个基本概念的，那就是超越了富家的财产。可能有人会问，陶朱公拿出这么多钱来救子，岂不是倾家荡产？关于朱公的家产，太史公说："赀累巨万。""赀"即计算。"巨万"，《集解》徐广曰："万万也。"也就是"亿"。朱公的家产累计算起来是亿金，是普通富贵之家的十万倍。

朱公派小儿子去办这个事，小儿子年纪及壮，是能够托付这件大事的。看起来事情很简单，这么大手笔的救子，当然是钱到人回。可是事情却发生了波折。朱公的长子不干了，坚持要自己去办这件事。朱公却坚决不同意。冲突再一次来临，这次是父子之间的冲突。

长子的诉求

长男曰："家有长子曰'家督'，今弟有罪，大人不遣，乃遣少弟，是吾不肖。"欲自杀。其母为言曰："今遣少子，未必能生中子也，而先空亡长男，奈何？"

朱公大儿子说，长子是一家的大管家，长子临大事而不任，定然会被社会世俗之见视为不肖。由此引发的舆论海啸，使长子今后在家庭中的威信将不复存在，地位势必动摇，如此一来，活下去有什么意思呢？所以长子说，如果不派他去，他就自杀。

朱公长子在撒泼胡闹吗？不然。朱公长子是一个心智成熟、经验丰富、卓有主见，同时也是一个稳重的人。在《货殖列传》里，太史公还写道：朱公"后年衰老而听子孙，子孙修业而息之，遂至巨万"。朱公救子时是"年衰老"之时，可见此时长子作为家督，率领一家人经商，取得了巨大的成功。朱公长子是一个非常成功的商人，也当是一个精于算计、长于交涉、行为果决之人。

长子威胁要自杀，是具有身份地位的人为自身尊严所进行的抗争。朱公的妻子知道儿子的决绝之情，劝朱公道，派小儿子去不一定能救回二儿子，却让大儿子先白白地死了，你说怎么办？

朱公为什么不派长子前去？后文有交代，他是基于人的本性的考量，断定长子不是合适之人。

朱公不得已而遣长子，为一封书遗故所善庄生，曰："至则进千金于庄生所，听其所为，慎无与争事。"长男既行，亦自私赍数百金。

范蠡本是楚国人，年轻时在楚国郢都，曾结识了一个朋友庄生。范蠡给庄生写了一封信，请他帮助救助次子。临行前，朱公谆谆告诫长子："到了郢都，把千镒黄金送到庄生的家里，听从庄生的话，千万不要同他发生任何争论。"总而言之，顺其自然，千万不要自作主张。长子虽然点头应允，然而出发时却暗自多带了数百斤金子。

朱公的长子是家督，更是一个成功的商人，社会经验当然是非常丰富的。可是在临行前，朱公还是再三叮嘱，反复交代，仿佛是教育一个第一次出门的未成年人一般。"慎无与争事。"千万不要跟庄生争论。知子莫若父，朱公对长子的禀性是相当了解的，担心儿子会不听庄生的话。

果不其然，长子"亦自私赍数百金"。长子自己也私下带着数百金。"私"的意思是没有跟朱公商量，甚至刻意瞒着朱公，不让他知道。尤其这个"亦"字，更得神韵。"亦"的意思是"也"，"也"表示的是并列，长子潜意识里与父亲争高下，还没有出发，就已经不听朱公的话了。

　　至楚，庄生家负郭，披藜藿到门，居甚贫。然长男发书进千金，如其父言。庄生曰："可疾去矣，慎毋留！即弟出，勿问所以然。"长男既去，不过庄生而私留，以其私赍献遗楚国贵人用事者。

到了楚国郢都，朱公长子得知庄生家在城墙边，料想甚为惊愕。富贵人家都住在城里，住在城边的都是穷人。及至庄家，果不其然，房子周围长满了野草，看起来生活十分贫困。如此贫穷之人，无权无势，如何救出一个杀人犯？长子的心里定然极为失望。但是长子还是听从父亲之言，拿出书信，进呈千金。庄生看完信，对长子说："速速离开楚国，不要停留，如果你弟弟放出来了，千万不要去打听是什么原因。"长子离开庄家后，再也没有去拜访过庄生，但是他也没有听从庄生之言离开楚国，而是在楚国住了下来。又通过亲朋好友打通关节，找到了一个有权有势的达官贵人，将自己私自带来的金子送给了他，请他帮忙救出弟弟。

上文说到，救弟是长子自己要求的，态度极为坚决，目的是维护自己在家中的地位和尊严，就其本心而言，是坚决要完成救弟任务的，否则就会坐实了他的"不肖"。质言之，长子与其说是救弟，不如说是救己。在庄生之外，又求助楚国贵人，他这是要求得一个双保险。

长子为何要求得双保险？不把鸡蛋放在一个箩筐里正是成功商人的定式思维。更何况庄生乃是贫贱之人，在长子看来，父亲所托非人。他要用自己的能力来救弟。一方面是不放心，另一方面是证明自己。

庄生虽居穷阎，然以廉直闻于国，自楚王以下皆师尊之。及朱公进金，非有意受也，欲以成事后复归之以为信耳。故金至，谓其妇曰："此朱公之金。有如病不宿诫，后复归，勿动。"而朱公长男不知其意，以为殊无短长也。

庄生虽然居住在穷街陋巷，家境清寒，但是为人廉洁正直，从楚王到百姓，无不将其尊为国师。当朱公的长子给他金子时，他接了过来，不是要贪墨这些金子，而是以金子为信义，表示他答应了朱公的重托，帮助救子，事成之后再还给朱公。所以当金子送到他家后，他对妻子说："这是陶朱公的金子，就好像病人不斋戒，不参与祭祀，不接近祭物一样，不要动这些金子，事成之后，我们要归还陶朱公。"

朱公与庄生的关系是"故所善"，过去的朋友。朱公拿出千镒金子给庄生，他的意思就是对老朋友有千金重托，庄生接受了千镒金子，表明他接受了老朋友的千金重托。朱公送金和庄生接金，是一种信用行为，而不是一种交易行为。太史公花费不少笔墨，刻意强调这一点，非常重要。

庄生"以廉直闻于国，自楚王以下皆师尊之"。"廉"即清廉，不贪财。庄生虽然接过了金子，但是接而不受，太史公用了一个特别的比喻"病不宿诫"。不仅不贪受，甚至连碰都不碰，像病人不得接触祭物一样。

太史公说，庄生"以廉直闻于国"，如何理解庄生的"直"呢？庄生接受故友之托，帮助杀人犯脱罪，太史公怎么能说他是一个正直的人呢？难道说庄生的正直体现为个人的情义？什么是"直"？许慎《说文解字》的解释："正见也。从十从目。"段玉裁《说文解字注》进一步申说："从十目，谓以十目视者，无所逃也。"在古代，十表示全数，今之所谓十全十美是也。十目所见，意为所有人所见。所有人认同的事情，才是正直的事情。庄生"以廉直闻于国"，以至于举国上下都以他为老师，正说明他之所见，是以国人所见为见，而不是以个人所见为见。春秋时代的确崇尚情义，但是个人情义，绝不能凌驾于国家大义之上。

为什么庄生会接受范蠡的委托，为其子脱罪呢？在让长子拜访庄生的时候，朱公除了让他携带千镒黄金之外，还带了一封信。信中写了什么，太史公在文章的一开头就明说了："朱公曰：'杀人而死，职也。然吾闻千金之子不死于市。'"这里的"朱公曰"没有说明对话的对象。他的对象至少有三：一是朱公对自己说的，坚定他救子的决心。二是对家人说的，告知自己的决定。第三个对象就是庄生，激发对方的义务。

楚王的大赦

庄生间时入见楚王，言"某星宿某，此则害于楚"。楚王素信庄生，曰："今为奈何？"庄生曰："独以德为可以除之。"楚王曰："生休矣，寡人将行之。"王乃使使者封三钱之府。楚贵人惊告朱公长男曰："王且赦。"曰："何以也？"曰："每王且赦，常封三钱之府。昨暮王使使封之。"朱公长男以为赦，弟固当出也，重千金虚弃庄生，无所为也，乃复见庄生。庄生惊曰："若不去邪？"长男曰："固未也。初为事弟，弟今议自赦，故辞生去。"庄生知其意欲复得其金，曰："若自入室取金。"长男即自入室取金持去，独自欢幸。

庄生找机会进宫面见楚王，说："现在某颗星正处在某个位置，对楚国十分不利。"楚王向来信任庄生，问："现在怎么办？"庄生说："只有做一件对人民有恩德的事才能免除灾害。"楚王说："先生回去吧，我将照您说的去做。"于是派人把金库封了起来。朱公长子拜托的达官贵人知道了消息，立即传告："楚王即将发布大赦天下的命令了。"长子问："您是怎么知道的？"达官贵人说："每次大王宣布大赦天下的命令，都要封存金库。昨天晚上，大王派人去封金库了。"朱公长子想，既然大赦天下了，弟弟就会被赦免释放，千金重礼就白给了庄生，而庄生什么事也没有做，还是把金子要回来。于是就去了庄生的家。庄生见到长子，大吃一惊，问道："我不是告诉你立即离开楚国吗？你怎么没有回去？"长子道："我本来就没打算走。当初是为了救弟弟的事来拜访您，现在大家都在说朝廷要大赦天下，弟弟自然就释放出来了。所以来告诉您消息，向您辞行。"庄生知道长子是来要金子的，于是道："你自己到房间把金子拿走吧。"长子立即进到庄生的房间，把金子都拿走了。庄生没有任何拦阻，长子心里既高兴又庆幸。

古代大赦也并非对一切罪犯加以赦免。说是大赦天下，实际上在操作的时候，也有限制。先秦的大赦条件，因为缺乏材料，我们无法详细得知，从后世皇帝发布大赦的诏令来看，对如下一些罪犯不予大赦：一是造反。这是危及王朝安危的重大犯罪，不会赦免。二是故意杀人或者说谋杀犯。三是以下犯上杀亲，包括子孙谋杀祖父母、父母，妻妾杀夫，奴婢杀主等。这是为了维护封建等级制度，古代国家以孝治天下，杀亲是绝对禁止的。除了以上三种之外，还有毒杀、蛊杀、魇魅等，利用这些手段杀人，都是不可赦免的。

由此可见，大赦天下就是以德代法，通过赦免罪犯的罪行，让他们感恩怀德，改过自新，重新做人，从而减少社会矛盾，促进社会和谐发展。这个制度在秦朝至清朝的两千年中，差不多每年都施行一次。在先秦如何呢？或者说，在春秋时代的楚国施行的情况如何？楚贵人说："每王且赦，常封三钱之府。""每当楚王大赦时"，这句话就说明，楚王已经多次采用大赦的方式治理国家，其使用之频繁，已经到了下属官吏掌握其大赦规律的程度。由此可见，大赦天下也是楚国惯常的治理方式，国家经常使用的合法制度。

朱公次子虽然犯了杀人罪，但属于可以赦免的罪行。这一点，我们从"楚贵人惊告朱公长男曰：'王且赦。'"和"朱公长男以为赦，弟固当出也"这两句话中可以看出，无论是楚贵人还是长子，都认为次子之罪，属于大赦之列，"固当出"，是理所当然可以赦免的。

朱公的长子是一个商人，按照商人的逻辑办事。在他看来，朱公是在与庄生做一桩生意。朱公给他钱，庄生拿钱办事。要钱和还钱的细节，太史公的描写非常传神。"庄生惊曰：'若不去邪？'长男曰：'固未也。初为事弟，弟今议自赦，故辞生去。'"长子说："固未也。"本来就没有想回去！这个"固"，我们上文说了，从朱公交给长子这件事以来，长子就没有想按照朱公的方式救人。其次，这个"本来"表明，长子对庄生是赤裸裸的无视和鄙视：我根本就不会走。我凭什么要按照你说的话去做？

庄生的做法也十分惊艳："庄生知其意欲复得其金，曰：'若自入室取金。'"庄生不待长子开口，主动还金，并且让长子自己到他家里去拿那些金子。上文说到，庄生对他的妻子说："此朱公之金。有如病不宿诚，后复归，勿动。"从长子把金子交给庄生到长子取回金子，自始至终，庄生一家真正做到了碰都不碰金子。

与庄生的冷然相反，"长男即自入室取金持去，独自欢幸"。长子的心里，或许想过千万遍如何费尽口舌，才能把钱拿回来，万万没有想到的是，竟然不费一言一语，庄生主动把金子还给了他。"独自欢幸"，一个"幸"字，写尽了长子作为商人的无限算计。

失败的救助

庄生羞为儿子所卖，乃入见楚王曰："臣前言某星事，王言欲以修德报之。今臣出，道路皆言陶之富人朱公之子杀人囚楚，其家多持金钱赂王左右，故王非能恤楚国而赦，乃以朱公子故也。"楚王大怒曰："寡人虽不德耳，奈何以朱公之子故而施惠乎！"令论杀朱公子，明日遂下赦令。朱公长男竟持其弟丧归。

庄生被儿子辈的人出卖，极为羞愤，于是立即进宫去见楚王，说："我前几天跟您说过某星的事，大王说打算用修德的方法来报答上天。可是我今天出门，听路上的人都在说，定陶的富商朱公的儿子杀人，囚禁在楚国，他家里人拿了许多金钱贿赂大王身边人，所以大王不是为了体恤我们楚国人而颁布大赦天下的诏令，而是为了要赦免朱公的儿子。"楚王闻言大怒，下达诏令，杀掉朱公的儿子，第二天才颁布大赦令。结果，朱公长子只能拉着弟弟的尸体回家。

至，其母及邑人尽哀之，唯朱公独笑，曰："吾固知必杀其弟也！彼非不爱其弟，顾有所不能忍者也。是少与我俱，见苦，为生难，故重弃财。至如少弟者，生而见我富，乘坚驱良逐狡兔，岂知财所从来，故轻弃之，非所惜吝。前日吾所为欲遣少子，固为其能弃财故也。而长者不能，故卒以杀其弟，事之理也，无足悲者。吾日夜固以望其丧之来也。”

长子回到家里，他的母亲和邻居都十分悲痛，只有朱公一个人笑了。他说："我本来就知道大儿子一定会害死弟弟。他并不是不爱弟弟，只是他的心中有自己的想法不能舍弃。他从小与我一起劳作，受过苦难，知道生活的艰辛，难以舍弃钱财。至于小儿子，一生下来就看到家中富有，哪里知道钱财是如何来的！所以能够轻易放弃钱财，毫不吝惜。原来我想派小儿子去，就是因为他能够弃财啊！但是大儿子做不到，所以最终害死了弟弟。这是必然之理，用不着伤心悲痛。我本来就天天等着二儿子的尸体回来呀！"

整个事件发生了惊天的逆转。其中的原因值得深入探究。朱公揭示了其中的原因。朱公说，长子之所以不能救回弟弟，是因为他"重弃财"，幼子能救回弟弟，是因为他"轻弃财"。千百年来，人们把重点放在"弃财"二字上，认为朱公长子因为"惜吝"害死了弟弟。然而这种"贪金害弟"的观点，既不符合长子的人设，也完全违背了太史公写作本文的用意。长子是不是一个吝啬的人？上文说到，他花数百金打探消息，是一个出手豪阔的人，并不是一个守财奴。此外，在《货殖列传》中，太史公还写道，朱公家"十九年中，三致千斤，再分散于贫交疏昆弟"。"再"的意思是两次。朱公家两次把三千斤黄金分散给贫穷的朋友和远房亲戚。朱公是家长，决策诚然由他作出，但是长子是家督，事情当然都是他亲办的。由此可见，长子是一个仗义疏财的人。连太史公都表扬说："此所谓富好行其德者也！"那么他为什么舍不得把金子给庄生呢？其实，只要我们仔细阅读文本，就可以看到，太史公说得非常清楚。因为问题不在于"弃财",而在于"重"和"轻"。在长子这里,该弃的财,会毫不犹豫地舍弃,不该舍弃的,他一分都不舍弃,这就是太史公所说的长子"顾有所不能忍者也"。长子不能忍受什么?他为什么不能忍受?

在朱公看来,人的行为处事,是由其本性决定的。人的本性,是在他的成长经历中形成的。长子的成长经历,第一是农民。"耕于海畔,苦身勠力,父子治产。居无几何,致产数十万。"在长子看来,有劳作才有收获,财富都是劳动得来的。相应地,贫穷者都是懒惰无能者。庄生身居穷街陋巷,一贫如洗,应该是一个懒惰无能之辈。长子的成长经历,第二是商人。"复约要父子耕畜,废居,候时转物,逐什一之利。居无何,则致赀累巨万。"商人的本性,就是对价交换。长子给楚贵人数百金,只是打听来一个消息,简直是浪费,但是长子并没有觉得这数百金是浪费,因为他的对价就是打探消息,他付出了金子,得到了消息,买卖按照对价完成了,他也就满意了。庄生就不一样了,拿到那么多金子,"殊无短长",什么都不交代,就打发他走人。长子认为"重千金虚弃庄生,无所为也"。钱财打了水漂,这是他不能容忍的,他必须要把金子要回来。有人可能会问,得知楚王大赦的消息后,长子为什么不问问庄生,为什么有这么凑巧的事,楚王大赦是不是他去说项的。首先长子不可能问,其次即便庄生告知是他的说项,长子也绝不相信,更何况庄生绝对不会告诉他。长子的本性甚至决定了他连向楚贵人打听一下庄生的可能性都没有。所以朱公说:"彼非不爱其弟,顾有所不能忍者也。"长子的不能忍,就是不能忍受懒惰贪婪的人,不能忍受不完成对价交易的人。长子救不回来弟弟，这是"必然之理"，是其本性使然。

陶朱公的笑

二儿子没有被救回来，全家人都非常悲痛，就连邻居也跟着一起悲伤。然而，朱公的反应却让人惊讶："唯朱公独笑。"朱公为什么要笑？这一个"笑"字，非常无情。太史公为什么非要加上这一句不可？虎毒不食子，即便是一个孽子，也是自己的儿子，不悲痛也就罢了，朱公为什么要笑？尤其是最后一句，朱公说："吾日夜固以望其丧之来也。"这么说来，自从同意长子救弟开始，朱公就知道次子必死无疑。朱公为什么还要让长子费尽心力、徒劳无功地走这样一趟？如果这项任务不是救子，那么这是一项什么任务？

朱公在笑什么？我们还是回到文章的开头。次子杀了人，朱公的第一反应是："杀人而死，职也。"杀人应当偿命，次子是应该被判处死刑的。这不是一个父亲的本能反应。一个父亲遇到这种情况，本能的反应必定是，一定要想方设法把儿子救出来，他首先是儿子，然后才是罪犯。杀人偿命，这是执法者的第一反应。对于执法者来说，罪犯就是罪犯，不管他是谁家的儿子。范蠡原是越国的上将军，是军令如山的战将，是令行禁止的执法者。杀人偿命，这是范蠡的第一反应，是他的军人本性决定的。紧接着朱公有了第二反应："然吾闻千金之子不死于市。"这是豪门巨贾的反应。最后才是作为一个父亲的反应。次子虽然是个孽子，但也是自己的儿子，虎毒不食子，一定要把这个孽子救回来，给予他重新做人的机会。

得知次子杀人被囚，朱公就处在深深的纠结和困扰之中。无论是作为上将军，还是作为大商人，严明法纪、信守诺言、担负责任，都是朱公的本性要求。用我们今天的话来说，他必须大义灭亲。用金钱去扰乱司法，是违背良心、违背自己的本性的。当朱公不得已派长子去救子时，朱公就从纠结中解脱出来了：所有的一切都是按照本性在进行，顺其自然，没有比这更顺心的事情了。"杀人而死，职也。"次子担负起他应有的责任，被处死了，维护了正义。"千金之子不死于市"，长子认真地去救了，虽然没有救回来，但是他按照他的本性，尽到了家督的责任。次子能不能救回来，并不重要，重要的是，朱公必须把救子这段程序走完，只有走完这段程序，才能完成每个人的宿命。这也是朱公期望的，所以朱公笑了。

太史公的使命

陶朱公救子是一个民间流传的故事。陶朱公到底是不是范蠡，也是一个有待考证的问题。

历史上，有不少人质疑这一故事的真实性。据《史记会注考证》载，清代学者梁玉绳《史记志疑》引陈大令言："救中子杀人一节，必好事者为之，非实也。徇儿女子之言，而致中男于死，为不仁；以编悴之庄生，而讬以爱子，为不智。岂具霸越沼吴之识，竟失算若是乎！庄生之不廉不直，无足为友，更弗论已。前贤亦尝论之。"陈大令的质疑，是从儒家的仁义礼智的道德方面来审视的，认为这个故事是编造的，反映了历代学者的基本看法。

但如果这个故事如此荒诞不经，那么太史公为什么要用如此大的一个篇幅，把这个故事写进《史记》之中，将其作为正史的一部分？

太史公写作《货殖列传》的主旨是："布衣匹夫之人，不害于政，不妨百姓，取与以时而息财富，智者有采焉。"首先，范蠡在经商之时，固然是"布衣匹夫之人"，普通的老百姓，但是在此之前，他是名满天下的越国大将军，从身份上来说，他诚然是一个商人，但是从其本性来说，他是政治家与商人的合体。其次，救子这个故事，与"政"和"百姓"相关。处理得不好，就如长子所为，只是把它当作一种商业交易行为，就会害己害人害政。

太史公为什么要把一个传说中的救子故事，作为家国天下的大事来写呢？作为国家的史官，《史记》记录的是实际发生的国家大事。太史公把这个民间流传的故事写到正史之中，一定是经过深思熟虑的。我想强调的是，《史记》这本书，不是一个个体的作品，而是太史公作为一个历史学家的使命。

什么是一个历史学家的使命？司马迁作了最好的表述："究天人之际，通古今之变，成一家之言。"这三句话，讲了三个方面，实际上是一而三、三而一的，层层递进，水到渠成。要成一家之言，就得通古今之变，要通古今之变，就得究天人之际。

"究天人之际"是一个历史哲学命题。天与人之间的关系，是中国历史上的一个常规命题。但是到了西汉，它成了一个突出的核心命题。其原因，太史公在《史记·秦楚之际月表》中表述得非常清楚：

太史公读秦楚之际，曰：初作难，发于陈涉；虐戾灭秦，自项氏；拨乱诛暴，平定海内，卒践帝祚，成于汉家。五年之间，号令三嬗。自生民以来，未始有受命若斯之亟也。

昔虞、夏之兴，积善累功数十年，德洽百姓，摄行政事，考之于天，然后在位。汤、武之王，乃由契、后稷修仁行义十余世，不期而会孟津八百诸侯，犹以为未可，其后乃放弑。秦起襄公，章于文、缪，献、孝之后，稍以蚕食六国，百有余载，至始皇乃能并冠带之伦。以德若彼，用力如此，盖一统若斯之难也。

从理论和实践上"究天人之际"的历史事件，没有比范蠡和勾践称霸更有说服力的了。勾践欲伐吴，"范蠡对曰：'上帝禁之，行者不利。'越王曰：'吾已决之矣。'遂兴师"。勾践不听劝告，以为人力无穷，定能胜天，执意伐吴，最后被吴王夫差困在会稽山。此时他的想法与项羽相同，想自杀。在人力没有达到目的的时候，就转而投身天命。范蠡劝住了勾践，后来经过二十余年的努力，最终灭掉吴国，称霸中国。关于天人关系，范蠡的看法独成一家。左丘明《国语·越语下》记载范蠡为勾践出谋划策的话，就是一篇"究天人之际"的论文：

夫国家之事，有持盈，有定倾，有节事。……持盈者与天，定倾者与人，节事者与地。……夫圣人随时以行，是谓守时。天时不作，弗为人客；人事不起，弗为之始。

……

因阴阳之恒，顺天地之常，柔而不屈，强而不刚，德虐之行，因以为常；死生因天地之刑，天因人，圣人因天；人自生之，天地形之，圣人因而成之。

治理国家会遇到三种情况，每种情况都有不同的治理方式。当国家稳定的时候，需要保持强盛，使其长盛不衰。当国家出现危难的时候，需要扭转局势，使其转危为安。当国家发展的时候，需要节制行事，按部就班，不要揠苗助长。保持强盛时，要效法天道，盈而不骄。扭转局势时，要效法人道，能屈能伸。节制行事时，要效法地道，生长有时。聪明贤能的人按照相应的时机行事，就叫作抓住机会。敌国的状态处在强盛时期，没有转衰，就不要起兵去攻打它。敌国的人和谐与共，没有发生任何动荡不安，就不要发其事端，去招惹它。

按照阴阳二气的恒常变化行事，遵从天地的运行规则，柔软但不屈服，强健但不刚烈。奖赏和处罚都按照规则行事，公正公平，前后如一。国家的生死存亡因循天地变化，天道盈而不溢，地道节事不滥，顺者生，违者死。越王勾践"未盈而溢，未胜而骄，不劳而矜其功，天时不作而先为人客，人事不起而创为之始，此逆于天而不和于人"。勾践一意孤行，最终"妨于国家，靡王躬身"。损害国家，危及自身。天地规则因人而发生改变，聪明贤能的人能够根据天地的变化把握时机，获得成功。

在范蠡看来，天地人是治理国家的三种不同方式，这三种方式分别符合天地人的禀性。天盈而不骄，人能屈能伸，地按时而作。在不同的情况下，要按照不同的运作方式行事。要成功就顺从它，要失败就违逆它。

我们看到，在朱公救子的整个过程中，起决定作用的，是人的本性。每个人都是按照自己的本性行事，这个本性，就是人的自然之性，是人自身本有的，他人是不能强加的。所以在太史公看来，顺从自然，这是无可改变的"常理"。但是，太史公在这里又提出了一个更加深入的问题，人的禀性，或者说人的自然之性，是从哪里来的？是与生俱来、无可改变的吗？太史公认为，是后天养成的。这个后天"养成"，并不是修身养性而成，而是在生存的过程中，通过与人和事物打交道形成的，也就是说是在生存的职业中养成的，而不是刻意去修身养性形成的。太史公的这种思想，与范蠡的思想是一脉相承的。天道有常，人通过领会这个"常"而改变事物的发展的"非常"，实现自己的目标。这就是太史公的"天人之际"的思想。朱公救子的故事，就是要从"齐家"方面来阐述太史公的这种"天人之际"的思想。

所以，在总结范蠡的生平时，太史公最后说："故范蠡三徙，成名于天下，非苟去而已，所止必成名。"范蠡一生从越国的大将军到躬耕海畔的农民，再到定陶的富商，发生了三次变化，每一次都取得了巨大的成功，他不是仅仅顺从自然，无所作为，而是通过了解自然之道，奋发有为，所以才能名满天下。

（原载《书城》2023 年第 7 期）

陈小文，商务印书馆总编辑，中国翻译协会第八届理事会副会长。长期从事哲学法学研究，出版著作译作多种。

阮籍的俯仰之间

◎ 刘　勃

《世说新语》中有"任诞"一门，任是任性，诞是放诞，所以任诞的意思，不妨说是不为礼法所拘束，追寻自由的天性。其中说到阮籍：

阮籍遭母丧，在晋文王坐进酒肉。司隶何曾亦在坐，曰："明公方以孝治天下，而阮籍以重丧，显于公坐饮酒食肉，宜流之海外，以正风教。"文王曰："嗣宗毁顿如此，君不能共忧之，何谓？且有疾而饮酒食肉，固丧礼也！"籍饮啖不辍，神色自若。

阮籍在为母服丧期间参加司马昭的宴会，在坐席上喝酒吃肉。司隶校尉何曾也在座，他是个特别讲究礼法规矩的人，于是劝司马昭把阮籍流放到边疆去，这才能弘扬社会正气，突出价值导向。但司马昭说："嗣宗哀伤委顿到这个地步，您不能和我一道为他担忧，怎么还说这种话！再说丧礼的规矩，如果身体有病，本就是喝酒吃肉也不妨的。"

这两个大人物，都是片言之间，就可以决定阮籍命运的人。但阮籍听着他们谈论，一直吃喝不停，神色自若。

这个片段展示阮籍的放诞非常生动，难得的是，司马昭这次表现得宽容而体察人情。

　　其实，司马昭对阮籍赞赏和包容得几近乎宠溺，并不是这次难得如此，而是一贯的。《世说新语》中还有这样的记录：

　　　晋文王称阮嗣宗至慎，每与之言，言皆玄远，未尝臧否人物。（《德行》）

　　　晋文王功德盛大，坐席严敬，拟于王者。唯阮籍在坐，箕踞啸歌，酣放自若。（《简傲》）

　　嵇康也说，讲究礼法的人士看待阮籍，就像对仇人一样，"幸赖大将军保持之"，全靠司马昭保护，阮籍才是安全的。

　　司马昭为什么愿意对阮籍另眼相看呢？

　　和阮籍的家世应该是关系不大。陈留阮氏虽然比嵇康的家族要地位高一些，但也不算门庭显耀的世家，两汉四百年，只有关于这个家族的零星记载（有研究者把一些很可疑的人物也统计进来，总计也不过五人）。何况阮籍还属于阮家一个较为贫困的分支。

　　阮籍的父亲阮瑀，可算是这个家族的第一个名人。阮瑀是"建安七子"之一，而"建安七子"是作为一个文学团体留名后世的。不过应该注意的是，当时文学创作和公文写作不像现在这样属于两个互不相干甚至彼此鄙视的领域，阮瑀更绝非不通世务的文人。作为曹操的秘书，其代表作《为曹公作书与孙权》为挑拨孙、刘关系发挥了重要作用，而阮瑀以曹操口吻写给韩遂的书信，是在马背上一挥而就的，曹操"揽笔欲有所定，而竟不能增损"，可见他是何等深谙曹操心意，而这又必然建立在对当时政治局势的深刻认识之上。

阮瑀于212年逝世时，阮籍才只有三岁，他能够继承父亲的政治觉悟和文学才华吗？

阮籍的文才毫无争议，当时即众口称誉，后世看来，其文学史地位，更远在其父之上。青年阮籍，据说也曾对政治感兴趣，所谓"本有济世志"，但很快就认识到"天下多故，名士少有全者"，把沉迷于醉乡当作自己标准形象了。

借着醉意，阮籍做了许多看来违背礼法或不循常理的事：

阮籍的嫂子回家，阮籍不顾"叔嫂不通问"的礼法，与嫂子道别。面对别人的讥刺时，阮籍回应说："礼岂为我辈设也？"

阮籍邻家酒店的老板娘非常美貌，阮籍常去喝酒，醉了就睡在老板娘身边。老板开始疑心阮籍会有进一步举动，但暗中观察，却发现阮籍终无他意。——显得阮籍只是欣赏女性的美，而并不掺杂性欲。用警幻仙子教导贾宝玉的话说，这是意淫，不是那些"皮肉滥淫之蠢物"可比的。

又如一开头讲的母丧期间喝酒吃肉，更是显著的例子。但母亲下葬的那一天，阮籍吃了许多猪肉，喝了二斗酒之后，突然说了一声"穷矣！"，喷出一口血来。原来阮籍对母亲才是发自天性的至孝，衬托得那些只是形式上谨守丧礼的人，一个个如此虚伪。

阮籍曾对司马昭说，最喜欢东平国的风土。司马昭大喜，当即拜他为东平国相。阮籍骑着一头小驴，优哉游哉到任，但仅仅过了十天，阮籍就又回洛阳去了。

这短短十天不大可能给当地带来什么像样的改变，从阮籍的《东平赋》看，这十天倒是完全败坏了他本来对东平的好印象。但后世文人很愿意想象，醉生梦死的文豪偶一出手，就足以带来跨越式发展。李白有名句云："阮籍为太守，乘驴上东平。判竹十余日，一朝化风清。"

《晋书》说了一句阮籍在东平"坏府舍屏鄣，使内外相望"，这很可能只是为了让自己有更开阔的视野，也让下属可以看见自己，毕竟，阮籍是一个有强烈的"被看"欲望的人。而余秋雨先生就发挥说：

　　阮籍骑着驴到东平之后，察看了官衙的办公方式，东张西望了不多久便立即下令，把府舍衙门重重叠叠的墙壁拆掉，让原来关在各自屋子里单独办公的官员们一下子置于互相可以监视、内外可以勾通的敞亮环境之中，办公内容和办公效率立即发生了重大变化。这一着，即便用一千多年后今天的行政管理学来看也可以说是抓住了"牛鼻子"，国际间许多现代化企业的办公场所不都在追求着一种高透明度的集体气氛么？但我们的阮籍只是骑在驴背上稍稍一想便想到了。

再如，听说步兵校尉这个部门，厨房里藏着数百斛美酒，阮籍就请求担任步兵校尉。按照喜欢拿官职来称呼人的传统，从此大家就往往称阮籍为"阮步兵"了。

阮籍尤其善于通过一些迷人的小动作，给人留下深刻的印象。

比如"青白眼"。眼球上翻，则只见眼白，这是所谓"白眼"；

正眼看人，露出青（黑）色眼珠，则是所谓"青眼"。也就是阮籍善于在一瞬间就让对方明白，我是不是看得起你。著名的案例是，嵇康的哥哥嵇喜去看阮籍，阮籍报以白眼；嵇康本人来，阮籍就青眼有加了。

比如"广武叹"。广武是楚汉相争的古战场，阮籍来这里凭吊，说了一句大话："时无英雄，使竖子成名！"这句话的精妙之处，是气势骇人，理解起来却四通八达：是项羽算不得英雄，让刘邦这个竖子成名呢？还是楚汉时代没有英雄，才让刘、项成名呢？还是刘、项都是英雄，自己生活的这个时代却再没有英雄，才让当今这帮竖子成名呢？……怎么说都是可以的。

好像很有意思，又说不清是什么意思，差不多也是阮籍最突出的特征。

比如"苏门啸"。苏门指河南新乡辉县的苏门山。这在《世说新语·栖逸》里有非常生动的叙述：

阮步兵啸，闻数百步。苏门山中，忽有真人，樵伐者咸共传说。阮籍往观，见其人拥膝岩侧。籍登岭就之，箕踞相对。籍商略终古，上陈黄、农玄寂之道，下考三代盛德之美，以问之，仡然不应。复叙有为之教，栖神导气之术以观之，彼犹如前，凝瞩不转。籍因对之长啸。良久，乃笑曰："可更作。"籍复啸。意尽，退，还半岭许，闻上哂然有声，如数部鼓吹，林谷传响。顾看，迺向人啸也。

阮籍善于"啸"，啸是"蹙口而出声也"，所以其实就是吹口哨。

苏门山出现了一位"真人"，真人本是《庄子·大宗师》里提出的概念，指一种拥有绝高的精神境界的人，魏晋时期，这个词的含义正在往道教神仙转变。但这里用的还是旧义项。

阮籍去拜访这位真人，从黄帝、神农谈起，说到夏商周三代。对魏晋时期的人来说，这两个时代真实的历史都不重要，重要的是这是两种不同类型的理想社会：前者代表无为而治的自然状态，后者注重礼乐教化，所以就又牵涉到当时一个最重要的命题：自然与名教之辨。结果这位真人没有搭理阮籍。

于是阮籍就不谈社会了，谈个人修养，这也有两种不同的类型：一是积极投身社会做一个有贡献的人，二是专注于自己的神秘性修炼达到延年益寿的目的。真人仍然没反应。

于是阮籍开始啸。良久之后，真人终于笑了："再来一段。"

于是阮籍继续啸，尽兴之后，阮籍就走了。

结果走到半山腰，阮籍听到了真人的啸声，那声音不像是一个人在啸，而是几支乐队在合奏，而整个山林与深谷，仿佛都在呼应真人的啸声。

面对这个世界，没什么可说的，不如就一声长啸吧。

这位苏门山真人究竟是什么人物，史料记录颇多歧异，甚至不能排除说，是阮籍为了称述自己的理想境界，把一个并没多么神奇的隐士，夸张成这个样子。

于是阮籍就写了《大人先生传》。

在这篇文章里，阮籍先借大人先生之口，嘲讽了当时的"君子"，把他们比作裤裆里的虱子，顺着裤缝爬动就自以为精通礼法，饿了咬人一口就觉得享受无穷，但哪天把裤子一把火烧了，虱子当然全部跟着完蛋。

然后大人先生又碰到一个隐士，隐士谬托知己，觉得自己的主张和大人先生相近，他痛恨这个黑暗的世界，决定与之决裂，像禽兽一样活着，并像禽兽一样死去。大人先生嘲笑了隐士，他觉得这种对抗毫无意义。

接下来大人先生又遇到了一个樵夫，樵夫发表了一番世事无常的感慨，表达了一种无所谓的人生态度。大人先生评价他说："虽不及大，庶免小也。"

于是大人先生发表了一番极其华丽的议论，表示最高境界的"真人"应该是怎样一种状态。这番议论长达一千七百多字，但比之《庄子》原著里的观点，思想上却很难说有多少增益。以至于钱钟书先生评价说，阮籍和嵇康齐名，要靠诗歌来弥补短板，只谈文章，是"曼衍而苦冗沓"的。

不过对这篇文章可以有另一种观察，文中提到了四种人，前三种都是可以在现实中找到对应的：

第一种人君子，向司马昭提议流放阮籍的何曾就堪称典型。何曾号称"礼法之士"，依据是他给父母的丧事办得特别好，和妻子一年只见面三四次，见面时衣服穿得特别整齐，自己朝南坐，妻子朝北坐，按照礼节行过酒就离开，总之行动特别符合规矩。但同时，他生活奢侈淫靡到了极点，"帷帐车服，穷极绮丽"，每天吃饭要花一万钱，还说没有下筷子的地方。阮籍把这样的人比作裤裆里的虱子，可说是生动而精准极了。

第二种人隐士，那个痛斥这肮脏的世界的隐士，却仿佛"刚肠嫉恶，遇事便发"的嵇康。嵇康说过，自己想效法阮籍，但是做不到。阮籍的诗文里，却没有谈到自己对嵇康的看法。大人先生最后对隐士说："子之所好，何足言哉？吾将去子矣。"阮籍最终的人生选择与嵇康不同，嵇康遇害，当时的形势当然是不允许阮籍哀悼的，阮籍也就并没有写过表达哀思的诗或文章。

第三种人樵夫，其实比较接近于阮籍的自我评价。尤其是"富贵俛仰间，贫贱何必终"一句，仿佛在说如果有人要送我富贵，那接受也就接受了。正如阮籍确实出仕做了官。

第四种人就是大人先生，那是彻底超然物外，是阮籍的理想境界，实际上并不存在。

阮籍身上那些放诞的小故事太动人，以至于让一般人很容易忽视，他的仕宦履历究竟是怎样的。

阮籍对做官确实不甚积极，曹爽辅政时期，曾担任过曹爽的参军，不久后就称病退归田里。当然，这次辞官也可以被认为不是淡泊，而是政治远见：因为曹爽缺乏根基又大权在握，几乎全面得罪了曹魏老臣，即使不由司马氏发动政变，他也很可能会被老臣们联手架空。

曹爽被诛后，阮籍重新出山，先后担任司马懿、司马师、司马昭的从事中郎。从事中郎是大将军、车骑将军这样的顶级军职的参谋官，定员二人，虽然秩禄只有六百石，却是极为紧俏的岗位，其和自己的主官非常亲近，也显而易见。

就从职务看，阮籍就是司马氏的人。

阮籍也参与了一些美化司马氏形象的文化工程，如王沈《魏书》的修撰工作。这书是曹魏的官方史，当然要经过严格的审查，不利于司马氏形象的内容，尤其不能留存于汗青。阮籍也确实不该写的就都没有写。阮籍眼里，历史兴衰本来就是很可笑的，所以描述那些"竖子"时不够忠实，似乎也无伤大雅吧。

阮籍确实有和司马氏搞好关系的必要。嵇康说阮籍"口不论人过"，但礼法之士"疾之如仇"，好像礼法之士是一群没事找事的神经病。但嵇康的说法，有偏袒阮籍的成分，阮籍也许嘴上确实不说，可是诗文中骂起人家来，真是既频繁又恶毒。《大人先生传》是著名的例子，此外如《达庄论》，或者《咏怀诗》中的许多首诗……都用穷形尽相的笔墨，把人家写得猥琐至极。简直可以说，礼法之士之于阮籍，正如于谦的爸爸之于郭德纲。

所以礼法之士把他当仇人，是理所当然的事。阮籍和司马氏搞好关系，就多了一张保护网，可以把很多攻击陷害都消于无形。

当然即使如此，阮籍仍不想完全被当作司马氏一党看，请求担任东平相和步兵校尉，就是这种想保持适当距离的心态的表现。而最重要的典故自然是这个：司马昭为自己的儿子、未来的晋武帝司马炎求娶阮籍的女儿，阮籍不想答应又不敢拒绝。于是喝酒大醉了六十天，到底躲过了这门亲事。

但《晋书》的这条记录，却不能不引人疑窦。一来，连醉六十天，连答应婚事的一瞬间清醒时刻都没有，未免不合常理。二来，司马氏发达之后，联姻对象要么清贵，要么握有实权：如司马师的妻子是泰山羊氏，后来定灭吴之策的名将羊祜，就是司马师的大舅子；司马昭的妻子是东海王氏，老丈人王肃是当时大儒，老丈人的父亲王朗，虽然现在被丑化得不行，但当年也是位至三公的正面人物……和这些人比，阮籍实在也显得卑微了些。还有，司马炎没做成阮籍的女婿，后来娶了弘农杨氏，这个东汉时四世三公的家族，根本不是陈留阮氏可比的。

所以如果《晋书》的说法可信，那也许只能认为，阮籍不是真醉卧，司马昭也不是真求亲。要的就是这个你拒绝了亲事的效果：这样提升了你的声望，也向世人展示，你真的不是我的人。

而我真的求，你不能醉的时刻，终于也就来了，《世说新语·文学》：

> 魏朝封晋文王为公，备礼九锡，文王固让不受。公卿将校当诣府敦喻。司空郑冲驰遣信就阮籍求文。籍时在袁孝尼家，宿醉扶起，书札为之，无所点定，乃写付使。时人以为神笔。

景元四年（263年）十月，司马昭要当晋公了，位相国，加九锡，路人皆知，这是司马氏正式篡位前的关键一步。

但流程还是要走的，皇帝下诏为司马昭加官晋爵，司马昭推辞不受，这时再由公卿大臣"劝进"，于是，就有了一个《劝进表》谁来执笔的问题。

这个人，文坛名声要足够大，而且，越是和司马氏集团有点距离的人，写出来给人感觉越有说服力。

司空郑冲立刻让人去找阮籍。

阮籍当时在袁准家里——就是那个想向嵇康学习《广陵散》而没有成功的袁准——照例又喝醉了，但这次没有醉得不省人事，仍然有写作能力，而且状态绝佳。

阮籍文不加点就写成了《劝进表》，是酒精激发了创作才华，还是早有腹稿，就不知道了。总之，当时大家都说，阮籍真是"神笔"。

这篇文章，阮籍应该还是不想写的，但他既然选择了一直以来让司马昭包庇自己的放纵，这一刻，他其实也就没有选择。正如《大人先生传》里那个仿佛是他自己的樵夫，"虽不及大，庶免小也"，反过来说，小灾患免了，大关节上也就无处遁逃了。

这之后，阮籍的心理负担大约非常沉重。

《劝进表》写于景元四年十月，而阮籍没有活过这一年的冬天，享年五十四岁。

（原载《世说俗谈》，浙江文艺出版社，2023年1月版）

刘勃，著名文史作家，著有《少年读三国》《司马迁的记忆之野》《小话西游》《失败者的春秋》《战国歧途》《不是东西》等书。

柳公权的祖辈们

◎ 和　谷

　　隋朝初年，从河东蒲州北迁至京兆华原的柳昂，也就是柳公权的先祖，仕北周时历职清显，为朝廷所重，为百姓所敬。北周武帝对这位器识过人的名士非常重视，任其为大内史，赠爵文城郡公，致位开府，当朝治事，百僚皆出其下，煊赫称最。

　　北周建德四年，武帝宇文邕亲戎东讨，至河阴遇疾甚重，内史柳昂找来梁武帝时领殿医师姚僧垣，治其痊复。

　　宣政元年，武帝行幸云阳，遂寝疾。乃诏医师姚僧垣赴行在所。内史柳昂私问曰：至尊贬膳日久，脉候如何？

　　姚僧垣对曰：天子上应天心，或当非愚所及，若凡庶如此，万无一全。不久，武帝宇文邕崩。长子宇文赟在父亲死后，面无哀戚，抚摸着脚上曾被父亲惩罚的杖痕，大声对着武帝的棺材喊道：死得太晚了！

　　因父亲武帝对其管教极为严格，曾派人监视他的言行举止，甚至只要犯错就会严厉惩罚。宇文赟即位，是为北周宣帝，暴虐荒淫，甚至五位皇后并立。其间，柳昂尽管"稍被宣帝疏，然不离本职"，还是皇上身边的重臣。

再说，柳昂作为内史，不仅深得皇上的依赖，而且与北周武帝的大将军杨坚私交甚好。有识之士皆以为杨坚是非凡之才，齐王宇文宪便在武帝面前进言，杀杨坚以免后患。杨坚得知，深自晦匿。多亏了内史柳昂与杨坚互通情报，彼此无话不说，北周宗室诸王多次想谋害杨坚都没有成功。

北周宣帝政治腐败，奢侈浮华，同时拥有五位皇后。宣帝先是迎娶隋国公杨坚的长女杨丽华，禅位于长子宇文衍后，自称天元皇帝，杨丽华为天元皇后。宣帝病死，八岁的宇文阐继承皇位，是为北周静帝。作为北周宣帝岳父的杨坚，便以大丞相的身份辅政，趁机将北周重臣外遣，逐渐掌握了朝政。于是，杨坚总领百官，封柳昂为大宗伯。

继而，杨坚受禅代北周称帝，改国号隋，北周亡。自杨坚称帝，改元开皇，建立隋朝，废除北周六官制度，依照汉魏官制改制，授柳昂为上开府。柳昂受任之初，即得偏风，不能治事。疾愈，改任潞州刺史。

官任潞州时，隋朝形势已趋安定，柳昂认为正是乱极思治，可以强化风俗教化，推行劝学行礼的好时机。于是，便郑重地向隋文帝呈了一篇奏章。大意是：听说帝王承受上天的旨命，举办学校定礼仪，能够转变过去的陈旧风俗，形成现在的新风俗。隋文帝看到了柳昂的奏章，颇以为善，即下了一道诏书：建国重道，莫先于学，尊主庇民，莫先于礼。柳昂这道奏章，总算得到了结果，也不枉费他为国家基本政教所费的一番苦心。

柳昂死于冀州任上，可谓鞠躬尽瘁。柳昂死后的归宿，应该是他发轫的京兆华原。这是他当初北迁时就预料到了的。

柳昂之子柳调，即柳公权的曾祖父，历任秘书郎、侍御史。

柳昂在任时，颇多惠政，民感其德，教化风行，隋政府的地方长官，没有几个柳昂式的贤能人物。到了儿子柳调，时朝政不纲，官多贪赃，唯柳调独能清素自持，饶有父风，为时人所美。

柳调也是颇有性格的，对专权时的杨素就毫不客气。有一天，高大威武的杨素，在朝堂上见到身材消瘦的柳调，有点开玩笑的意思说：柳调通体弱，独摇不须风啊！是说，你看你柳调，通体文弱，你不须风吹，独自就这般摇摇晃晃。

柳调感到伤自尊，敛板正色曰：调信无取，公不当以为侍御。信有可取，不应发此言。公当具瞻之地，枢机何可轻发！

意思是，柳调收敛住刚才的微笑，一脸正色，执笏抗言说：照你老人家这么说，柳调好像没有什么可取之处，不当以为侍御史。可柳调自信有可取之处，你老人家不应发此言。你老人家当具瞻之地，何以轻发此言语。

言行，乃君子之枢机。柳调对这位权倾一时的尚书左仆射，是不相附和的。杨素不料，官职比自己低许多的柳调，竟然有此抗议，只能忍其责备而已。可见柳调是有气节之人，随声附和不可以，至于阿谀奉承更与他不相干。

这个得势不容人的杨素，曾对柳氏从兄弟柳机和柳昂说：二柳俱摧，孤杨独耸。让二位长辈无奈，只是苦笑置之。无聊的杨素，又想在二柳的后辈身上一试其贬损的招数，却惊异于柳调不吃这一套，针锋相对，言辞凿凿，使其很没面子，显得无趣。

隋炀帝嗣位，柳调累迁尚书左司郎中。时朝士多赃货，柳调清素守常，然于干用，非其所长。

参阅河东柳氏族谱，柳纯六世孙柳懿之子为柳敏，柳敏之子为柳昂，柳昂之子为柳调。柳调之嫡系后裔失载，也许没有子嗣，或是出了什么事，或因没有功名而不屑于记入族谱，这一支香火无继或无考。那么，柳公权的祖上是从哪一辈开始分支呢？

据柳氏族谱世系表记载，第二十三世柳敏有一个从祖弟，叫柳道茂。柳道茂之子为柳孝斌，柳孝斌之子为柳客尼，柳客尼有二子，长子柳明伟，次子柳明亮。柳明伟有二子，长子柳正巳，次子柳正礼。柳正礼正是柳公权的祖父。所谓从祖弟，指的是同一个曾祖父，也就是堂兄弟的一种。那么，柳道茂与柳敏是同一个曾祖父，即第二十世的柳平。而柳平之后的辈分秩次，却残缺不全，难以梳理，只能大概判断出其间的来龙去脉。

由此也可以想见，北迁京兆华原的柳昂，继之柳调，之后的嫡系子孙也许没有什么建树，沦为庶民。而与柳敏为从祖弟的柳道茂，以至其嫡系后裔柳孝斌、柳明伟，也没有值得书写的官宦履历，莫不也是非官宦之辈。因年代久远，难以甄别，族谱的记载者，也只是猎取有史料记载的名人踪迹续写世系之分支了。

三十年河东，三十年河西，谁也保证不了自己这一支脉一直拥有功名利禄，永垂青史。太阳家家门前照，一支人兴旺了，另一支人衰落了，此起彼伏，枝枝叶叶总是在同一棵柳氏士族的大树上枯荣嬗变，绵延不断。枝杈的交错勾连，也是常有的事。

从迁居华原的柳昂至柳公权的祖父柳正礼，也就是从隋朝初年到唐朝玄宗开元二十年前后，已经有一百五十年左右的漫长岁月。从隋炀帝朝官至尚书左司郎中的柳调之后，这一支脉不管人丁是否兴旺，仕途却不继，无疑被置于唐朝主流社会之外，朝里已无人做官了。

唐朝建立后，属于关中郡姓的河东柳氏，虽说与李唐王朝有这样那样的关联，在宫廷动荡中却也难以避免遭遇不测。柳公权先祖的柳氏另一支脉，在进入唐朝之后，有柳宗元的先祖柳奭官至高宗朝宰相，却晚节不保，以大逆罪被诛。之后虽有朝中重臣，也是几经沉浮。柳氏士族的兴衰，是魏晋南北朝至隋唐士族由盛至衰的缩影。

于是，柳公权祖父的高祖父柳道茂老先生，便蛰居华原柳家原乡间，依靠或协同从祖弟一支人继承并拓展的家业，春种秋收，纳粮进贡，繁衍子孙后代，试图通过科举入仕，以期东山再起，重续先祖拥有的出人头地、功名利禄的荣耀。

一直到一百多年后，柳公权的祖父柳正礼，才从华原乡间出仕为邠州士曹参军、司户参军，实在是不容易。

位居邠州士曹参军、司户参军的柳正礼，掌津梁、舟车、舍宅、工艺，或掌户籍、道路、过所、杂徭、婚姻、田讼、旌别孝悌，知籍方可按账目捉钱，事无巨细，很是忙碌。

柳正礼任职邠州多年，并无升迁回到京都长安做事的机会。早先祖上在长安所置的家业，或年久失修、破落殆尽，或是可以当成一处中转的留宿之所，或已几易其主。好在邠州离华原柳家原不算远，假期还可以回到那片山原的村落，享受天伦之乐。

柳正礼的父亲柳明伟、祖父柳客尼，以至曾祖父柳孝斌、高祖父柳道茂，这几辈已经远离仕途，沦为平民百姓。也许在科举场上屡试不第，回家作务稼穑，或为小吏杂差，不得而知，反正在族谱中似乎不值提说。进入唐朝后的一百年间，历经高祖、太宗、高宗、中宗、睿宗、武周至玄宗，这一支华原柳氏才从社会底层崭露头角，出了一个正七品的士曹参军。

如果论及先祖柳调的尚书左司郎中，以至柳昂的上开府，可谓天壤之别，不可同日而语。从柳调之后家族仕途命运的一落千丈，到百年孤独后的复苏，华原柳氏不啻经过了多么艰难的风雨历程。这一支士族世家由盛转衰，又由衰转盛，始终不曾丢失的是血脉和气节，是家风家学，就像一粒被丢弃的种子，一旦遇到墒情，就会重新发芽，焕发出生命的力量，长成参天大树。

官至邠州司户参军的柳正礼，或是卒于任上，或按规定七十致仕，告老还乡，也许还担当过孙子柳公权的书法启蒙老师，无从知晓。老人家总算为华原柳氏一族争了一口气，虽然在朝中官职低微，顶多是一介七品芝麻官，却从此结束了这一支脉柳氏入唐以来百年不仕的历史，重续隋朝先祖的荣光。

正是柳公权的祖父柳正礼的初步仕途，才开拓了华原柳氏后裔通往唐王朝权力核心的坎坷路径。

从大唐京兆华原柳家原出发的柳子温，乃柳正礼之次子，也就是柳公权的父亲，有朝一日，前往长安做官。

马嵬驿兵变后，唐玄宗西逃，由第三子李亨继位，为唐肃宗，是唐朝第一个在京师以外登基再进入长安的皇帝，在位五年。而当他在宫廷政变中惊忧而死之时，安史之乱仍未荡平。唐肃宗迎回了避乱入蜀的父亲玄宗，父子又在十三天内先后辞世。

大约在唐代宗大历初年，柳公权的父亲柳子温离开京都长安，途经华原柳家原家中，稍加歇息几日，告别家人后继续北上，出任丹州刺史。丹州，即今陕北宜川。

已经官至正六品的柳公权父亲柳子温，在丹州刺史任上政绩如何，史册几无记载。可以想见的是，虽然先祖在隋朝显赫一时，但入唐后皆沉默于世，百年间沦为平民，在仕途上一蹶不振。好在柳正礼步入官场，是华原柳氏重新崛起的好兆头。到了柳子温，必定是珍重历史赐予的好机遇，在官职品位上比父亲高出一筹，没有荫附的优势，也没有依仗权势的社会背景和权力、金钱资源，全凭自己的才智和实干，一个台阶一个台阶地得以擢升，攀登至刺史的位置。

　　地处北方边地的丹州，曾经是羌胡之地，自然环境相对恶劣，多种族人口混杂，没有相当的执政经验和魄力是镇守不住的。身为此地刺史的柳子温，想必既如履薄冰，又权衡左右，殚精竭虑，恪尽职守，才从刺史这一官职上得以引身而退的。

　　史册中罕有柳子温轶事的记述，也许说明他虽没拥有煊赫的政声，也无出入官场的劣迹，只是软着陆地致仕还乡，在华原柳家原偏僻的田园中度过平淡无奇的晚年。但他最为上心的恐怕是教育子孙，以期在功名上青出于蓝，续写他未竟的理想。

　　柳子温的长兄柳子华，乃柳正礼之长子，也就是柳公权的伯父，在官职品位上要比胞弟高一个档次。唐代宗永泰初，柳子华为西蜀判官、成都令，迁池州刺史，寻检校金部郎中，官至修葺华清宫使。

　　柳子华初入仕途，是凭借了西蜀长官严武的提携，也从严武身上体悟到了许多为官的道理。

　　柳公权的伯父柳子华，正是在这个时候当上了严武的西蜀判官。之后，柳子华由成都令任上又远赴江南，迁池州刺史。不久，柳子华从池州回到唐长安，任检校金部郎中。

柳子华官至修葺华清宫使，也是他的最后一个职务。柳子华既然胜任修葺华清宫使，不仅需要周密干练的组织实施才干，尚须有文化底蕴和对建筑艺术的审美水准。无疑，做过判官、刺史、检校金部郎中诸职的他，可能是难得的人选。

"渔阳鼙鼓动地来，惊破霓裳羽衣曲。"天宝十四载发生安史之乱，皇帝玄宗弃京师急携杨贵妃西逃。至此，大唐王朝从历史的巅峰直落而下，华清宫也由盛转衰。柳子华的修葺华清宫使，惨淡经营，不管如何尽职尽责，殚精竭虑，却再也无法恢复昔日大唐王朝的灿烂辉煌。

当朝宰相元载运气正好，欲用德才兼备的柳子华为京兆尹，未拜而卒。其预料到死日将至，已经提早给自己制作好了墓志，人都称他有自知而知人之明。

也就在柳子温长子柳公绰出生第三日，伯父柳子华急切地前往探视，看见大侄儿一双天真而睿智的眼睛，欣慰地笑了。

他转过身对弟弟柳子温说："保惜此儿，福祚吾兄弟不能及。兴吾门者，此儿也。"

伯父柳子华的意思是说：光大我柳家门庭的，是这个儿子。因以起之为字，名公绰。绰，即宽裕，舒缓，宽绰，绰绰有余。而从系，从卓，即长可拖地的丝绸服饰。起之，起来，征兆华原柳氏将从百年的沉睡中起来，续写新生活的远大理想。

父亲柳子温会意地点点头，母亲崔氏自然也乐不可支。

时值唐代宗广德元年，即公元763年。

过了十五年，唐代宗大历十三年，即公元778年，柳子温次子出生，起名公权。

公，上面是八，表示相背，下面是厶，私的本字，与私相背，即公正无私之意。权，繁体为从木，藋声，即权利、权力。

这是一个朝政衰微而文豪辈出的特殊年代。柳公权出生这一年，书法家颜真卿七十岁，文学家韩愈十一岁，白居易、刘禹锡七岁，柳宗元六岁。

（原载《随笔》2023年第4期）

和谷，中国作家协会会员，国家一级作家，有突出贡献专家。著有长篇小说《还乡》《谷雨》《柳公权传》等六十多部，舞剧《白鹿原》《长恨歌》编剧。

独留明月照江南

——怀念我的李文俊老爸爸

◎ 马小起

一

我的李文俊老爸于2023年1月27日凌晨3：30分安详离世。我的先生"傻天使"喃喃地说："再也听不到老爸的声音了。"泪水止不住。我们时而清醒、时而糊涂的老妈，清醒的时候故作坚强地说："你悲伤没用，颓废没用，纪念他最好的方式就是把自己活得好好的。"迷糊的时候，她会问我："爸爸去哪儿了？找不到爸爸怎么办？"而我，甚至不能流露我的悲痛……我失去的是世上我最敬最爱的人；面对的是两个最值得心疼、最需要我爱的人。"悲摧切割""痛贯心肝"这样的词句，一定不是那些能够控制好自己情绪的人想出的，深切的悲伤，是不由己的。

脑子转到老爸爸、又被理性叫停的瞬间，同时会谴责自己：我怎么可以禁止自己想我那么好的老爸爸？我怎敢淡漠了我生命中最大的恩义？我要如何找到一个好的方式，余生都念着我的老爸爸……

此刻我独自在老爸爸的小房间里，坐在他的书桌前，用他生前用过的纸笔，记录着我对他的思念。同时又惊异生命的不可思议，我这样的人何德何能与李文俊老爸有如此神奇而美好的缘分呢？

抬头望墙上老爸爸的遗像，遗像下整齐地摆放着老爸的译著与鲜花，音响里放着老爸喜欢的音乐。午后阳光照耀在他遗像上，面庞上有一道彩色光晕，光影里老爸爸的眼睛与我对视着，嘴角微抿，眼神温和安详，略有悲悯神色，分明是前两天还坐在我面前与我开心说笑的样子啊。

老爸爸还在，他不会舍得真正离开我们。

二

我这一生对自己唯一满意的角色即：我是李文俊老爸爸的儿媳妇儿。

我刚来北京时，在琉璃厂中国书店的四合院里，租了一个不到十平方米的小店铺，主要经营我妹妹马新阳的画作。那时候书画市场挺火，马新阳已是中国艺术研究院博士，是不少画商看好的、作品有升值空间的年轻画家。小店的收入还可以勉强维持我在北京的生存。

开始那几年我住在琉璃厂附近胡同里厕所旁搭的一个小棚子里，活得艰难寂寞自不必说，但毕竟人还算年轻，对生活有许多不切实际的幻想，凭着那股子无知无畏的勇气，又加上实实在在地打开了眼界，接触到了自己真正喜欢的东西，内心倒十分充实，并不把生活本身的艰辛当回事儿，谋生之余大多数时间与精力都用在自学写字上。我对书法与文字有一种与生俱来的狂热爱好，大概因为五岁起我爸就教我写字的缘故，琉璃厂中国书店这样的环境正好为我提供了诸多方便的学习条件。全凭本能与运气执着着，对生命有一种莫可名状的高蹈的理想。似乎也的确越来越见希望，却忽然因为种种原因一下子失去了经济来源，当时手里只有够支撑我在北京生活一两年的房租，也想尽其他办法，却怎么也没有找到别的出路，人仿佛一下子又被推入绝境。

我那时候想，就当在北京再学习一年，大不了钱花光了我就撤了这个小店，只是活下去就简单了。在心里做好了最坏的打算，像条流浪狗一样在北京的街头惶惶不可终日地张望着……正是我人生的至暗时刻。

就在这时有朋友说要给我介绍个男的相亲，我一想这也是条路，就破罐子破摔一样痛快地答应下来。朋友问我有什么要求条件，我想不能错过任何机会，就告诉她是个男的就行，使劲儿介绍，我自己选。

她就把傻天使的联系方式给了我，又介绍了一下傻天使的条件。我不认识人，光看条件，感觉算个机会。结果一见到他，甚是意外，之前就没见过这样的人类。他那时已四十多岁，看上去我还以为是个青涩的大学生，对世界有一种茫然无措的拘谨和不为惊扰的安宁寂静。刘海留得长长的遮住视线，他以为看不到人家，人家就看不到他。与我相亲，进门我请他坐下后一句话不说，一眼也不看我。他不尴尬我尴尬呀，找话跟他讲，他或"嗯"一声，或点头摇头，镇定自若地将沉默进行到底。而我竟不觉得他讨厌，只是忘了认识他的目的，当成多一个安静纯良的小朋友，何况他还是大翻译家李文俊先生的儿子，我不看僧面也得给佛几分情面。于是继续微信联系，固定的那几句，当然人家毕竟还是每天主动联系我的。问："吃饭了吗？"答："吃了。"问："今天忙吗？"答："不忙。"每天问答个两三遍。

有时候赶上我情绪好也会找话跟他说，他倒是可以用文字正常应对，当然我的话题不能太人类。这使我很快明白这个人脑子还是清楚的，只不过缺乏与他人交流互动的能力，而且我发现他也不知道与我认识的目的是什么。问过他，说是老爸让他来和我相亲，因为老爸总让他出来和女生相亲。我一听非但不怨他，反而更来劲了。我卑鄙地想，这样好啊，反正我也不会看上他，但可以通过他认识一下大翻译家李文俊呀。李文俊先生这样的人，对那时候的我而言，是夜空中的星月，我能够望上一眼都会心地明净，荣耀一番。

于是二十天之后，我对傻天使提出："能带我去见见你父母吗？"

傻天使先是为难地问我，到了他家能不能别笑话他们家那一屋子的假古董。我一听乐了，原来人家傻天使已经了解我了呀：眼毒嘴刁。赶紧假意应允，指天发誓，绝不笑话。

就这样第二天晚上，我拎着几支便便宜宜的鲜花来到这个家，见到了传说中的大翻译家"李文俊、张佩芬伉俪"。

一进门老两口已在门口迎接，先是老太太欢呼一声："这么高的个子呀！这么漂亮呀！"惊为天人的表情让她演绎得很到位。老先生笑眯眯地看看我，一副满心欢喜一见钟情的样子。打完招呼让我入座，老先生亲手递上为我备好的巧克力和红酒，并说马上开饭。我想果然很洋派，很绅士，赶紧谄媚地说："我可以先欣赏一下您的收藏吗？这一屋子瓶瓶罐罐真好看呀！"然后用余光扫到傻天使无声地笑到瑟瑟发抖。老先生一听我与他有共同爱好，越发神采飞扬起来，领着我看这个看那个，亲自拿出来给我介绍他那些玩意儿的名堂。我表现出一个一流演员具备的素质，逗得他心花怒放，当场送我一个他的唐代鎏金小铜佛。当然他觉得他的藏品都是真的，并且也是花了大价钱的。我就不是扫兴的人，赶紧当真的千恩万谢地收下。

吃饭的时候，我们仨聊得很投缘，具体什么话题我都忘了，只记得傻天使被我们仨逗得闷笑不止。在我眼里简单极了完全没有味道的几个菜，老先生一直夸："张佩芬今天的厨艺真是大显身手！"我暗想给他当老婆可真有福，太好对付了。

饭后傻天使去洗碗。这时候白发苍苍颤颤巍巍的两个老人一起走到我面前，老先生递给老太太一个蓝丝绒小盒子，老太太打开，双手捧着说送给我。我一看这不正是我梦寐以求的翡翠戒指吗？那么大的满绿老坑翡翠戒面镶嵌在K金指环上。我眼多毒呀，不用再扫第二眼，就知道这是真货无疑，吓得赶紧站起来。我不能接受呀，我怎么拒绝呢？脑子不转了，半天冒出一句话："这是应该送给女儿的，不能随便送人，这个很珍贵的！"老太太说："对，这是我妈妈送给我的，从今天起你就是我的女儿了。"我当场愣在那里喃喃地说："那我先替你收着。"两个人一下子都笑得灿烂起来，那样子好像就算我卷着跑了，他们也还是要送给我，绝无丝毫猜忌犹豫。傻天使这时候洗完碗出来，看着我们三个的样子，竟然一脸孩子气的得意，好像带我回家是他送给了老爸老妈一件满意的礼物。

我傻傻地望着他们仨因为我的到来而满心欢喜的样子，还有这间东西长条的大通间老房子，昏暗灯光下的旧式老家具，书架上整齐的书籍，无处不在的奇形怪状的瓶瓶罐罐……我仿佛一下子回到百年前的空间，陈旧沧桑，却弥漫着经年的纯真气息。忽然暗中悲从中来，两位先生再也不是我仰望的星月，只是两位托孤的老人。

那一刹那我想起《圆觉经》里那一句："非爱为本，但以慈悲，令彼舍爱。"

傻天使送我回家的路上，为了掩饰内心波澜，我一出门就坏笑着对他说："你们家所有的古董，没一样比你爹妈老的。"傻天使又笑到双肩发抖丝毫不介意我违背诺言，于是我越发肆无忌惮地逗他笑了一路。

到了我自己的小窝，我打开那个至少一百年的蓝丝绒小盒子，取出翡翠戒指，恭敬地凝望着……我想我得严肃地对待傻天使了，我挺喜欢他，但没想过，也不想想别的了，而他一定也不知道还有别的。

第二天我问傻天使："我们两个是怎么认识的来着？"

"相亲。"

"相亲的目的是什么呢？"

"结婚。"

"结婚之前你是让我做你的好朋友还是女朋友呢？"

"有区别吗？"

于是我这个难得好好说话的"混不吝"，第一次耐着性子掰开了揉碎了给他讲了做好朋友和女朋友不同的相处方式，并详细地告知他关于我自己的具体条件。他似懂非懂地庄重地说，让他考虑考虑。有生以来我第一次感到作为女性的骄傲被伤害了，居然还有人要"考虑考虑"我。我给他三天时间考虑，又一转念不对，改成三个钟头的时间考虑。看了一下表告诉他，这是夜里十点，开始计时，然后我扔下手机就去洗漱睡觉了。

醒来看到微信留言，是傻天使凌晨三点发来的信息："做女朋友吧。"五个字，我感受到了他要赌上一生的决心，虽然多考虑了两个钟头，但人家毕竟为此一夜无眠，多感人呀！

他开始照着我教他的模式笨拙地和我微信搭讪，我积极配合引导，但没想到三天后见面他就给我一句："领证。"又给我吓了个趔趄。

"领什么证？"

"结婚。"

我不接茬儿，我就想先假装做你的女朋友，然后各种幺蛾子，就你这样的还不得三天就吓昏了。没想到我越荒诞，他越开心，甚至脸上的表情都丰富了，从不说话进步到两三个字两三个字地能跟我互动一下。但每次见面就是"领证""结婚"两个词来回轱辘，我怎么也扯不远他这根筋了，只好让他再带我去见一下他的老爸老妈。我跟他是说不清了，我得对人家老先生有个交代，别耽误人家孩子了。

第二天我打好腹稿心事重重，下午早早地第二次进入这个家门。老先生见到我赶紧迎上来，眼睛亮亮的满是期许，脸上洋溢着从心底生出的欢喜。我不敢看他的眼睛，也没敢先说话。他坐在离阳台写字桌近的转椅上，沉稳自如，我坐在他的侧面，不看他的脸。

终于我鼓起勇气指着傻天使对他说："他现在见到我就求婚怎么办？"老先生淡然回答："你俩不就是要结婚的吗？"我讷讷地说："可是才认识一个月，这也太快了。"他立即说："不快，他已经找了你四十多年了。"我一下卡壳了，心想傻天使娶不上媳妇这事儿都赖上我了。他见我愣住，拍拍我手臂说："放心，他不是坏人。"我说："那你就不怕我是坏人？"他认真地说："你能把字写得那么好，就坏不到哪儿去。放心，我会看。"我心起波澜，无言以对。他也沉默片刻。这时候他的转椅在原地转过来，他的脸正对着我的侧脸，就坐在椅子上深浅适中地给我鞠了一躬："让您受委屈了。"语气淡淡的，却一下子将我击中，忽然泪目，扭过头去……我还能说什么，还能怎样，准备好的一肚子话本来就在见到他的那一瞬全忘了。

从那一刻起我就像被催眠了一样，心里空空的，脑袋木木的，也不记得自己是怎么出门、怎么回家的了。

又过了一周，傻天使来看我，我说你得请我吃顿饭。我俩走在路上，他和我一起走路，总是尾随在我身后半米多的距离，我快他快，我慢他慢。忘了问他什么话，只记得他又咕哝了两字："结婚。"我先是不吭气，快步走着，忽地一下子转过身，凶巴巴、恶狠狠地给了他一个字："结！"他先是蒙了，几秒钟后又抖着肩笑个没够。

几天后我们去领证。那天我的手脚冰凉，心神恍惚，摸摸傻天使的手也是冰冷的。

领完证傻天使说老爸老妈在家等着。我俩去花店买了几大捧鲜花，直接回去，到家发现老先生已经在屋子里摆了好多瓶花，百合玫瑰在他那些假古董瓷瓶里盛情绽放。我跟着傻天使喊了他一声："老爸。"他开心的样子让我意外，诧异自己竟能让一个人这样幸福，笑得如此美满。中午我们四个一起出去吃了顿饭，他频频举杯忘了吃菜，差不多要把世上的甜言蜜语都讲给我听，我当时的快乐也是真实的。

然后他小心翼翼问我嫌不嫌他儿子不说话。我举着酒杯说："当我沉默着的时候，我觉得充实；我将开口，同时感到空虚。"他端起酒杯与我碰了一下，悠悠地说："待我成尘时，你将见我的微笑。"人生能有几个这样的瞬间？我无悔了。

三

当天，傻天使抱着几件破衣服，带上他的洗漱用品，搬到了我租住的二十多平方米的小屋子里，我们重新开始了我们的人生。那时候傻天使有一份不用讲话就能胜任的工作，画建筑设计图。因为不懂自我保护被公司奴役压榨，二十多年劳碌疲乏，他隐忍承受下来。每周我们都会与老爸老妈聚餐，有时候也下馆子。我俩经济条件比较窘迫，傻天使累死累活，工资仅够维持房租。我那时完全没了经济来源，所以大多时候都是在我们那间二十多平方米的小屋里，我下厨做上一桌子菜，开一小瓶酒。每次老爸都盛赞我的厨艺，老妈尤为捧场筷子不停。饭桌上我与老爸调皮逗玩，傻天使捡乐不止地傻笑。他不会像正常人一样笑出声音，总是脖子一缩，低着头双肩抖动笑到停不下来。我们三个看他那样子就跟着大笑。他们说傻天使之前从来不笑，见到我之后会笑了。

　　起初每次见面，我在厨房的时候老爸都会颤颤巍巍地走到我身边，小心翼翼地问有没有发现傻天使有什么问题，我每次都大声回答没问题。他又追问："那你开心吗？"我拖着长腔："开心。""那就好，那就好。"我说："他就是每天冒一百个傻泡。"老爸诚恳地说："那你就负责刺破他的傻泡。"我俩都笑起来。他战战兢兢走出厨房，那样子好像是一个把货物以次充好卖出去的善良小贩，又对人愧疚又怕人家退货。我实在不忍他受这种心理折磨，又一次他问的时候，我一边翻炒着菜一边答："嗐，不就自闭症嘛！"他立即说："轻度的，轻度的。""介意吗？""不介意。""那你开心吗？""开心极了，太开心了！"我的语气是真的开心，为老爸爸那憨憨的样子，也想起平常傻天使那份不会惊扰到别人，却永远透明的、善意的存在状态。

四

　　大半年后老爸语气轻松地对我讲，我们租的小房子不太方便，去看看房源，要有看得上的就帮我们凑钱买一个。他这话我根本就没往心里走，北京的房价和他们老两口那点工资加上稿费，还有我和傻天使的现状，怎么敢想？但老爸又在我跟前提了两遍，我过后教着傻天使回去摸摸他们家的财务老底儿，傻天使每次都能漂亮地完成我交给他的任务。这样我心里有数了，加上我俩的那一小部分存款，估算一下可以买一个小小的老楼房。买房子的过程非常之顺利，就好像它早在那里等着我们住进去了。不到五十平方米，北京最早的一批老楼房，周边最高的建筑就是国家博物馆，阳台上俯瞰大半个"老北平"，离我的小工作室步行二十分钟。

因为有了这个小房子，我生平第一次体验到了常人该有的安稳与幸福。我指挥设计，傻天使配合，我俩打造了一个温馨舒适又独具风格的小窝。所有第一次去我家的朋友一进门都是要欢呼的。我那时候可真爱请客到家里吃饭啊，朋友们的快乐使我们的小窝温暖灿烂。

老爸看到我俩过上这样的小日子，也真踏实了，不再因为他的傻儿子在我面前担惊受怕，终于觉得他们仨也有能力让我有一个归宿。

有了安稳的生活，不再为生计所迫，可以有更多的时间读书练字，我的心境逐渐清闲安逸下来。从那时起，我的字少了险峻冲撞，开始有温雅质朴、平淡天真之气。这才是我想要的。

平时一周在我们的小房子聚餐一次，逢年过节都会送我礼物。翡翠耳环、金手链、火油钻……都是货真价实的古董首饰，哪一次不惊掉我的下巴。老妈给我的时候不知为什么还嘟囔上一句："李文俊非让我给你的。"我心里美死了，嘴上傲娇地说："老爸做得对，你不给我给谁？"老爸在边上不吭气儿，满脸笑意地看着我全身发光一样地戴上首饰各种比画着臭美的样子。

此刻想起来，多少次我人生的巅峰时刻，我最快乐的瞬间，都是老爸妈给我的。我来到这人世，何曾受过如此殊荣……

还有那些我做梦都想不到的好书，《鲁迅全集》《沈从文别集》

都是最早的珍藏版。更有冯至、钱锺书、杨绛、朱光潜、屠岸……诸位神仙级别的大师签名本。家里摆放着这些书，我觉得自己也身价倍增了。我嫁的这可是精神豪门、文化"富二代"呀。

五

有时候我也不顽皮，很想听老爸讲讲他以前的故事，讲讲他们的时代。老爸的回答通常都是淡淡的、简略的，避重就轻。渐渐地，我忘了他是大翻译家李文俊先生，只知道他是我可爱的老爸爸。

"老爸英语为什么那么好？"

"我爸爸是英商怡和洋行职员，会英语，回家经常跟我们小孩子讲英语。我中学时候的英语老师人很温柔，对我很好，我英语每次都要考第一名，我想让她高兴。有一次我得了第三名伤心得大哭，朱老师就把我揽在身边好好哄着我。"我想见那个聪明善良的小少年依偎在老师臂弯里抽泣的画面，得多萌呀！

"老爸明明是复旦大学新闻系毕业，怎么搞翻译去了？"

"新闻专业通常要与政治人物打交道，我这一生最不懂也不感兴趣政治。我中学同学、年少时的好朋友蔡慧提示我，使我在外国文学的道路上走下去。"

"'文化大革命'的时候你是啥成分？受迫害吗？"

"我是'五一六'，刚被打成'五一六分子'我还去问领导我怎么成了'五一六'了，领导在前面走，我追在后面问。领导开始不说话，我又问，他转过头来很凶地对我讲：'自己想！'我回去想了半天也没想出来，干脆不想了，就想好好保护张佩芬，别让她跟着我受牵连就行。结果第二天一早张佩芬也成了'五一六'。"说完自己笑了，"我受迫害不大，我们所里全是级别比我高的，我那时候也最年轻，受迫害都挨不上号，只下放在河北怀来干了一年农活。我割麦子乱七八糟的，老乡一把推开我。盖房子、挖井，我干什么都很努力，越努力老乡越看不上我。最后让我去干木活，锯木头，我也有兴趣，觉得当个木匠也挺好，结果还没学会就被社科院召回了。"

"为什么要翻译福克纳？"

"他很难译的，我就想这么好的作家，难也就由我来译吧，我也对他很喜欢。当时钱锺书知道我要译福克纳，他对我说：'愿上帝保佑你！'"

我大笑，问他钱锺书又是在调侃你吧，他只笑笑没回答我。我就说："不过上帝总算保佑你了！"

"对了，怎么追的老妈？"

"没追，一上班就分在一个办公室。办公室一共四个人，我们三个男的，就她一个女的，不认识别人了。"我去！别人眼中的金童玉女，美满姻缘，到了他自己这里就这样！我对这个回答很不满意。他看我的表情，不忍扫兴，就又说："我们单位举办晚会，张佩芬在晚会现场私下为我唱《清平调》，我觉得挺好听。"

"那时候的老妈是不是很可爱？"

"嗯，人家都叫她小鬼，就是小孩子的意思。她长不大。"

再问就只是傻笑讲不出什么了，放过他。

后来我找到《清平调》这首歌，我喜欢听李碧华版本的，清新。又问老妈，她说是她在南京大学的德语老师廖尚果先生在课堂上讲课讲高兴了，把那堂德语课改成音乐课了，曲子是廖尚果先生谱的。廖先生课堂上有时会拎一瓶酒，讲高兴了，会喝一口，喝美了就教他们唱歌。我听着真是神往，民国遗风，魏晋风骨，是我的梦啊。张佩芬小老太太你真好命，出身大资本家，竟遇神仙级师长，嫁给李文俊老爸，一生骄纵任性孩子气，总有人护着宠着。我也不比你差，凭什么那命呀；又一想现在这不是挺好吗？连张家大小姐都落在我手里，我不带她吃好的，她就没好的吃。嗯，我也厉害了。

六

我和傻天使一起生活了一年多后，实在看不过他在工作中受的气遭的罪，又加上眼见老爸老妈越来越衰老需要照顾，就让他辞职不干了。大不了找份工资更低但清闲点的工作，这样也多些时间照顾老爸老妈。我那时偶尔也卖点自己的字，补贴一下工作室的房租。傻天使一听如蒙大赦，第二天就去辞了职。卖命二十多年，回家只拿回一只小水壶、一个笔记本和两个三角板小尺子，我看了心里一酸，对自己这个决定未曾有丝毫后悔。

刚辞职那半年，傻天使天天回家陪老爸老妈，我们也有更多时间一起开车出去转转。北京郊区、公园、博物馆、拍卖预展……老爸的腿脚那时候还好，带他去的地方也是他有兴致的。每次相聚，彼此欢快，只是我嫌老爸老妈对我还是"只如初见"般的态度。给老爸端个水、盛碗粥，每次还要站起来双手接说

"谢谢"。对我这个山东人来说，是些多余生分的客套礼数。老妈更是从未对我讲过任何一句带有私人感情的话。故而我又认为这是他们与我刻意保持的距离，微微不爽。我们一家形成相敬如宾又不失真诚、固定的相处模式。只有我对老爸不时地顽皮打趣，他又甚解风情应对的时候，那些固化的东西才会被打破。

后半年傻天使在家也待腻了，又总跟两个八十多岁的老人待着，我也看出他的苦闷，想给他找份轻松点的工作，又苦于没有门路。这时候善于出馊主意的我妹马新阳告诉我可以让他开网约车，又赚钱又自己可以控制时间。我一听有道理，傻天使那车开的，绝对像电影《雨人》里的自闭症老兄："我是一名出色的驾驶员！"于是我把开网约车这一行当描绘得跟玩游戏一样欢乐，并且确定告诉他不需要开口说话，哑巴都能干，问他愿不愿意。他倒是不排斥。别人都以为他会对我惟命是从，其实他自己主意正着呢，只有我的引导符合了他的意愿才去执行，否则任何酷刑甚至枪毙都丝毫动摇他不得。我的朋友给他介绍去装订线装书，我想多适合他呀，坐在那儿不用开口穿针引线，又是和书打交道，工资很低，但时间灵活。结果他死活不去，问他原因怎么也说不清，最后被我逼急了吐了几个字："最恨针线活！"看在人家这句囫囵话的分儿上，我也放弃了。

那段时间他就当一名"出色的驾驶员"开网约车去了，结果后来我从老爸的言辞中听出老妈很不爽，儿子从工人阶级变成轿夫祥子了。老爸又问我会不会看不起他开滴滴的儿子。我笑着讲，怎么会看不起？他就是出去偷能给我偷回家钱我都高兴地花。老爸讪讪地说："那你也太过分了！"我大笑。

几个月后，我也觉得委屈傻天使了，想出一个大招：教他刻章呀！这下傻天使真开心了，每天用功学到大半夜，自己淘书，我指点着，没多久就可以刻铁线篆了。又练了三个月，我的热心肠朋友懒君和我妹就帮他介绍生意了。傻天使那一年终于找到自己喜欢做的事情。老爸看着他一本一本的小印谱，拿在手里欣赏得不得了，他觉得自己的儿子太了不起了，不停夸赞，见面就看傻天使的印谱。我又告诉他，人家傻天使现在有朋友捧场能赚钱了，老爸更是惊叹不已笑成一朵花，说我给他把儿子调教得太好了，什么都会干了。我说傻天使本来就很手巧，当初为什么不让他学个文物修复什么的？怪他不好好培养孩子！老爸对于我的谴责面无愠色，只是说："我管不了他，我管不了他，还好遇到你，你可真是他的知己。"我撇着嘴领下他的千恩万谢。

七

朋友有很多敬重喜欢老爸的，有机会我也会安排他们见个面。他也很高兴跟年轻作家们交流，或者与我有趣的朋友聊上几句。有一次一个傻哥们儿对他崇敬的热情让我也有点感动，问我能不能见见老爸时，我也给安排了。但没想到那哥们儿会逮着老爸问上一大堆蠢问题，老爸开始还认真给他讲两句，一会儿也受不了了，却并不教人尴尬，顾左右而言他，装糊涂。我暗自偷笑。等那傻哥们儿一走，我不好意思地说："老爸我还以为这可以让你多接触人，过得热闹些。"老爸说："我对他们的世界不感兴趣。"这句话说得语气轻分量重，他绵里藏针，不使人难堪，也绝不勉强自己迎合他人，包括我。

老爸的谦逊真是够可以的，我对他的名望并无多大了解，偶尔从朋友那听说他对中国当代文学的影响力。回家转达询问他，他总强调自己只是最普通的人物，尽力认真工作而已。有次我无意中听了许子东教授的一个音频节目，说当代一些作家的文字风格受李文俊、傅雷等翻译家影响太大，文字中带着一种翻译腔。我当时很惊奇，许子东教授提及我老爸时竟把他的名字讲在傅雷前面。当然这肯定是不经意的，可是越不经意越说明老爸的影响力大呀。我见到他，把许子东教授的音频文稿截图给他看，问他："这是在夸你吗？"他立即说："不敢当！不敢当！"答得巧妙。我说："你不敢当，谁敢当呀？以后就叫你李敢当了。"他笑，不理我。有几次因为他总买假古董，气得我在他身后一米远扯着嗓子拖着长腔喊他："李文傻，李文傻。"他假装听不见，对自己这个顽皮儿媳妇的欺负也常常很无奈。

2018年元旦那一天，我邀请老爸的两位好朋友、老同事、翻译家罗新璋和薛鸿时先生来家里一聚。下午喝茶，晚饭我给他们做了一桌菜。罗新璋叔叔还带了新年蛋糕。他们都太老了，难得相聚，有这样的机会实在是开心。四位老学者忆往事聊学术，我在边上看着听着也是幸福得不得了。

整个过程竟然就数老爸最活跃，罗新璋叔叔温文尔雅，薛鸿时叔叔谦逊内敛，老爸爸神采飞扬讲东讲西停不下来，诙谐戏谑，豪气冲天。那是我唯一一次领略他谈笑风生的风采。原来在信任的老友面前老爸爸是这样一个有激情的人，不禁想我这要是早投胎个几十年也许要爱上他的。

八

我认识老爸的时候他已经八十五岁了，身体虽衰老，各种老年人常见的疾病也都有，但他心态乐观豁达，也坚持规律服药，没出过什么大问题，生活很独立自理，从未累过人。但2019年初老爸整条右腿都水肿起来，很严重。我们带他来回跑医院，挂不上号找不到对路的医生，费尽周折也查不出病因。老爸就那样乖乖地跟着我俩在医院东跑西颠，一点不叫苦。对我说得最多的话就是："谢谢！给你添麻烦了。"完全没有在病痛折磨下病人多见的失态失言，这使我想起他在文章中记下的他母亲晚年写下的一句话："无病而终倒也十分痛快。聊尽人事，以俟天年，对生死等闲视之。"老爸很佩服很爱他的母亲。我在他病重的时候，见识了那位传说中的祖母遗传给他的品格。"纵浪大化中，不喜亦不惧。应尽便须尽，无复独多虑。"他多年前为自己的散文集取"纵浪大化集"这个名字的时候，生死之事早已彻悟达观。

可我眼看着老爸受苦，自己又孤立无援，真是焦急啊！问了几个朋友都没找到妥实关系。幸亏这时候傻天使想起他这一生唯一的朋友，他的发小，三十年前考的就是医学院。他从网上把人家搜出来，发小正好在北京很有名的医院，已经是外科手术专家。我一听就带着傻天使和老爸的病历，硬闯发小的专家门诊。果然，能和傻天使玩到一起的发小也是天使。三十年不见，认出彼此的瞬间，一切都回到少年。约好第二天我们带着老爸去了他的医院，不到一个小时的时间就帮助我们全部检查清楚，处理完毕。

老爸的腹腔发现一个不小的肿瘤，压迫了周围血管淋巴，导致循环障碍，引起整条腿水肿。何况他糖尿病、高血压都全乎，年近九十岁，医生根本没有办法。发小医生只好安慰性地给他开了一些疏通血液循环的中成药。

从医院回来，我就绝望了，以为我的老爸爸这下完蛋了。在心中做好了一切告别的准备，哭过、痛过，反复宽慰着自己。试探性地和老爸聊起对待死亡的态度，他没有丝毫不安恐惧，只是笑呵呵地说："我早就活够本儿了。不要紧，不要紧。"让他搞得好像是我在小题大做不扛事儿。所以我难过归难过，但他的状态始终使我安心。由于他豁达开朗的天性，生死之事等闲视之的心态，重疾竟然奇迹般地痊愈了。从医院回来，腿一天天消下肿来，不到两个月又活动自如。我惊奇得不行，问发小医生，发小医生也是一脸蒙，无从解释，笑着摇头。

九

康复后的老爸继续和我们过着安稳而规律的日子。直到疫情各种封控，我们相聚次数明显减少，但傻天使陪他们的日子更多了。一封控我就把他撵回家陪老爸老妈。有时候一封一两个月，他们仨在一起，我教会傻天使几个简单炖菜，他又会叫外卖，这样我不大过去倒也放心。解封的时候我会每天早晨做三四个小菜，傻天使中午带回家，晚上陪他们吃完饭再回来。基本是这样应付着。

最后这一两年，老爸的身体还好，但明显记忆力衰退，说过的话一会儿又说一遍，饭量也很小，生活倒一如既往的规律，什么都能自理，每天坚持自己洗澡，身上没有一丁点老年人身体的腐朽气味，九十岁还能骑自行车上街。我一听说他又骑车上街了，就心惊肉跳地脑补各种他摔跤的画面，但人家每次都能拎着菜篮子，里面盛着他买来的面包水果，毫发无损美滋滋地回来。次数多了，我也皮了，他就这样如有神助地活着，让我也误以为我的老爸永远不会病，不会死。

疫情这三年，尤其去年，我的心情一直很糟糕，没有经济来源，看不到希望，心里没什么安全感，整个人常常处于一种颓唐苦闷状态，沉浸在自己的情绪里，和老爸聚得更少了。就算聚也是听他反复讲他儿子幼儿园的故事，我礼貌性地哼哼哈哈应着，少有什么话题，唯一的乐趣是看着老爸那张脸越来越好看，有老者的慈祥又有小孩儿的纯萌。他的动作也越来越迟缓，我很容易给他抓拍到一些好看的照片。饭桌上我吃饱了就忙着给他挑照片，时间长了，他有点不高兴我不陪他玩儿，说我光玩手机，我赶紧给他看正在给他选的照片。他接过手机看着自己说："哎哟，我竟然这样老了啊！我自己都不知道。"

十

2022年12月8日是老爸九十二岁生日，傻天使把他们接到家里，那天老爸还是精精神神的。生日蛋糕点上蜡烛，让他许愿，他总讲着跟往年一样的话，感谢我为他辛苦，祝我和他儿子生活得开心健康。老爸没有酒量，酒兴却极高，他喜欢大家说说笑笑的好气氛。最后一个生日我们和往常相聚一样开心圆满。

　　结果第二天晚上我就发烧了，那时候疫情已蔓延，我感觉自己是阳了，但测抗原一直是阴性。打电话问傻天使，他说他也觉着自己在发烧，我让他量体温测抗原，他说不用，他会待在自己屋里少出来，给老爸老妈弄饭时戴上口罩就行。我当时自己已很难受，烧了三天三夜也顾不得太多，只嘱咐他好好观察着老爸老妈。第三天他告诉我老爸也不太好，问他有什么症状，说不发烧嗓子不疼，就是虚弱没精神很少说话，我感觉老爸可能是阳了，只不过症状很轻，让傻天使好好护理他。每天打电话问都是同样的情况。几天后我觉得自己康复了，测抗原还是阴性，傻天使说他也早好了。我赶紧去看老爸，一进门看到老爸拄着拐杖艰难地站在走廊里想去厨房，几天不见他一下子消瘦了许多，虚弱到几乎不能走路。我一下子忘了控制情绪，冲过去抱住他，哭着问老爸怎么一下子瘦了这么多！老爸被我从背后拥抱着，拍拍我的手，我扶他坐好，他见我满脸是泪就安慰我："不要紧，不要紧。我不怕死，这么大年纪也该走了，你别哭。""我给你们留下的钱，吃饭够了。"我越发受不了了，抱着他流泪："老爸不会死，老爸不会死。"

　　情绪平复一些，我去厨房给他蒸了鸡蛋羹，他开始吃不下，我一勺一勺喂他，他就乖乖地使劲往下咽。两个鸡蛋全吃下去，我放心了很多，量体温也正常，没有任何症状，就是虚弱。当时正值疫情高峰，老爸没太大症状，我不想送他去医院，怕更危险，何况我们在北京没有任何关系，就算严重估计也住不进去。我决定自己照顾老爸，当天晚上我一直陪着他，扶他上床盖好被子。

因为家里只有三张小单人床我没地儿睡，十点多又让傻天使送我回自己家。

结果一回家我就不行了，尽往坏处想，越想越痛苦，心脏像被铁锤砸得前心后背剧痛，着了火一样坐不住躺不下，一会儿一个电话问傻天使老爸的情况。他说老爸睡得挺安稳没事，可我就是掉进悲痛焦急的深渊里出不来，折腾了一整夜。

第二天早晨五点，我就把傻天使电话叫起来接我过去。见到老爸还是弱弱的样子，但我安心好多。他起床后自己洗漱，和往常一样吃他的早餐：杂粮面包加酸奶，二十多年简到极致的固定早餐。我见他用手撕着面包一口一口努力地嚼，喝着凉酸奶往下咽，心疼又感动。他这一定是不忍我那么悲伤，要努力让自己活过来！

当天傻天使找到一个小钢丝床，我也能住得下了。陪着他竟然一天比一天好起来，三天后基本康复。有精神了又能自己走路，甚至还扔掉拐棍，又开始和我讲车轱辘话。我亲历奇迹，那些天真是开心死了，各种感恩，逢人就讲老爸闯"阳关"的经历，发朋友圈让大家和我一起祝福我几乎失而复得的老爸爸。

康复后的老爸爸明显又糊涂了一点点，但是越发可爱得不得了，他忘掉了那些客套虚礼，和我更亲了。于是我总忍不住要去摸摸他的脑袋，亲亲他的脸，握着他的手。他成了我的小乖宝，笑眯眯的，慈爱风趣，越发萌萌的乖巧。只要我在他身边就不停地和我聊天，表情生动俏皮。我依偎在他身旁，他也不怎么看我，爷俩儿就像两三岁的小孩儿，咿咿呀呀不着边际地说笑着。他看上去糊涂，反应却更快了，我调侃他，瞬间就能给我还回来，风趣诙谐，越发机智。我笑死了，甘拜下风。

2022年12月20日我在微信朋友圈里记下一段文字："老先生这次闯过'阳关'，变成了个两三岁的小乖宝，调皮乖巧，话也多了很多，不停给我讲他小时候的事情，满脸暖暖的快活。一件事情差不多连续讲八百遍，我每次都要假装第一次听，嗯啊哈地陪着他单曲循环。我这演技可以混个金马奖最佳女配角了。"

瞥一眼他身边一堆堆的书，问作者是不是他的朋友，他也会被我带偏一会儿，聊聊与他的老友们的交际。问他和季羡林熟吗？他答："季羡林喜欢我，我们是可以讲心里话的朋友。"冯至、钱锺书、朱光潜、季羡林、巫宁坤……这些书上的、在我眼里发光的名字，他提起来都是拉家常的样子，讲得温情朴素。

只是一会儿又回到童年的单曲循环中，开头总是一句"我年轻的时候可真蠢呀……"接着就爆料自己那些我听起来比我明智一百倍的糗事儿。

我给他显摆我的小音箱，问他要听什么音乐，他说莫扎特、肖邦。他要听他姐姐每天在楼上练习钢琴的曲子。给他放莫扎特的《摇篮曲》，他就跟着唱英文歌，可爱到我抱着他的胳膊傻乐。他也高兴，问我可不可以给他买一个这样的蓝牙音箱。我说这个送给你了。他笑得眉飞色舞，夸我大方，说那得给我钱。他说他"灰常"有钱，可能马上就又有稿费了。还说他的张家大小姐张佩芬更有钱，都存在香港银行里。好像他病这一场只是出去发了个财，身价倍增地回来了。他小时候家境不错，这下一回到过去，又成了那个衣食无忧的小阔少。原来小时候拥有的，才会一辈子不缺。照此推断，我老了糊涂了岂不是要天天担心没人管没钱花，好怕怕。

一起吃饭的时候又开讲张佩芬小老太太当初为什么没评上职称的旧事。他说张佩芬人家是大资本家的小姐，看不上那点名利，不和别人争。但冯至先生很为张佩芬鸣不平，冯至先生一直认可张佩芬的人品才学，当她是自己女儿一样看待，说张佩芬发掘介绍给中国人一个德国作家，比别人有贡献，为什么反而不如别人有好处。反复讲到第八百遍，人家娘儿俩都吃完走了，我还在当听众。趁他稍一停顿，我问他：喜欢张佩芬这性格吗？他一下子转过脸来，无比清醒笃定一个字一个字地对我说："我不大喜欢！"同时满脸痛快地坏笑，好像把憋了一辈子的一句真话讲出来了，又轻轻补充了一句："她不听我的。"顿了一下叹息道："我脾气好啊……"满脸惆怅。

然后，我俩终于陷入沉默。

我就在想，到底是他糊涂了，还是我糊涂了？为什么我一巴巴儿地问他个自以为好的问题，他都能瞬间顶我个大跟头？毕竟我也是"阳过"的人，前两天儿那脑子也跟被驴踢过似的一样昏涨涨的……

12月23日我见他在书桌前听音乐的样子好看，偷拍他，记下：世上竟有如此可爱的老糊涂，每天来陪陪他，听他讲讲车轱辘话。俺俩好得那叫一个"一日不见如隔三秋"。

这两天他又老给我说起他在"文化大革命"中的经历，以前很少讲。他讲得平淡，我听得灼心。只是往事里那些人的名字我都记不住，也许名字不重要，那些故事我会悉心保存……

讲的时候还会拍拍我的胳膊："你这个脾气要是在'文化大革命'……"我赶紧附和："对对对，一定是第一拨被枪毙的。"他又说也有混得好的，我赶紧说对对对说不定我枪毙别人。他就笑得挺无奈，大概也明白我这种人需要有一个温和睿智的人护着……他什么都看得透。

他知人论世举重若轻的样子，化解着我内心的波澜。等我老了，能记起来的，或许也只是自己依偎在他身旁的一个场景吧。

他说那些年动不动被人叫去改造，都靠装傻过关，当时唯唯诺诺，战战兢兢，听训话做笔记的样子自己讲起来还笑。他能渡劫是心里清明，他洞察到那罪恶洪流的源头，于是面对苦难少了一些错愕与费解。我想，一个人只要不在心里给自己罪遭，外来的苦都可以安之若素，老先生就是这样。

他可真好，历尽沧桑，白璧无瑕。我乖乖陪伴，默默景仰，够我学习一辈子了。

十一

我那些天陪着他时时被他逗得哭笑不得，根本就想不到他的脑袋里哪根弦会搭回到哪个时期。回到童年，他就给我讲小时候怎么调皮，帮妈妈爬楼擦玻璃还要零花钱。玩双杠摔断手臂，妈妈怎么带他去求医。骗妹妹饼干吃，说起来还满脸真切的愧疚，好像饼干他刚咽下去。

讲他的爸爸妈妈的故事，这些他都写在散文集《天凉好个秋》里，我粗略读过，故事的内容我早已晓得，但他此刻对我讲时的那个语气表情，比故事本身更吸引我亲近他。

回到青年时代，就反复揪着他一个高中同学，不停地讲那人怎样总是跟他要钱花。一直到大学毕业，那不成器的家伙还跑来北京找到他，跟他说：李文俊，冬天天冷了，我想做条呢子裤子，你给我点钱。我问他："你又给了？"

"给了。"

"你怎么这么傻，你又不是他爹，凭什么给他买裤子？"

"大家以前不是挺好的吗？再说他是挺穷的，给就给吧。"

"那你自己还没穿上呢子裤子呢。"

"没关系，没关系，他家租住在我姐夫家，他爸连房租还都不给我姐夫呢。"

"那你们这一家子算是被他们那一家子赖上了。"

这下子不说了，低头吃饭，五分钟后又循环了一遍。不管多么无聊的话题，我都不舍得让他打住。他那张脸，那些表情，叫人看不厌。

回到"文化大革命"，提及自己的遭际多戏谑之色，所受的委屈苦难轻描淡写，讲起老友同事亦多感念，只有提及他的"张家大小姐"才略有想想都后怕的表情。

所里开他的批判大会，领导在上面拿着稿子逐条念他的"罪状"，张佩芬很不服气自己的丈夫被这等冤屈，坐在会场的椅子上用双腿撑着桌桄，来回咣当椅子，仿佛有节奏地在为领导的发言打拍子。老爸说当时吓得他大气不敢出，领导给他列举的几十条罪状，一条也没记住，只在心里祈求他的"张家大小姐"：你别咣当了，你越咣当我的罪就越大。我此时听来也如笑话一般。问老妈，是这样吗？"对，爸爸保护了我一辈子，要不是他，我肯定不知道要戴多少顶帽子。""开会的时候，他一见我要说过头的话，赶紧跑过来假装给我们倒水，踩一下我的脚。有时候偷偷递一张字条告诉我该说什么不该说什么。"

他这一辈子什么都不怕，就怕他的张家大小姐"因言获罪"。

也有气呼呼的时候，那多是想到师友们的蒙难。无伤大雅地笨拙地骂："害死多少人！害死多少人！"越说越激动，人从椅子上站起来，声音大起来，表情像个被惹急了的小孩子。我赶紧抱抱他，问他与老友们的愉快一些的回忆。比如钱锺书先生在"五七干校"向他借书之事；他帮杨绛先生投洗被单的事；这些温情的记忆又很快使他平静下来。

那一刻我看着他的样子，才知道原来时代漩涡带给人们的苦难，在他的心里始终悲愤涌动……只不过他内敛隐忍的个性，绝不允许自己流露过多真实情绪，如今他老了，一切外在约束渐渐脱去，真性情一点一点水落石出。

一个明辨是非、爱憎分明的人，如何做到毕生谦和温良而不失本真？"猝然临之而不惊，无故加之而不怒，此其所挟持者甚大，而其志甚远也……"

讲起他在《世界文学》当主编的时候，说到自己的好朋友老同事，因为激越的性情、真率的言行，被免去主编职务，由他来接替工作的事情。反复讲他那位老友过于激情又不失可爱的言辞，说到端着碗忘了吃饭。我伸出手臂揽了一下他的肩膀："老爸不讲了，再讲你也当不成主编了。"他立马狡黠地说："可是，我已经当过了。"一脸笑到最后的得意。

老爸一直担心我和傻天使没有经济来源，一有稿费就先告诉我他又有钱了，说都留给我，好让我开心。春节前，上海一位收藏家朋友定了我几幅字，字还没写先打过来定金。我感动又开心，给傻天使打电话让他告诉老爸。结果第二天我一进门，老爸就颤颤巍巍地走过来问我："听说你发财了？"我一怔才想起昨天的事儿，立马拍着胸脯豪横地说："对，我有钱了，请你吃大餐去，过几天我们就去吃你喜欢的粤菜。"老爸笑得更像个孩子了。

那些天我们真开心啊，还想着疫情封控终于结束了，春节后天气暖和，我们四个又可以开车到处转转了。

十二

春节前几天我问老爸年夜饭要在家吃，还是去我们的小窝，老爸痛快地说："去你们家呀。"他已经习惯逢年过节就去我们家。于是春节前一天我就开始准备年夜饭食材，年三十下午什么都准备好了，等着傻天使带老爸老妈一起过年。

下午四点听到楼梯有声响，我赶紧开门迎出去，发现傻天使搀扶着老爸一步一步地挪，走得很艰难。前一天还好好的老爸怎么又不会走路了？我意外又心疼，赶紧一起把他扶进屋坐下。问他哪儿难受，他说不难受，就是走路费劲儿。我见他精神还好，卷起他的裤管，捏捏膝关节。他说左膝有点痛，我就以为只是腿的问题，还挺放心的，又去做饭了。

等我做饭的时间，我在手机上搜出他的一些访谈节目和关于杨绛先生的纪录片，投屏在电视上给他看。他看得很认真，说自己那时候真年轻。

开饭了，我准备了一大桌小菜，花花绿绿的挺好看，包的鲅鱼馅饺子。老爸坐到餐桌前一样样看着开心，给他倒上小半杯啤酒，又对我们仨频频举杯，夸饭菜可口，吃了两个大饺子，夹了各样小菜都吃了一两口。

餐桌前，灯光下的老爸爸面色光洁，两道雪白的长寿眉，笑眯眯的眼睛，因为动作迟缓而多了几分憨态，又纯又萌，可爱得我看不够。

饭后他坐在椅子上，隔着茶几看他的傻儿子跷着二郎腿冲他做鬼脸，他就像个孩子一样一边笑一边学跷二郎腿。我在一侧笑着喊："老爸真好看，老爸是靓仔。"他也笑："哪里，你又乱夸。"我正好拿着手机赶紧抓拍下他的样子。他的脸庞越发明净清秀，笑容纯良祥和，我忽然觉得这个人一生未沾染过世俗尘埃，到此际似乎发光了。

十三

大年初一我和朋友下午去看了一场电影，刚从影院出来收到傻天使信息说老爸有点虚弱，我赶紧过去，见到老爸的确挺虚弱，不过还好没有其他不适，问他什么都说"没事""行""能"。话少了很多，成了个小乖宝了。晚上我住下，让傻天使赶紧下单轮椅、移动马桶，老爸要是不能下床，照顾起来方便。结果到货后还没来得及拆封……

最后那天下午，我在厨房做晚饭，老爸在客厅听音乐，老妈在旁边看报，傻天使静静陪伴。平时老爸每天都听音乐，大多是西洋乐，我听不懂觉得有点吵，那天他的唱机放的竟是邓丽君。

锅里炖的汤飘出香味儿，邓丽君温婉甜美的歌声传到厨房，我一边切菜一边想这样的好时光要长一些，再长一些。

我炖的黑鱼排骨豆腐汤，一根根挑出鱼刺的时候还想我妈要知道我会这样伺候人肯定惊掉下巴，在她眼里我就不可能有耐心伺候任何人。

给老爸盛了大半碗，他吃得很慢，但很享受的样子。问他好不好吃，说好吃，不主动说话了，认真吃鱼喝汤。傻天使指着我问他我是谁，他慈爱又开心："她是我的儿媳妇呀！"我跟着傻笑。

饭后照常扶他漱口，看电视时我坐在他身边的小矮凳上用艾条给他灸腿。他手里握着遥控器无精打采，看一会儿电视就看看我，问好了吧，我用手捂着他的膝盖说多灸会儿舒服。他每次都听话，但不说话了。他一辈子不给人添麻烦，我知道他看我这样照顾他，又过意不去。灸完给他理好裤袜，我对他说："老爸真好伺候。"他憨憨地说："嗯，不挑。"

十点多了我们催他早睡，他还是要先自己洗澡，却站不住了。我从背后双手揽抱着他，在水盆前，他自己洗了脸又漱了一遍口。然后拍拍我的手背说："好了，你也不用老抱着我了。"扶他上床躺好，掖好被子，老妈也过来问候道晚安。傻天使问他："我是谁？""你是我的弟弟呀！"我俩都笑了，分不清他是一时糊涂还是又在幽默，我听着语气挺认真的。这是他在世上说的最后一句话。

十四

傻天使在老爸的床边搭了个小钢丝床睡下。第二天一早我过来看老爸睡得很香的样子，问他老爸晚上起夜没有，他说没有。我要叫醒老爸方便一下，傻天使还舍不得吵醒他，我说不行，非让老爸起来，结果叫不醒了。反复喊好多声老爸，会偶尔哼一下。我知道不好了……扒开他的眼皮用手电照，瞳孔已散大，但呼吸心跳还好。打电话给医生朋友把老爸的情况说了一下，我说出我的想法，如果抢救措施没什么意义了，我们打算让老爸安静离世。医生朋友根据我说的情况只是说估计抢救意义不大，但你们要自己全家商量做决定。放下电话我先问老妈："老爸陷入昏迷，没意识了，但心跳呼吸还有，我们要打120抢救一下试试吗？"老妈只是坚定地说："不要给爸爸插管子，不要打扰爸爸。"傻天使看着我的眼睛点头，他也要守着老爸，就这样安安静静的。我们三个都知道最后的告别到来了。

我对傻天使说去把老爸的第一版《喧哗与骚动》拿来，读给他听。傻天使随手翻到一页大声地磕磕绊绊地读到第三句的时候，我看见老爸的眉毛很明显地连续动了三下。老妈在一旁喊："爸爸有反应，快接着读！"再读没有任何反应了。我眼睁睁看着只剩下呼吸的老爸，唇舌焦干了，盛一勺水一滴一滴湿润他，可稍多一点就呛起来，不会咽了。

我们三个就这样守着，看着他即将熄灭的样子，那样的痛苦，我写不出了……

下午傻天使握着老爸的手哭泣："老爸不会说话了，没留下遗言。"我问他家里有没有《圣经》，他立即蹿去另一间屋取出一本《圣经》递给我。我双手捧着《圣经》对他讲："现在我随手翻到一页，闭上眼睛用手指按在哪句上，就是老爸留给我们的话。"结果我睁开眼睛一看，泪水一下子冲出眼眶。我哽咽着读：

"我儿，不要忘记我的法则，你心要谨守我的诚命；因为他必将长久的日子，生命的年数与平安，加给你。不可使慈爱诚实离开你，要系在你颈项上，刻在你心版上，这样，你必在神和世人眼前蒙恩宠，有聪明。"《箴言》，第三章第一句。我们一家都不是基督徒，也没有任何宗教信仰。我只是觉得老爸一生的事业与外国文学有关，他的思想语言更偏于西方，在最后的时刻才想到《圣经》或许与他更亲近。这一刻我完全相信神明自鉴，一切有定数。我翻出的这一句正是老爸一生为人的准则和他对我们的期许，这是我半生亲历的最神秘的力量，我震惊而信服。傻天使也在老爸身旁平静地泪流满面，平静地悲伤。

我们三个就在老爸的呼吸声中木然坐着，人在极痛极哀的情绪中除了麻木什么都做不了。我只觉得心被两只手使劲攥着撕扯，酸水咕嘟咕嘟往外冒，烧得浑身冰冷。到了晚上我快要撑不住了，傻天使也和我一样。我紧紧把他抱在怀里，轻拍着他的后背："我们去另一间歇会儿，这样盯着也没有用了，我们承受不住。在另一个房间歇会儿，每半小时过来看看就行。你听我的话，老爸一定不愿意我们这么痛苦，对不对？"

他顺从地跟我去另一间房间。老妈也在床上躺下，她的卧房紧挨着老爸的房间，可以听见他的喘息声。

凌晨三点三十分，老妈到我俩房间平静地说："爸爸走了。"我俩过来一看，老爸已停止呼吸。

老妈说三点她还听见老爸的喘息声，三点半再没有声音了。

老爸是真的走了。

我们给他擦干净身体，我把准备好的老爸生前穿过的洗干净的衣服，从里到外一件一件给他穿上，整理平整，给他戴上眼镜。然后电话120来开具死亡证明。

等天亮了，老爸的身体完全凉透了，傻天使给殡仪馆打电话。我们不要任何风俗仪式了，这样看着已经失去体温的老爸，我们三个承受不住。

殡仪馆的司机告诉我们：家中需有三四个青壮年帮忙将老爸抬到楼下，抬上灵车。可我找不到任何一个人。我让司机帮我们找人，付多少钱都行。结果灵车司机是一个人来的，说打了几个电话没人愿意来。我说我抬得动我的老爸爸。

照着灵车司机的指导，我和傻天使，加司机三人，没有闪失地将老爸平稳入棺，抬上灵车。

九十岁的老妈也要跟着去殡仪馆，灵车必须跟一个人，当然只能是我了。

我坐在灵车上陪着老爸，迎着初升的太阳，送他最后一程。傻天使和老妈开车紧随其后。不在他娘儿俩面前，我的泪水尽情流淌。我一路清泪配得上老爸爸洁净的一生。

十五

从八宝山殡仪馆回来，我先去给老爸洗出遗像照片，回家挂在他的小房间。他生前自己淘的那些瓷瓶，我插满鲜花摆满房间，将他的译作摆放在他的遗像下。太多了，只摆得下一小部分，我挑选了好看的版本。我记得他讲过，他的书才是他一生的行李。

在处理这些事情时，我们三人始终平静有序。

我先是私下通知了我们几位亲友老爸离世的消息，又通过作家好朋友鲁敏找到《世界文学》的主编高兴先生。高兴先生立即帮我们处理好老爸单位社科院的事务，发讣告通知。等我忙完各种事务，才发现文学界新闻已铺天盖地发起对老爸的悼念追思。我跟翻译界、文学界从无交道，朋友圈也少有文学界的人，通过这些追思老爸的文字，我才知道原来我心中的那个老爸爸对中国当代文学有如此大的影响力，整个文学界像一场漫天飞雪地悼念追思。一生谦和的老爸爸，他的品格与学术成就等高，世人能够见证真实的光芒。

十六

这些天整理老爸的遗物，十几本厚厚的日记本，密密麻麻记录着他的日常生活。我一本一本翻开看字迹，从开始的笃定飞扬到最后的简短无力，内容我还静不下心细看，只翻到他记下与我有关的文字，我用心辨识。初见那天的日记，他写下与我会面的过程，最后四个字："印象颇佳。"这些年每次我们相聚，他都有记录，常有"相聚甚欢"字句。日记写到2021年10月21日戛然而止。

2022年疫情封控得厉害，他也极少有机会出门，估计也没什么值得记录的了。大多数时间和糊涂老伴、不说话的儿子困在屋子里，想必他的心情多是苦闷的。偶尔见上我一面，像个小孩告状一样告诉我：他去超市被一个女的抓住胳膊掐得他肉都痛，给拎出来了，满脸委屈又费解。这个世界，他已经弄不明白了……

我守着他留下的这十几本日记，还有他不少未出版过的从很年轻时陆陆续续星星点点译出的自己喜欢的诗。几十年的老本子，他亲手剪报粘贴整理的诗集译稿，我捧在手中，泪水不小心滴在上面。

老爸这一生留下的只有文字，这些文字又是什么呢……

他的学术成就，以我的水平不大能弄明白，我看到的、记下的只是我自己心里的老爸爸。我爱他，胜过人间所有能被定义的情感关系，是最牢靠的心灵托付。他将自己最牵挂的两个人留给我，并不仅仅是由我来照顾他们，也是我早已舍不得他们了。我们三个在一起，我的心才是安顿的。是老爸爸为我们选中的彼此。

这些天老妈总说要写下她与老爸这一生的回忆。可是她太老了，大多时间已不清醒。她坐在自己书桌前，对着稿纸上写不下去的一行半，对自己怀着巨大的热情与希冀要去完成一件完全已不是她力所能及的事情，样子像个做不出题、在苦苦思考的小学生，就那样一趴大半天。我站在门口偷偷地呆呆地看她……

我要赶紧用文字记下与老爸一起度过的这段生命。也让更多人知道我这个可爱的老爸爸走到人生边上，面对生命最后关头的从容安宁。这也是我想念老爸爸最好的方式。

十七

从认识老爸起，他衰老的样子就不禁使我常常联想有一天他离去的情景，在心里做过多次告别的练习。总以为那是生命的自然规律，不是不可接受的。但这一天终于到来的时候，悲伤大过所有的预期。

我终究是个情感浓烈的人，却也懂得要为值得的人动情。我再也没有老爸爸了，再听不到他的声音，看不到他的脸……想到这些，痛到窒息。不敢想。可是又分明觉得老爸比生前更深地走进我的心里。或许他已化为另一种形式陪在我们身边，就像他译的那首诗：

> 而是显得清醒，矜持、冷峻，
> 当所有别的星摇摇欲坠，忽明急灭
> 你的星却钢铸般一动不动，独自赴约
> 去会见货船，当它们在风浪中航向不明。

这一场告别，使我体验了生而为人之大痛。没有失去过至爱的人无法与我感同身受；浅俗薄情之人触不到生命的真知。而我，是幸运的……痛过的人，对生命的体悟，异于常人了。

我记下的这些文字很私人化，不同的人有不同的解读。坦陈心迹，需要莫大的勇气，我开始也犹疑过。但老爸爸的离世，带给我的平静的、无边无际的悲伤，像一场落了个白茫茫大地真干净的大雪，使我彻悟了许多许多……我决定不怕了，我什么都不怕了。

总有人将我的文字解读成一个"恋爱脑"的幽怨，我并不介意。懂我的人知道，那是人心中至为可贵的一种"情，不知所起，一往而深"的美好天性。我要寻索的始终是智慧与品格。

我这一生未曾爱过，最好的年华在困顿与茫然中蹉跎，总为人生有巨大的缺憾而怅然，却也因这缺憾，尤为珍视生命的点滴美好，情感敏感而深厚。我会清醒笃定活出自己的精彩，保持着挣脱困境的勇气，将与生俱来至死不渝的眷念化作滋养生命的力量。

　　这些年，我见证世间还有李文俊老爸这样的人，使我更加坚定了自己的"信"。如今在我看来，怎样的爱情，在我与老爸爸的缘分、与傻天使相依为命的恩义面前，都浅俗失色了。

　　陪伴老爸爸生命的最后时光，送他最后一程，使我对自己的人生亦有不同角度的打量与调整。

　　往后余生，我这个人差不到哪儿去了。

2023年癸卯立春于华威西里

（原载《收获》2023年第2期）

　　　　马小起，自由撰稿人。少习岐黄，行医数载，后游艺于北京琉璃厂，定居北京。

"我这边，候鸟回来了……"
——怀念黄永玉先生

◎ 张新颖

一

二〇二一年，我从上海文艺出版社拿到两本《要是沈从文看到黄永玉的文章》快样书，马上快递给黄永玉先生。我微信黑妮，遗憾赶不上黄先生生日。黑妮说，赶上啦，农历七月初九，今年是八月十六日。我记得二〇一四年参加黄先生九十岁寿庆，那天是八月四日。

黑妮拍了张黄先生倚靠在沙发上看书的照片，发给我。过了一会儿，又发来一张："我爸说，这张好。"——黄先生的臂弯里多了一只猫。

没过几天，收到黄先生信。荣宝斋信笺，毛笔，竖写——

新颖弟：

大著昨天（十三日）下午收到，三时启读，半夜零时九分读完末句："她说，等这样的东西来写我。"

在世界上，周毅多珍贵啊！

接下来，黄先生会写什么呢？我没想到，因而惊奇；在他，不过是极其自然、再平常不过地荡开一笔：

我这边，候鸟回来了，第一批是斑头雁，还会一批批地来，在我们湖上歇几天再北去。村民们都当回事，早晚都照应它们。有的脚上还被缠着科研单位的牌子。有的雁跟个别人熟了，还一步一步随回家去。

就仿佛他写信时抬眼看了下窗外，笔就跟着写了下外面的景象。而深里，是自然季节的更迭，人身在其中，"感觉到这四时交递的严重"——这句话是他表叔沈从文信里写的，黄先生没想这么多，只不过随手一写，带进来比人的世界更大的世界的生生信息。

黄先生的信再接下来，说严肃的工作中的遭遇，这里略去不引。其中提到，前些时，他"在协和焊接左大腿断成三段的大腿骨"，这一伤病事件，只此一句。

然后谈到《无愁河的浪荡汉子》，他晚年最倾注心力的事，十余年来几乎每天都想着、写着的书：

《无愁河》写到这里正是我进入新社会的程序中，不写它，起码一辈子有一半是个空白。可惜了。问题我已经这两天过九十八了，还剩多少时间多少力气写这难舍难分的几十年。

望你多来信，我告诉你一个秘密，你试在《无愁河》中找找有没有"然而""但是"这类过桥词汇？找到了告诉我。

黄先生说："有个奢望，几时你能来北京住住。"

又说："书中有不少错字，第二次阅读后告诉你。"

最后又加一行："封面设计精彩。"

二

二〇二二年四月，我在上海和全城的人一样，足不出户。平常不发朋友圈，有一天心血来潮，转了个视频，罗大佑演唱《亚细亚的孤儿》。就是破个闷。

黑妮看到了，也给黄先生看。黄先生让黑妮问我们怎么样，他担心我们。

惊扰了黄先生我很是不安，赶紧回复：都还好，请黄先生放心；一些乱糟糟的事情不值得黄先生分心。

我说：我每天看看黄先生送的生肖挂历，就能开心不少。——这一年是虎年，四月挂历的老虎露着屁股，黄先生画上写的是："老虎屁股摸不得！请问，老虎哪个地方摸得？"

过了一天，黑妮说："我爸写了首诗给你。"

诗是用钢笔写在绿格稿纸上，竖写，九行，题《慰新颖》。

我时常想到黄先生，想他怎么样了，想他也能给自己一些生活的勇气。希望这个世界少扰乱他，让他健康自在地做自己喜欢的事。

后来看到一个视频，大约是这一年生日前后央视采访他，采访者问："您觉得现在最真实的快乐是什么？"

黄先生答："大家都过正常的生活了，那就快乐了。"

采访者一定没想到黄先生会这样回答，他问的是"您"，黄先生回答的是"大家"；但采访者应该能立刻明白，一个九十九岁的老人为什么要这样说，为什么还要接着再重复强调，"正常的生活"。

三

黄先生画生肖月历很多年了，画好了，印制出来，分赠亲友。我说不准是从哪年开始的，但现在知道它的结束，兔年的挂历，就是最后的了。

今年的挂历是去年画的，而去年，黄先生是在什么样的情形里，完成了他自己给自己派定的任务？因为他的洒脱和率性，很多人会认为他的生肖画是一挥而就；其实，我以前听他讲过，画容易，难的是有想法。

今年的挂历有一篇前言，黄先生手写的小字——

癸卯的月历画到第十幅的时候，我病了，来势很猛，有不丢性命不罢休的意思。多谢协和医院神手一周之内救回这条老命，回到老窝。

人这个东西说起来终究有点贱。为钱财，为名声，为繁殖下一代，费尽心机，浪费整整一辈子宝贵光阴去谋取自以为有道理的那点东西。本老头也大有这个难改的毛病。幸好世人谋食面目各各不同，加上本老头谋食范围局面只在毛笔纸张颜料上头，并不如何骚扰周围，缩着胆子快快活活地混了一百年。（还差几个月）

凡人都有机会躺在医院里思想。当妈的想儿女的事，读书的想投考的事，女孩子想男朋友，男孩子想女朋友，贪心人想某件事为什么没有谋到，恶人想病好后如何给仇人背后狠狠来它一刀，儿子想月底快到给妈寄钱……只有我最没出息，想的是还有两幅没画完的月历。

人没出息，谁也奈何不了。姑且算一种不堪的善缘吧！

善缘，也可以由此来理解他一生方方面面的许多事。

四

今年春节过后，快递还没通，黑妮托到上海出差的朋友带来黄先生的新书——新版的《沿着塞纳河到翡冷翠》，书里夹着两整张兔年邮票。

黄先生为旧作新版写了篇后记，说道"我一生最尊敬，来往最密切的又聋又哑的漫画家陆志庠"，"有他在天之灵的监视，我一点也不敢苟且"。又说：

有三个人，文学上和我有关系。沈从文表叔，萧乾三哥，汪曾祺老兄。我也不大清楚他们三位究竟看过我多少文章？假定三位都看过我写的《无愁河的浪荡汉子》会有什么反应？

……

我开始写书了，怎么三位都离开人间了呢？文学上我失掉三位最服气的指导者。如果眼前三位都还活着，我的文学生涯就不会那么像一个流落尘世，无人有胆认领的百岁孤儿了。

如今，黄先生去了他们那边。留在人间的，是人生百年长勤的种种善缘。

二〇二三年六月十八日

（原载《文汇报》2023年6月23日）

张新颖，复旦大学中文系教授。主要作品有《沈从文的后半生》《沈从文的前半生》《读书这么好的事》《不任性的灵魂》等。曾获第六届鲁迅文学奖、第十届国家图书馆文津图书奖等。

我和老师昆德拉

◎ 董　强

　　也许是意识到自己跟老师昆德拉已愈行愈远，在十几天前学校毕业典礼的英文致辞中，我几乎牵强地、用不乏夸张的修辞，在可有可无的情况下引用了那句被人用烂了的"生命不能承受之轻"（unbearable lightness of being）。

　　愈行愈远，难道不是多年来刻意为之的结果？从回国不久起，就跟"昆德拉的弟子"的头衔较劲。这个头衔，自从有了当年北京电视台的一个报道，以及《北京青年报》的一篇文章，就再也没有离开过我。事实证明，这些报道为我带来了一些实实在在的后续，甚至或多或少改变了我的人生轨迹。然而，我从一开始就抵触这一说法。当年布朗库西离开罗丹的时候说的那句著名的话，时时在我耳边响起："大树底下长不出大树。"依仗老师的名声，往往会妨碍个人的真正发展。

　　而自以为愈行愈远、成功蜕变的我，就在前日得知昆师辞世、突然意识到永远失去了再次见到他的可能的那一刻，一下子重新看到了自己与他的关联。它是那么的强烈，强烈到了原本细碎、无边的人生，仿佛也有了几乎分明的轨迹。

　　虽然已是多年前的事了，董强对第一次上昆德拉的课依然记忆犹新。教室是位于高等社科研究学院大楼第四层的一间小室，原先是用于录音的。昆德拉收学生十分秘密，在社科学院招生简章上也只是一笔带过。

当他进入教室后，一转身就拿了一块放在门边的牌子，上书"正在录音"，带着狡黠的微笑，将它挂在了门外。他回到教室，朝董强点点头，就将董强介绍给其他四位同学。原来董强是插入他班的，别人都已经熟识他。

他的所有学生都是外国人，除了莱基斯是希腊人，还有一名南美人、一名意大利人和一名波兰学生（后一个学期，他接收了一名法国女生，开玩笑说这班上全是男生似乎单调了些）。每人都有浓重的外国口音，包括他本人，也有明显的捷克音，所以他介绍董强时开玩笑说董强很"可怕"：来自遥远的中国，却是一口的巴黎腔，而且对法国文学的了解要超过他们。董强正感脸红之时，他突然语调一沉，改变了他的玩笑口吻，说了一句董强将终身难忘的话："有一天你会发现不能太崇拜法国文学。"……

这一段题为《董强：米兰·昆德拉唯一的中国弟子》的文字，它被转载的次数之多，在前社交媒体时代，就可以说达到了巨大的"流量"。而我自己也常常被这段写下的文字反过来约束，那场景仿佛年少的包法利被引入教室一样刻入了脑海之中，并固定下来。这个比喻和联想从多个角度看都是合适的，因为讲述包法利被引入学校的那个声音，以及包法利本人，在福楼拜的名著里面，都不是主角。人们透过我，都想见到那位真正的主角：昆德拉。于是发生过各种各样好笑的事情。比如，有一次在巴黎，一名当时在国内冉冉升起的学者几经周折找到了我，还在当地租用了一名摄像，要当场与昆德拉的"代言人"对话，而且特意强调昆德拉本人就住在离我下榻处不到500米的地方……

事实上，拒绝"弟子"的头衔，于我而言，只是出于两个最基本、最常识性的考量：第一，我不写小说，而昆德拉首先是小说家，他怎么能有不写小说的弟子？比方说，哪个不画画的人，可以称自己是乔托的弟子？哪个不作曲的人，可以说自己是马勒的弟子？第二，我的学术和职业生涯，并不围绕着昆德拉的作品和个人而发展起来。在当年跟他学习的人当中，那位我已经想不起名字来的意大利同学，尤其是希腊同学莱基斯，倒还可以称为弟子，因为他俩在各自的领域和范围内，全心致力于推广昆德拉。莱基斯主办的《小说工作坊》（L'atelier du roman），可谓昆德拉的小说阵地。

那么，既非弟子，又是什么？这层师生关系又留下了些什么？面对重视文学遗产（"塞万提斯被诋毁的遗产"）、关注文学遗嘱（"被背叛的遗嘱"）的昆师，作为曾经的学生，有什么是"唯有"为了昆师才做的，"唯有"昆师才留给我的？正如他一直强调的"唯有"小说才能表达的？

我心中可以坦荡的，是实实在在地翻译了他的三部作品（《小说的艺术》《身份》《帷幕》）。更可以坦荡的，是这三部作品的翻译，经得起长时间的考验。同样，对于昆师的文学成就，做过一些必要的研究型或普及性的讲座（其中论《笑忘书》，以及关于"现代与反现代"的讲座笔录文字，也许可以长久流传下去），写过必要的文字（其中关于"欧洲视野"的文章，将来一定还会有人引用）。在我那部不厚的法国文学史里，也给了与昆师地位相称的篇幅。未来，我也一定还会以其他形式，谈到他，讲述他，延续他。

什么又是"唯有"昆师才给予我的？对这个问题进行反思，也许会长久伴随我。至少目前来说，我能想到以下几点。

——肯定不能说是他让我走上了研究文学和艺术的道路，但他无疑是我试图成为一个以研究文学艺术为生的人的人生道路愿景中的一个重要环节。所以，有一次在昆师的家里，当他得知我已经成为法国文学的"正教授"，兴奋地开一瓶红酒为我祝贺的时候，我俩有着一种超出了世俗很多关系之上的默契，一种只有真正的师生才有的默契。当他得知我与出版社出现纠纷，决定终止合作，不愿意将我的《小说的艺术》译文交付他们出版的时候，他的一席话，让我主动地、无条件地向出版社做出了让步。"在中国，"他说，"只有董强了解我的《小说的艺术》，那是在我课上共同讨论过的。《小说的艺术》必须由他来翻译。"那一刻，我知道我面对的是来自老师的绝对信任，必须承担起学生的绝对职责。

——倘若没有以昆德拉为师，我将达不到与巴黎那种程度的亲近。我将无法以火炉街（Rue du Four）为中心，像卡夫卡笔下的土地丈量员一样，测量从拉斯帕伊大道（Boulevard Raspail）到"价廉物美商场"（Le Bon Marché）的整片街区；也就无法在冥冥之中，让自己青春岁月的一部分，与傅雷先生的法兰西青年岁月几乎重叠；将无法跳出自己所研究的时代与领域，让视野扩展到自中世纪终结以来的整个现代欧洲。

　　海明威曾怀念如流动之盛宴的巴黎。我感谢有着昆师同处一城的巴黎，因为我们有一个共同点：我们都是异乡人，却又都能用当地人自傲的"世上最美丽的语言"，既与他们对话，又与他们保持距离。

　　自从有了昆德拉唯一中国弟子的头衔，不知多少媒体向我要过与昆德拉的合影。在一个"无图无真相"的世界里，尤其进入了自拍无时无地不在的时代，他们无法想象，我竟没有一张与昆师的照片，而这在上世纪九十年代的巴黎，是非常正常的，尤其人们不知昆师给自己定下的原则：拒绝照相。曾几何时，我也几度生出了拿出相机或手机，请求与他合影的想法，却每每成功遏制。我觉得应当尊重这位老人的个人选择，不要出于情面，或者为了显示我们关系的亲近，强其所难，拍一张照片。这是一位人生经历超出了人们想象的、在我结识他的时候就早已决意要过隐士生活的大师，这是一位不愿与人合影或留下影像的遗世独立者。在我心目中，他留下的照片，只有三种可能：人群中的他；单独的他；与妻子维拉一起的他。

　　巴黎前市长德拉诺埃曾在一个咖啡馆里偶遇昆德拉。他犹豫再三，最后还是遏制住了上前与其攀谈的冲动。他对自己的助手说：面对这样一位大师，除了平庸的话，我还能说些什么呢？

　　面对这样一位老师，我习惯了面对着他，与他交谈，却很难想象坐到他身旁，跟他平起平坐地合影。我唯一设想过的一种可能，是邀上他的法国出版人安托万·伽利玛，和他一起，共进晚餐，然后，三个人合一张影。那时候的我，出现在他的身边，将不会突兀。2018年，我离心中这张小说家、出版家、翻译家"三位一体"，各得其所的照片很近了。然而，就在我们约定好的日期的前一日，安德烈·马尔罗的女儿弗洛朗丝去世了。她生前是昆师的挚友，他必须前去悼念，而我在后一天就因公事而回国了。

而后，疫情使得这个类似剧情的场景，终究未能出现。

今天，我丝毫不为这张照片未能存在而惋惜。在这个图像弥漫的时代，也许"空无"，才是记忆的真正居所，因为它是记忆生成、沉落、浮起、模糊、再度清晰之地。当我想到如今几乎任何人都可以在几乎任何场景下跑到一个人面前去照相、合影，我再一次深深地感到，昆师是一个完完全全属于上一个世纪的人。最早介绍昆德拉到中国的李欧梵先生，曾说他希望自己留在二十世纪。昆师已经进入了二十一世纪，在这个他并不习惯的二十一世纪，他已生活了二十余年。在这个他并不习惯的二十一世纪，已经发生了诸多连他自己都意想不到的事情，比如重新获得捷克国籍，比如自己捐赠的大量资料回到了家乡布尔诺，并在那里建立了昆德拉图书馆。这位曾经在地球仪上找不到居所的"世界公民"，终究落叶归根，回到了小小的家乡；同时，他生命几乎最重要的一个部分，留在了巴黎那片被人泛泛称为"拉丁"的街区。正因如此，中国人所谓的"喜丧"，用于昆师辞世之际，毫不违和。

在离昆师家不远处，塞萨尔（César）的巨型雕塑《半人马像》（Le Centaure），仿佛为他而作：高昂着头的人身，朝向远方；坚定的四蹄，踏在原地。是人，是兽；半人，半神。

他放眼望去，看到一个男人要劫走特蕾莎，就像半人马的涅索斯要劫走德阿涅拉。（大仲马，《基督山伯爵》）

（原载《三联生活周刊》公众号）

董强，北京大学博雅特聘教授、燕京学堂院长。著有《唐诗之路》《梁宗岱:穿越象征主义》《插图本法国文学史》，译有《乌合之众》《小说的艺术》《一个被劫持的西方或中欧的悲剧》等。

梅西：足球的新王

◎ 卫　毅

漫长的等待

　　黄昏，布宜诺斯艾利斯的方尖碑广场，人山人海。方尖碑的投影里，梅西高举世界杯。在他的上方，亮起了三颗星。天空有粉橘色的晚霞，蓝紫色的灯光照在周围古老的建筑上，泛着过往年代的光芒。博尔赫斯的《布宜诺斯艾利斯神秘的建立》写道：

　　一家烟铺像一朵玫瑰熏香了
　　荒野。暮色已深入昨天，
　　人们分享着虚幻的过往。

　　此刻，这不是虚幻的过往，这是真实的现在，人们在共享久违的荣光。

　　在卡塔尔卢塞尔球场内，蒙铁尔为阿根廷队踢入制胜的点球后，阿奎罗从看台上冲入了球场，将梅西高高举起，放在自己的肩膀上。梅西举起世界杯，周围是欢呼胜利的人群。这一幕，仿佛是1986年墨西哥阿兹台克球场内，马拉多纳捧杯时刻的再现。

1986 年的墨西哥城，球迷们原本期待的剧本是马拉多纳与普拉蒂尼在决赛中相遇。普拉蒂尼没有通过半决赛西德这一关，失去了竞逐"球王"的资格。在 1986 年世界杯之前，马拉多纳还不是球王，他在俱乐部层面也还没有充分证明自己，那不勒斯的神还在路上。马拉多纳在 1986 年上演了"一个人的世界杯"，这是世界杯历史上最为经典的剧情。直到此刻，梅西在卡塔尔写下新的童话，世界杯历史上才有了几乎与之媲美的巨制。在足球世界，阿根廷人是幸运儿，40 年里，他们拥有了两位球王，并都史诗般地给阿根廷带回了大力神杯。

卢塞尔球场内，从看台进入球场庆祝的还有萨内蒂——阿根廷队的前队长。他一直都在卡塔尔看阿根廷队的比赛。决赛结束的那一刻，他哭了。他在球场内找到了梅西，他们拥抱，大笑。"我告诉他我很开心，这是他应得的，这是他的命运。"

在过去的十几年中，梅西在巴塞罗那俱乐部做到了极致，无论个人数据，还是集体荣誉，甚至是对足球哲学身体力行的诠释，他都走到了顶点。他已经证明自己是"球王"，只是从球王的最高认证条件——世界杯——来说，他被要求补齐，但夺取世界杯太难了，需要天赋、努力和运气的终极结合。

"我的宿命是痛苦。"——罗伯特·巴乔在 1994 年世界杯决赛踢飞点球之后，说过这样的话。他率领意大利队进入决赛，惜败于罗马里奥的巴西队。巴乔是佛教徒，他相信宿命。

巴乔后来在国际米兰俱乐部和萨内蒂成为队友。"作为一名基督徒，我并不相信宿命。"萨内蒂说。但近 30 年里，阿根廷队仿佛一直都在宿命之中。

1993年美洲杯之后，2021年美洲杯之前，阿根廷成年国家足球队没有夺得过一次大赛冠军。

2013年，《国家报》为阿根廷队20年没有夺取大赛冠军做了一个专题——"20年，永恒"。萨内蒂为此专题写了文章："大家都想知道这些年阿根廷足球内部有什么隐情。但是，找出一个原因、一个替罪羊，都没有意义。如果有某个单独的原因，那么它早已被发现并清除了。事实上，足球是一项复杂无比的运动，在足球场上一加一很可能不等于二。我认为，在这20年的大部分失利中，我们只不过遇到了比自己更强的对手，也许很多球迷和球员都不愿意承认这一点。有时候，我们缺少胜利者必备的那种运气。有时候，我们其实已经发挥了自己的最大潜能，拿到了可能的最高名次。还有时候，我们在大赛上的状态出得太早了，这种情况在世界杯和美洲杯上都出现过。"

按照萨内蒂的认识，这次世界杯，阿根廷队首场输掉与沙特队的比赛，也许不是什么坏事，但很危险。1990年和2002年世界杯，阿根廷队在小组赛都输了球，但导致了截然相反的结果——亚军和小组出局。

2002年韩日世界杯，萨内蒂是阿根廷队的成员，主教练是贝尔萨。"那届比赛成了所有人的梦魇。"萨内蒂说。那支国家队中的球员艾马尔、阿亚拉、萨穆埃尔都坐在卡塔尔世界杯这支阿根廷队的教练席里，他们作为斯卡洛尼的助理教练，比大部分球员还出名。他们都品尝过阿根廷队失败的苦果。

萨内蒂到过英国的温布尔登中心，他记得入口处镌刻着英国诗人吉卜林诗作《如果》中的两句：在成功之中不能忘形于色，在灾难之后勇于咀嚼苦果。

2016年夏天，美洲杯决赛上，阿根廷队再次在点球大战中输给了智利队。梅西在连续品尝失败的苦果之后，心灰意冷，宣布退出阿根廷国家队。当时还不是阿根廷队主教练的斯卡洛尼，在社交媒体上晒出梅西在美洲杯决赛上的一张照片——9名智利球员对梅西形成了合围。斯卡洛尼配文："这张图说明了一切，里奥，不要走……"

2005年8月17日，布达佩斯普斯卡什球场，阿根廷队与匈牙利队的友谊赛，18岁的梅西第一次为阿根廷成年国家队出场。他在第65分钟替换下马克西·洛佩兹。上场后的梅西断下了匈牙利队的一次传球，匈牙利球员抓住了他的球衣，他往后扬起手臂，碰到了对方的脸。德国主裁判跑到梅西面前，不可思议地掏出了红牌。此时，距离梅西上场仅仅过去了40秒。他被直接罚下了。阿根廷球员向裁判理论，冲在最前面的队员里就有斯卡洛尼。结果无法改变，梅西哭着走下球场。这是梅西17年前在成年国家队的首秀。斯卡洛尼见证过这一切。在回酒店的大巴上，18岁的梅西仍在哭泣，斯卡洛尼和一些队友唱起了歌，试图缓解他的情绪，但没有用。几乎找不到比这更糟糕的开始。

足球是阿根廷人生活的重要组成部分，另一重要部分是探戈。有一首阿根廷探戈《耐心》（*Paciencia*），歌词里传递着阿根廷人的一种哲学——"耐心点，生活就是这样。"

初识世界

在传记电影《梅西》中，戏剧性的结尾是，一个为西班牙国家队工作的阿根廷厨师，将梅西踢球的光盘偷偷给了阿根廷青年队的主教练，让他赶紧把这位天才球员招入阿根廷队中，以免被西班牙人抢去。此时的梅西，在巴塞罗那的拉玛西亚青训营已经生活了3年。

在非虚构的现实中，当时的阿根廷国家队青年梯队的负责人乌戈·托卡利说："他们给我带来一盘录像带，是一个在巴塞罗那踢球的孩子。我很喜欢他踢的足球，但是在那种情况下，我总担心这盘录像带来自球员的经纪人，而且孩子还小。"

寄件人是克劳迪奥·维瓦斯，时任阿根廷队主教练"疯子"贝尔萨的助手。维瓦斯曾在纽维尔老男孩俱乐部待过，对这个来自罗萨里奥的孩子充满兴趣。

阿根廷足协组织了两场友谊赛，想看看梅西踢球。他们第一次向巴塞罗那俱乐部提出申请时，将梅西的名字错写成了"梅齐"。巴萨以梅西还要踢国王杯为由婉拒。阿根廷足协急着要招梅西入队，他们意识到有可能失去他，他有穿上西班牙国家队球衣的危险。

梅西来到了阿根廷青年队。托卡利曾回忆："他是一个腼腆的小孩，不认识任何人，大家都不认识他。"当时的一些队友都已经在阿根廷国内联赛中成名，远在西班牙的梅西并不为人知。梅西坐在更衣室的角落，一言不发。

2004年6月29日，在对阵巴拉圭队的友谊赛上，下半场第50分钟，阿根廷队以3比0领先，托卡利走近梅西，让他去做准备活动。这是梅西第一次穿着蓝白间条衫上场。他像后来无数次在电视屏幕中向我们展示的那样：突破对手防线，打入一球。

当晚，托卡利就接到前任青年队主教练佩克尔曼的电话。"他问我从哪儿挖出这么个孩子，他简直棒极了。"

梅西被托卡利列入了次年1月征战南美杯的大名单，这是U20世界杯预选赛。梅西第一次为阿根廷队征战国际赛事。

第二场比赛在哥伦比亚马尼萨雷斯的帕罗格兰德球场举行，对手是玻利维亚队。下半时，主教练把梅西换上场。"上场第5分钟，梅西展现出与众不同的能力，"阿根廷的《时代》这样写道，"他从中场断球，无可阻挡地长驱直入，直到最后自己完成射门。这一球必定有资格成为本届杯赛最佳进球的有力竞争者。第12分钟，又是梅西为阿根廷锁定3比0。"

南美杯结束后，阿根廷队积分位列第三，跻身荷兰U20世界杯决赛圈。梅西打入5球，获得银靴，金靴由打进11球的哥伦比亚球员罗达莱加获得。他说："毫无疑问，我比梅西强。"梅西则用大家后来经常听到的谦逊口气说："我没什么可说的，我努力是为了球队能获胜。"

梅西从来不说自己是最佳，他考虑更多的是球队。这也许可以解释，他为什么进球多，助攻也多。

阿森纳俱乐部前主教练温格曾说："我认为两种球员能踢好足球。有些人会像侍奉上帝一样去侍奉足球，他们把足球看得很高，一切远离足球的事情都不被他们接受。还有一些人，他们用足球来为自我服务，有时候，他们的自我会凌驾于足球之上，因为他们自己的利益高于足球比赛的利益。……我认为真正伟大的球员会被'足球应该如何去踢'所指引，而不是只考虑'足球应该如何来为自己服务'。如果它变得神圣，那便会是永恒的，你总是有驱动力前往更高的境界，接近你心目中足球比赛应有的模样。"

2005年，荷兰U20世界杯，梅西被视作阿根廷青年队的重要球员。很多年里，阿根廷队是这项赛事的热门球队。马拉多纳率领的球队1979年在日本夺得过冠军。在梅西之前，佩克尔曼执教的青年队曾3次夺冠。阿根廷的足球青年在世界足坛一直具有极强的竞争力。

斯卡洛尼在阿根廷队夺得世界杯的现场，穿上了一件他当年刚入选阿根廷青年队时穿的18号球衣。斯卡洛尼在1998年随阿根廷青年队踢过土伦杯，他们在决赛中以2比0击败法国队，夺得冠军。阿根廷队现在的助教萨穆埃尔打入一球。

那一年的土伦杯，阿根廷队半决赛的对手是中国队，斯卡洛尼首发出场。中国队以健力宝青年队为班底，主教练是朱广沪，李金羽、李玮锋、张效瑞、隋东亮、郝伟等人都在队中，这曾经是中国足球被寄予厚望的一代。阿根廷队以1比0赢了中国队，进球的是15号加莱蒂，助攻的是10号里克尔梅。

回到2005年U20世界杯，阿根廷队四分之一决赛的对手是法布雷加斯率领的西班牙队。这被认为是一场提前到来的决赛。梅西在比赛前一天过了自己的18岁生日。"从在拉玛西亚相识的第一天，我和梅西的关系就很好。我在他身边度过了难忘的3年，我们练撞墙配合，一起进球，一起踢过无与伦比的赛季，在他身边踢球是件美好的事情。"法布雷加斯说。

梅西一传一射，阿根廷队以3比1战胜西班牙队。半决赛，阿根廷队以2比1战胜巴西队。他们的决赛对手是梅西之后将经常遇到的尼日利亚队。梅西在决赛中踢入两粒点球，他们以2比1战胜了尼日利亚队，为阿根廷夺得第5座U20世界杯。这是梅西第一次为阿根廷在重要赛事中捧杯。

次日的《号角报》这样写道："该怎么描述他（梅西）？就用这一晚的最后一幅画面吧——梅西拿着最佳球员和最佳射手的奖杯，胸前戴着冠军奖牌，肩上披着蓝白色的阿根廷国旗。"

国家队的新人

1928年，阿根廷《图片报》主编博罗科多建议，应该为阿根廷的踢球者建一座雕像，雕像应该是一个pibe（小孩）。"赤着脚，如果有鞋的话，脚趾上的破洞证明他穿着这双鞋射过无数次门。他站立的姿势必须特别，看起来像正在盘带一个破布球——这很重要：不能是别的球。必须是破布做成的球，最好用一只旧袜子捆起来。如果竖起这座纪念碑，一定会有很多人向它脱帽致敬，好像进入教堂一样。"

在几十年之后，马拉多纳成为这座雕像。在卡塔尔世界杯上，马拉多纳是出现在看台上最多的画像，他已经是阿根廷人眼中的图腾。

梅西和马拉多纳一起出现在公共领域，是2006年世界杯之前。他们在一则广告里一起签名。广告词是："看看正在签名的人，他们是最好的。"

2005年12月14日，梅西在诺坎普球场获颁金童奖奖杯，这是授予21岁以下最佳球员的大奖。梅西凭借在荷兰U20世界杯上的表现，以225票击败了获得127票的英格兰小将鲁尼。

阿根廷又出了夺目的新星。2006年，梅西在德国第一次参加了世界杯。此时的阿根廷队，攻击线人才济济，18岁的梅西在替补席上等待。阿根廷队几乎没给过18岁的球员在世界杯上出场的机会，18岁的马拉多纳也没能做到。1978年的阿根廷世界杯，马拉多纳18岁，他只是世界杯的观众。阿根廷队场上的10号是肯佩斯。

2006年，阿根廷队场上的10号是里克尔梅。在梅西之前，他被认为是马拉多纳的接班人。2006年，里克尔梅效力的是西班牙的比利亚雷亚尔俱乐部。在此之前，他在巴塞罗那俱乐部有过并不愉快的经历。梅西在卡塔尔世界杯与荷兰队的比赛中，曾向荷兰队的教练席做出了双手遮耳的动作，这个动作被认为是向里克尔梅致敬。里克尔梅在巴萨踢球的时候，并不被当时的巴萨主教练范加尔器重。范加尔是卡塔尔世界杯荷兰队的主教练。

里克尔梅是阿根廷足球的一个转折性的人物，或者说是世界足球风格的转折性人物。他被认为是世界足坛最后的古典型前腰。他的球风华丽迷人，充满想象力，但速度慢，防守能力弱，体力也是问题。

在德国世界杯上，里克尔梅在阿根廷队与德国队的四分之一决赛中被换下，至今仍被争论。许多人认为这是因为主教练佩克尔曼过于保守，让德国人获得了更多的机会，扳平了比分，最终导致阿根廷队在点球大战中败给了德国队。

让失望的阿根廷球迷看到希望的是，梅西在小组赛第二场对阵塞黑队的比赛中，第一次代表阿根廷队在世界杯上出场，贡献一传一射，表现亮眼。梅西将要出场前，球迷们在看台上玩起了人浪，他们在传递一幅巨大的标语："他是阿根廷人，他是梅赛亚（'梅西'加'弥赛亚'组成的词）。"

从德国世界杯铩羽而归后，佩克尔曼下课。"科科"巴西莱回来了，他是阿根廷队1994年世界杯的主教练。2007年的委内瑞拉美洲杯，梅西成为球队主力，他的才华在国家队层面获得了更充分的展示。梅西和里克尔梅搭档，让阿根廷队呈现了美丽足球的风格，这是阿根廷球迷最为欣赏的风格，全世界的阿根廷球迷为之沉醉。可是，他们在决赛中以0比3输给了巴西队，梅西拿到了自己在国家队的第一个亚军。他没想到，在之后的很多年里，还有好几个亚军在等着他。

2007年，梅西获得了国际足联世界足球先生银球奖。获奖的时候，他的父亲豪尔赫·梅西在接受采访时说："单看在20岁成为世界前三这一点，里奥已经是足球世界的榜样。只要他继续向前，他还有时间让自己成为第一。"

记者继续问豪尔赫，你想过自己的儿子能踢到这样的水准吗？"没有，我从没想过他会走这么远。我曾经很看好罗德里戈（梅西的哥哥）。"

梅西的哥哥罗德里戈则说："里奥有一种我不具备的特质：他有很强的意愿，他为了能成为现在的自己付出了很多，做出了巨大的牺牲。"

对于梅西的足球热情从何而来的问题，豪尔赫说："我从来都不是那些受挫的足球运动员想不惜一切代价把自己的孩子培养成冠军，我从来没这样想。带罗德里戈和里奥去踢球的是他们的外婆，而不是我。"

梅西的未来会怎样？"我觉得他会很好。他会继续成长。"豪尔赫说。

记者追问，会比马拉多纳还好？"世上只有一个迭戈。里奥是不同的，他们属于不同的时代，但愿他能在最后取得的成绩上接近马拉多纳。"

快乐的青年

在卡塔尔卢塞尔球场与法国队的决赛中，梅西在中场策动进攻，皮球经过阿尔瓦雷斯和麦卡利斯特的一脚传递，"天使"迪玛利亚第三次在大赛决赛中为阿根廷队破门。亚洲是阿根廷队的福地，迪玛利亚第一次在大赛决赛进球是在北京。

2022年3月，迪玛利亚曾在社交媒体上晒出一张老照片：里克尔梅、梅西和他拥抱在一起。配文是："如果我们谈论起回忆，这是令人难忘的回忆之一，阿根廷2008。"

2008年8月23日，周六，中午12点，北京的鸟巢国家体育场，奥运会男足决赛开始。阿根廷队的决赛对手是尼日利亚队。3年前，梅西就曾在荷兰U20世界杯的决赛面对尼日利亚人。"对我和所有阿根廷球员来说，如果能夺得冠军将是非常美好的事情。我们来这里就是为了赢得金牌。"梅西说。

北京当时的天气极其炎热，在上下半场，主裁判都叫了暂停，让两支球队补水休息，这在大赛决赛中还是第一次见到。比赛进行得并不十分精彩。在一种缓慢沉闷的节奏中，第57分钟，梅西在双方球员的争抢之后拿到球，他转身为迪玛利亚送出一记恰到好处的直传。迪玛利亚从左路突进，到达禁区边缘时，用他的左脚将球挑起，皮球在北京灼人的空气中划出一道漂亮的抛物线，越过尼日利亚队守门员的头顶，落入网中。阿根廷队1比0战胜尼日利亚队，赢得奥运会男足冠军。

比赛结束的时候，梅西和阿奎罗穿着红色的训练背心，跟球队一起拥抱庆祝。3年前，他们两人在荷兰U20世界杯赛场庆祝过。他们两人在大赛决赛现场再次拥抱庆祝，已经是13年之后的美洲杯。

媒体对2008年奥运会夺冠的梅西这样写道："他击败了众多反对意见，战胜了所有阻止他体验这场童话般胜利的理由。"

"所有的纷纷扰扰之后，为了来这里付出的一切都值得。这是一次难忘的经历。"梅西这样回应自己的"童话之旅"。

梅西能够去北京参加奥运会，巴萨新上任的主教练瓜迪奥拉起到了重要作用，他说服了当时的巴萨主席（也是现在的巴萨主席）拉波尔塔，让梅西去了北京。这让梅西对新来的主帅充满好感。

梅西的父亲豪尔赫说："在北京拿到奥运会金牌的那一刻，一切就这样开始。他从来没有这样快乐过。"瓜迪奥拉则说："看到他非常高兴，我想我们做到了。"

梅西的巴萨队友哈维说："一个人只有像他那样踢球的时候才

算是快乐满足的。"

接下来的赛季是瓜迪奥拉担任巴萨一线队主教练的第一个赛季，快乐的梅西在为阿根廷获得奥运冠军之后，为巴萨赢得了所有的冠军，他们成为史无前例的"六冠王"。梅西的"球王"之路铺上了耀眼的荣誉。

巴萨当时的队长普约尔说："他（梅西）是很快乐，不过我也见过他发脾气的样子。你是不知道赢不了冠军他会是什么样。"

梅西曾经的巴萨队友亨利，也见过他发脾气的样子。亨利描述过梅西在球场上不高兴时所激发出的惊人的"球王"状态。

里奥·费迪南德的自传《双面人生》，对亨利这段著名的言论有过详细的记录——

世界杯期间，我的《5号》杂志采访亨利时，我问过他谁更好（梅西和克里斯蒂亚诺·罗纳尔多的比较）。他说自己很欣赏罗纳尔多，但之后话锋一转，讲起为什么自己认为梅西是最棒的……一次训练赛中有过这样的插曲，梅西被侵犯，但教练没有吹任意球，示意比赛继续。梅西勃然大怒，等本方守门员拿球的时候，他跑过去主动要球。守门员以地滚球的方式把球交给他，梅西拿球把对方全队过掉，怒射破门。亨利说他上学的时候经常在操场上这么干，我也在跟小孩子踢球的时候有过，但梅西面对的可都是世界上的顶尖球员：亚亚·图雷、普约尔、伊涅斯塔、哈维、布斯克茨。并且还不止一次，据说他做到过好几次。亨利问我："罗纳尔多能做到吗？"我回答："我是从来没见过。"亨利跟齐达内和罗纳尔迪尼奥都一起踢过球，他说他们也没有过这样的惊人之举。他说："那时我意识到了，梅西跟我们见过的所有球员都是不一样的。"我当场被惊呆了，连惊叹的声音都没发出来。

一步之遥

"如果要你从这支巴塞罗那队中选一名球员，你会选谁？"2013年3月，里克尔梅接受《奥莱报》采访时曾被这样问道。

里克尔梅回答："就选一个很困难，如果你只让我选一个，我可能会选梅西。不过如果我能多选一个，我会选梅西和伊涅斯塔。"

"他（伊涅斯塔）是负责调度整支球队比赛的人。最后梅西得到了球，找到了攻破对方防守的方式。如果梅西在阿根廷队有10分钟不触球，他们就会说他不想为国家队效力，这是因为我们没有伊涅斯塔。"里克尔梅说出了梅西在阿根廷国家队的困境，他的周围缺少为他分担工作的球员。而阿根廷队在长期无法获得大赛冠军的情况下，施加在球员身上的压力逐年增大。梅西在巴萨的表现为他赢得了一座又一座金球奖，而阿根廷国家队的冠军纪录仍然零增长。

"我不认为一名运动员的天赋和人格魅力需要依靠奖杯来证明。我们需要一套更客观、更科学的评价体系。让我们看看26岁的梅西正在创造的历史……他已经到了一个其他人难以企及的高度。"这是萨内蒂在2013年对梅西的评价，世界杯年又将到来，他明白那种压力。

3年前的2010年，阿根廷足协作了一个冒险的决定，让马拉多纳成为国家队主教练，带队参加2010年南非世界杯。马拉多纳此前在教练席上从未获得过拿得出手的成绩。他起到的是符号的作用。这在国家队的精神层面管用，但具体到操作层面就未必合适。最后的结果证明，马拉多纳更擅长的是踢球，而不是教人踢球。

2014年巴西世界杯到来了，萨维利亚率领的阿根廷队以小组头名出线。他们八分之一决赛的对手是瑞士队。记者肯·厄利尔对这场比赛有自己的评论："在巴塞罗那，梅西接到队友的传球，会传出去，然后往空当跑，准备接下一次传球。在阿根廷，他拿到球后，每个人都站着不动，等着看他表演。场上似乎出现了三支球队：一边是瑞士队，一边是阿根廷队和梅西，两者组成松散的联盟，一起对抗瑞士。"

阿根廷队在别扭的局面中，闯入了决赛，这像是1990年世界杯的阿根廷队，他们的最终结局也与1990年相仿，德国队在最后时刻进球，以1比0战胜阿根廷队，获得冠军。中国摄影师鲍泰良拍下了梅西与世界杯一步之遥的照片，获得了当年世界新闻摄影大赛（荷赛）体育类单幅一等奖。

接下来，2015年，阿根廷队在美洲杯决赛上点球输给了智利，梅西与奖杯又是一步之遥。再过了一年，2016年，美洲杯又来，阿根廷队在决赛上再次点球输给了智利，梅西与奖杯再次一步之遥。阿根廷队的大赛经历就像是进入循环播放模式的唱机，一遍遍让大家温习《阿根廷别为我哭泣》和《一步之遥》。

当萨内蒂这"无冠的一代"还在阿根廷国家队的时候，一次集训期间，阿尔梅达叫住他。在没人的地方，阿尔梅达对萨内蒂说："我恨足球，你理解吗？足球太无聊了，让我恶心。你没觉得训练很无趣吗？如果再让我选一次，我愿意干足球以外的任何工作。"

到了2016年，梅西在阿根廷国家队遭遇大赛"三连亚"之后，感到了厌倦。他宣布退出国家队："对于我本人，以及所有人来说，我退出国家队都是一个最好的决定。实际上，很多人都希望看到这样的结果，他们对于阿根廷仅仅打入决赛但无法夺得冠军的事实感到不满。"

当年15岁的恩佐·费尔南德斯为梅西写了一篇长文，请求他回心转意："你作为一个孩子的时候，就梦想代表自己的国家，看到你身穿蓝白球衣是世界上最大的骄傲。请开心地比赛，因为你踢比赛的时候，你不知道给我们带来了多大的乐趣。"

在阿根廷，时间的刻度在很大程度上是以足球比赛作为标记。足球连接了每个人的生活。阿根廷作家爱德华多·萨切里的小说《电厂之夜》里有这么一段：

人会忘记大部分度过的日子。在哪儿，和谁，做了什么，否则，恐怕谁也活不下去，脑海里充斥着太多画面。不过也不尽然。相反，有些时刻永远也忘不了。比如说，随便去问一位五十岁以上的人，1982年得知阿根廷军队登上马尔维纳斯群岛时，他在哪儿？他一定记得。或者，和谁一起在哪儿观看了马拉多纳攻破英格兰足球队的大门？他也一定记得。随便去问一位三十岁以上的人，美国纽约世贸中心双子大楼坍塌那天，他在哪儿？他一定记得。甚至小伙子们能说出他们用哪台电视机收看了2014年世界杯决赛，在那场比赛中，阿根廷再次输给了德国。

2018年，已经重返国家队的梅西参加了俄罗斯世界杯，这回，他们没有输给德国，因为他们没有跟德国分在一个小组，而德国队在小组赛结束后就回家了。从小组赛艰难出线之后，阿根廷人遇到了比德国队更难对付的法国队，他们再次输给当届的世界杯冠军，止步16强，这是梅西最糟糕的世界杯战绩。主教练桑保利下课。

结束冠军荒

2018年8月，阿根廷足协在社交媒体上宣布，斯卡洛尼将作为临时主帅指挥阿根廷国家队的下一场友谊赛。他的助手之一是艾马尔。他们将带队至少到12月。后来我们看到了，斯卡洛尼通过自己的工作，将这个12月推至了2022年12月份，并将继续下去。

2021年，阿根廷队在斯卡洛尼的指挥下，在巴西里约热内卢的马拉卡纳球场以1比0战胜了巴西队，结束了阿根廷成年国家队自1993年以来的大赛冠军荒。梅西跪地哭泣的场面令人动容。2022年6月，在英国温布利大球场，美洲杯冠军阿根廷队3比0战胜欧洲杯冠军意大利队，赢得欧美杯。原本只是为了过渡的斯卡洛尼被重新看待。

梅诺蒂是目前这支阿根廷国家队的技术总监。他在接受采访时曾说道："我并不了解球员时代的斯卡洛尼，我们与阿亚拉、艾马尔一起讨论了阿根廷国家队的意义，分析了阿根廷国家队对大家意味着什么。这是一支目标明确的队伍，目标就是世界冠军。我们最大的义务是对球迷诚实，而不是圆滑。我找到了4个想干一番事业的年轻人（斯卡洛尼、阿亚拉、艾马尔、萨穆埃尔）。"

梅诺蒂特别说道："你可能会输给德国（阿根廷的老对手），但必须在比赛中有存在感，踢出自己的历史底蕴。"

在阿根廷足球的风格流派中，梅诺蒂代表的浪漫派是阿根廷足球历史底蕴中重要的组成部分，另一重要派别是比拉尔多代表的实用派。一个崇尚进攻的主教练和一个注重防守的主教练，分别在 1978 年和 1986 年为阿根廷赢得了世界杯冠军。斯卡洛尼说过，我们进攻的时候可能是梅诺蒂派，防守时可能是比拉尔多派。"足球是一体的，这就是它的本质。当你必须全身心投入时，你自然就会这样做，当你必须踢得漂亮时，你就会踢得漂亮。一切都包含在这项运动中，它不止有一种踢法。"

阿根廷队在卡塔尔世界杯决赛的上半场，向我们展示了漂亮的踢法，特别是迪玛利亚的进球，让我们想到阿根廷队 1994 年对希腊队的比赛和 2006 年对塞黑队的比赛，连续的传球配合，让对手最后眼睁睁看着皮球入网。

阿根廷队与法国队决赛开始后的几十分钟里，阿根廷队的表现就像是梅诺蒂的球队在 1978 年所做的那样。而法国队则是这种表现的反面。有一段法国队更衣室的视频显示，法国队主教练德尚在中场时发火了，他拍着桌子说："伙计们，我毫不夸张地跟你们说，你们知道我们跟他们（阿根廷队）的区别吗？那就是他们×××在踢世界杯决赛，而我们没有。"

1978 年世界杯前，梅诺蒂说："没有进攻意愿的防守毫无难度，你龟缩在后场就是了。但是我们不打算仅仅踢一届世界杯，我们要赢一个世界杯。"

对于本届世界杯上的梅西，梅诺蒂发表了自己的看法："我看到了更清醒的阿根廷队长，梅西并没有失去他的叛逆，他的个性帮了大忙。"

梅西的个性是什么？该如何定义梅西？

梅西的定义

上世纪20年代，《图片报》是阿根廷的畅销读物。他们报道的重点是足球。主编博罗科多认为，他们并不是提供简单的赛事报道或人物专访。他们把足球视为一种文化现象，"对待球员和比赛的态度与文学杂志对待作家和作品的态度别无二致"。

几十年过后，到了梅西的时代，西班牙记者兼作家乔迪·蓬蒂做了跟当年《图片报》类似的事，他像对待一位作家及其作品一样对待梅西和他的比赛。他用了卡尔维诺对于文学艺术的定义来评价梅西。

1984年，卡尔维诺为在哈佛大学授课，写了许多讲稿，后编纂成书，名为《新千年文学备忘录》。卡尔维诺提出了定义21世纪文学艺术的5个概念——轻逸（Lightness）、迅速（Quickness）、确切（Exactitude）、易见（Visibility）、繁复（Multiplicity）。

这几个概念同样可以用来评价梅西在卡塔尔世界杯的表现。

轻逸——这次世界杯，梅西的轻逸在罚点球上有体现。梅西获得了好几次点球机会，他有时会选择以前很少使用的打门方法。梅西通过脚步节奏的变化，促使守门员先移动，然后将球轻推入网。甚至在最后的决赛，梅西使用的也是这样轻逸的方式。这种轻逸会带给对手压力。点球大战时，看看法国队员脸上的表情，胜负差不多就能分辨。

迅速——梅西的迅速体现在瞬间启动或变向。在与克罗地亚队的比赛中，梅西通过这样的方式，两次过掉了小他15岁的格瓦迪奥尔，这就是梅西式的迅速。

确切——对墨西哥队的比赛进球前，梅西一直在散步，在接到迪玛利亚的右路传球后，他只调整了一步，便起脚打门，球直入死角，没有任何多余的动作，每一步都简单到极致，无比精准确切。

易见——与荷兰队比赛，梅西从密集的荷兰防守队员阵中，看到了几乎只有他能看到的缝隙，将球传给插上的莫利纳，后者打入了自己在阿根廷国家队的第一球。这种"易见性"，是一个球员球商的体现。

繁复——和澳大利亚队比赛时，梅西为阿根廷队打入的第一粒进球体现了这种繁复。繁复不是冗余，是球队整体成员的密切合作，形成多种进攻路线的可能。梅西发出任意球，并与几位球员做了连续的撞墙后内切，将球打入。梅西跟周围的每一位球员都有最恰当的临时关系，让配合看上去极为流畅且合理。

在斯卡洛尼的体系中，梅西获得了最大的自由，我们可以看到，他在国家队的比赛中有了好久不见的舒畅感。

阿根廷队与法国队决赛之前，梅诺蒂曾给过建议："阿根廷队应该有更多的头脑而不是腿下功夫，更多的是智慧而不是力量。"

梅西一直在用脑子踢球。"每当我们阿根廷人说梅西是世界最佳的时候，这听起来似乎都有自卖自夸的嫌疑，但我不认为这有任何疑问。能够执教他是我的荣幸，每次他上场的时候，都能够在队友和对手当中产生一些令人兴奋的东西。幸运的是，他穿上的是阿根廷的球衣。"斯卡洛尼说。

这届世界杯上的阿根廷队，好像回到了过去，又好像刚刚到来。这不是诸神的黄昏，而是球王的黎明。梅西终于拿下了云层里的最重之物——世界杯。

斯卡洛尼首次执教国家队，就连续为阿根廷赢得了美洲杯、欧美杯、世界杯，他的成就如同巴萨的瓜迪奥拉在阿根廷队的翻版，而他和瓜迪奥拉拥有同一名球员——梅西，解决了梅西的使用问题，便会使球队受益，使足球受益。

比赛结束的时候，斯卡洛尼表现得非常隐忍，直到他慢慢走回教练席，喝了几口水，眼泪才落下，他掩面哭了起来。"这是一个值得享受的时刻。我们已经习惯了被打击，这就是为什么我们知道如何经历风风雨雨。站在顶端是一件独特的事，是一种令人难以置信的享受。"

在梅西获得世界杯的时刻，还是有人会问斯卡洛尼关于梅西下一届世界杯的问题。"他（梅西）赢得了自己作决定的权利，我们必须为下届世界杯保留10号球衣。梅西传递给队友的东西是难以置信的，我从未见过像梅西一样有影响力的人。"

梅西的父亲豪尔赫曾说："里奥不再踢球的那一天，我会对足球完全失去热情，我将再也不看足球。我热爱足球的一切，但想到里奥终有一天会不再踢球，我就悲伤不已。"

此刻，在现场见证阿根廷队夺冠和儿子里奥圆梦之后，豪尔赫·梅西在社交媒体上写道："在故事的结尾，英雄们拿到了梦寐以求的奖杯。"

梅西，成为了足球的新王。

（主要参考资料：《脏脸天使——足球阿根廷史》《梅西：传奇之路》《梅西》《萨内蒂自传——像男人一样踢球》《我的红白人生：温格自传》《艺术大师：伊涅斯塔自传》《费迪南德自传：双面人生》等。）

（原载《南方人物周刊》2022年12月22日微博）

卫毅，非虚构写作者，《南方人物周刊》采访总监。曾获南方报业集团年度记者、腾讯年度非虚构最佳写作奖、网易年度非虚构最佳作品和最佳作者奖。

孙甘露：听见内心的时钟

◎ 罗　昕

这是一次期待许久的对话，从《千里江山图》面世就开始了。

一年多来，尽管专业评论和媒体报道不断，孙甘露自己一直很少"说话"。几次发去信息，他常回："还是先听听读者的看法吧。"

在《千里江山图》获得第十一届茅盾文学奖的第二天，孙甘露如约参加了一个谈论昆德拉的文学活动。其他嘉宾几次说到"茅奖"，他只笑笑，并未多言。活动结束后，热情的读者抱着书找他签名，向他祝贺，他耐心地签完，并一一回应："谢谢，谢谢。"

"人大约都不喜欢被过度关注，也和我的性格有关，我不习惯阐释自己的作品。"这个八月，孙甘露在上海思南接受了"澎湃新闻"独家专访。刚刚坐定，他就带着一种略抱歉的微笑说："我们还是不要过多地谈论作品本身吧。"

他接着打了个比方，写小说就像给读者"变戏法"，要是都跑到舞台后面去，还有什么趣呢？

"小说也像一个表演，当然不是说它假，虽然它有虚构。它其实有点游戏的感觉，或者说戏剧的成分。它在我看来包含了很多含义。"

一

有关孙甘露，王朔的一句话至今为人津津乐道："孙甘露当然是最好的，他的书面语最精粹，他就像是上帝按着他的手在写，使我们对书面语重新抱有尊敬和敬畏。"

孙甘露并非中文科班出身。1985年，上海作协举办青年作家讲习班，26岁的邮递员孙甘露与在沪西工人文化宫上班的金宇澄、在商业站搬卸货品的阮海彪、在纺织厂搞机修的程小莹都成为其中一员。讲习班结束，每人要交一篇作品，孙甘露交出了《访问梦境》。

这篇小说于第二年在《上海文学》发表，随即引发热议：这小说特别不像小说。加上后来的《信使之函》《请女人猜谜》《我是少年酒坛子》等富有语言实验性的作品，孙甘露和余华、残雪等人一起，作为"1980年代先锋作家"，被写进中国当代文学史。

《我是少年酒坛子》出版那一年，23岁的毕飞宇刚开启写作生涯，那时他以孙甘露为目标："在先锋文学的层面，余华、苏童和格非在社会层面影响最大，但走得最远的是孙甘露和残雪。孙甘露走到了一种'荒芜'的地步。"

然而，先锋小说的"黄金"时间并没有持续多久，用程德培的话说，自1980年代末开始，先锋小说便无人理睬、隐姓埋名。

但先锋小说的退潮似乎并没有影响孙甘露继续走在这条路上。1990年代初，孙甘露依然写出了《音叉、沙漏和节拍器》《忆秦娥》等短篇小说，以及自己的第一部长篇小说《呼吸》。在吴义勤看来，无论读之前的《访问梦境》还是《呼吸》，首先要面对的正是孙甘露那种绝对化的先锋精神方式以及贯穿于这种绝对中的那份令人感动的文学赤诚。

2004年，孙甘露在《上海文学》发表了《少女群像》——这是他尚未成形的长篇小说的一个部分。在他自己的讲述里，这篇作品和早期那些通常被描述为实验性的作品不太一样，《少女群像》开始将现实世界呈现到前面。"我想看看现实在我的笔下会呈现出一个什么样的形态。我想看看具体的人在这样一个大的动荡的时代背景前面究竟是怎样的，我想处理一下个人命运这种东西。"

然而《少女群像》终究未完。之后近二十年，孙甘露不再发表新的小说。

直到《千里江山图》。

二

昔日的先锋作家要写一部名为《千里江山图》的小说，这个传言在文学圈流传许久。但当它以"谍战"小说的面貌现身，还是狠狠出乎了大家的意料。

2020年，一个契机让孙甘露了解到20世纪30年代初非常秘密的一个转移行动——党中央从上海转移到瑞金。从上海到瑞金的直线距离，大概就1000里地。但在当时必须绕到香港，从上海、广东汕头再回来，如此就是3000里地。

这是历史上非常秘密但又非常重要的一个行动，《千里江山图》的故事就是在这个背景下展开。

小说出版后，很多人来问书里的奥秘——最后那封信是谁写给谁的？在小说中至关重要的"浩瀚"有没有原型？那个名叫"穆川"的军官是否另有身份？

作为读者，我自然也有很多猜想。比如，舒伯特的《未完成交响曲》有何深意？在《呼吸》之后，他为何又一次在长篇小说里引用了《图兰朵》，以及合唱队在序幕中的那句歌词——"在图兰朵的家乡，刽子手永远忙碌"？

"写作者在小说中的所有用心，都希望读者通过阅读去发现。"孙甘露说，关于人物对话的内涵、人物形象的寓意、故事情节的背景、小说细节的设置，很多答案恰恰是在"是"与"不是"之间。

"你不能说'他就是他'，那这个人物也太无趣了。但你也不能说'他就不是他'。当然，这么做不仅仅是因为有意思，而是'是'与'不是'之间，本来就有很多含义。"

"打个比方，生活中一个人问另一个人，'你爱我吗'，这是很常见的问题。如果另一个人说'不爱'，未见得就是不爱，对不对？反过来，如果另一个人说'爱'，也未必就是爱。问问题的人或许是强迫症，其实并不需要绝对的答案。而回答问题的人，或许自己心里都不清楚到底爱不爱。"

三

我想，这样的回答，本身就很孙甘露。

在近一年多的文学评论和研讨会中，批评家们几乎都会讲到孙甘露的"转型"，讲到他从《访问梦境》到《呼吸》，再从《少女群像》到《千里江山图》的变化。

郜元宝回忆2016年北师大举办的一场关于先锋文学三十年的讨论会，那时文学界对先锋作家转型能否成功的焦虑似乎达到了顶点。"我并不认为孙甘露给先锋文学的转向画了一个句号，但他确实给我们提供了一个研究这一重要文学现象的独特个案。"

孙甘露坦言，《千里江山图》是他接触的一个全新的小说领域。从头至尾，他都视这次写作为全新的学习过程，既是对历史的辨析，也是对历史题材写作的辨析和想象。

在写小说之前，他对当年的社会日常做过大量的资料调研，包括娱乐广告、水文资料、社会新闻、民间八卦，等等。它们化为各种背景与伏笔，藏于小说的角角落落，有的如实呈现，有的改头换面，有的被虚构出更多的细节。

这样一次写作，于他也是探索一种新的可能性。

但有些东西依然不变。比如，他依然向往突破概念化的写作，向往对文体的探索。他依然觉得有趣的写法不仅仅是直接交换看法，而有点"顾左右而言他"的意思。他依然对语言的变化和变异感兴趣，依然相信语言的声音、韵律、语调、节奏，都包含了世界的信息。

在今年3月华师大召开的研讨会上，孙甘露说："我60岁以后，思想上确实发生很大转变。但如果要说什么派，我感觉我今天仍然是先锋派，我没有变过。"

这句话，连带着小说最后那封没有署名的信，让人们对作为

"信使"的孙甘露还有遐想。

四

无论阅读旧作还是新作，我都隐隐感觉声音与孙甘露的写作之间存在着某种关联。拿《千里江山图》举例，其中有枪声、爆竹声、脚步声、汽笛声，有各种"大声"和"小声"，还有许多"不作声"。粗略统计一下，全文大约出现了上百种不同的声音。

"在所有感觉里，听觉确实对我影响最大。比如比起文字和画面，音乐能给我带来更多的感受。"

孙甘露想起了自己的少年时代，爱好就两个：一个是读书，一个是听广播。而一个男孩对于外部世界最初的想象，恰由广播里那些好听的声音编织而成。

"那时候有个广播节目叫《长篇连播》，《虹南作战史》《飞雪迎春》《平原游击队》《闪闪的红星》……很多小说，我都是广播里听来的。还有音乐，七十年代我听了很多中国传统音乐，八十年代古典音乐也多了，我最早听到的是贝多芬、舒伯特这些，古典派、浪漫派，都是从广播里听来的。"

说到这里，他有些兴奋地提到自己中学时还做过校园里的广播员。当时的广播站里有唱机，有大盒子一样的录音带，唱片是当时很火的薄膜唱片，他得在老师的指导下小心翼翼地放出那些声音。有时他自己也读稿子，现在还能想起一个名叫孔宪凤的"少年楷模"。

当然，少年时代的声音影响不仅于此。后来开始写作，孙甘露发现自己总要读出那些文字。"有时候声音上过不了关，读得不顺，你就觉得写得不对，这成为我的一个习惯。不只是自己的文字，有时候看书也读出来。"

这位已过花甲之年的作家，谈起自己的过往略有卡顿，但一旦聊到那些打动过他的语言，他不假思索，脱口而出。

"我那时候的处境真是离奇而又悲凉。仿佛置身于高台顶端，飘浮于云雾之中。"（菲利普·索莱尔斯）

"白夜是指太阳只离开天空一两个小时的夜晚，这种现象在北纬地区是很常见的。……周围是如此安静，你几乎可以听见一支汤匙在芬兰掉落的叮当声。"（约瑟夫·布罗茨基）

他坐在那里缓慢地读出这些句子，给我一种无比珍惜的感觉。

五

其实，朗读《千里江山图》也是一种有趣的体验。

我们会发现，在快节奏的"情报博弈"里，那些质朴的、琐碎的、缓慢的日常，也被十分妥帖地安放在文字里。响声不断的爆竹、底楼阵阵的油香、邻居小孩的吵闹，1933年新岁前后的人间烟火，仿佛构成了这部小说的另一重底色。

小说开头，人物依次登场，方位逐个转移，时间紧张推进，一场秘密会议即将展开。在这样连呼吸都紧张的时刻，作家笔锋一转，他写那些秘密工作者——有人听了一会儿管弦乐，有人喝了一碗猪杂汤，有人点上了一支烟。

那些拥有秘密职业的人，也是身处生活之中的人。这也是为什么，一个再成熟的间谍也有喜怒哀乐，也有习惯与偏好，也很可能出错。

之前孙甘露打过一个比方：一个间谍身上有两个人，一个是工作的身份，一个是日常的身份，两者有时重叠，有时分开。"屋子里的一个间谍有一天突然不见了，那么消失的，其实是两个人。"

他希望在这个小说里，人物的个人遭遇、经历成长以及感情，都通过引述，像一个背景一样被带出来。"小说人物，一是建立在日常经验之上，不然太抽象；二是被赋予行为动机。小说的难处可能就在于如何揭示动机或者说背后的逻辑，你不能藏得太浅，读者一目了然，就没意思；你也不能藏得太深，读者挖不出来，等于无效。"

自然，读者包含了各种人，如果小说最后归于一个大家无法理解的动机——比如纯粹的人性的恶，那就太乏味了。"它一定要是具体的。而这个很具体的东西又要有一点超乎我们的经验，就是所谓的陌生化。"

太阳底下并无新鲜事，无非就是人的七情六欲、生老病死。但孙甘露相信有的作家有一种命名的能力。

"就像马尔克斯写《百年孤独》，他不写，很多事情就不存在，就没有被人这样讲过。这个世界像刚刚开端一样，万物都还没有名字，人们看到一个东西指指点点，但叫不出来。但一旦被有的作家写了出来，这个事情就变成了这样。"

六

不少人也好奇一件事，这么多年没出新作，孙甘露会感到忐忑吗？

"说实在的，忐忑没有，外界什么反应你也没办法。当然你也可以想象，那么多年不写，肯定很多人是蛮好奇的。"他顿了顿说，"但如果我很在意这件事，我就不会那么多年不写，对不对？"

他从不避讳自己是一个写作速度很缓慢的写作者。在散文《自画像》里，他列举过《呼吸》《访问梦境》《信使之函》《请女人猜谜》《仿佛》《忆秦娥》《我是少年酒坛子》《夜晚的语言》《相同的另一把钥匙》……这些作品曾点缀着他的生活，一种松散慵懒的生活，与争分夺秒的外部世界格格不入。

《呼吸》后记中的一句话也仿佛道出了他的秘密："小说仿佛是一首渐慢曲，它以文本之外的某种速度逐渐沉静下来，融入美和忧伤之中，从而避开所谓需求。"

这一天，孙甘露再一次谈到了自己的"慢"。

"可能也和性格有关，我没觉得自己的写作有多了不起。多写一本，少写一本，在我看来是一样的。换个角度说，我虽然长时间没写，但我一直在读，不单是中国的，也有外国的。我对这个行当是了解的，我对写小说这件事心里也是清楚的。"

当我们从思南走去地铁站，路上说起了漫步。他提到芥川比吕志的一个观点很有意思——无论男女，只要比自己所处的时代稍稍老派一点，都会更有魅力。

说这话的时候，他左手手环的黑色屏幕在阳光下闪了闪光。

那道光仿佛在提醒我，有一种美好在于，无论晴空万里还是刮风下雨，无论周身人群如何飞奔或雀跃，一步一步，一个人总能听见自己内心的时钟，发出的灵魂的声音。

（原载"澎湃新闻"2023 年 8 月 14 日）

罗昕，"澎湃新闻"高级记者，多次获上海市级新闻奖、"澎湃新闻"年度好稿奖。

乐评人迪伦

◎ 李　皖

2022 年末，鲍勃·迪伦在美国出了本新书，*The Philosophy of Modern Song*（《现代歌曲的哲学》）。今年，中信出版社将该书引进，出了中文版。大概是对市场缺乏信心，中文书名采用了骑墙术："现代歌曲的哲学"作了副题，另拟主题"答案在风中飘"。优秀的摇滚书译者董楠，对全书作了翻译。

书中，迪伦列出了他的私人歌单 66 首，一一写下解读，写下他对歌曲和歌手的看法。由于出版方未予"时间限制和硬性规定"，迪伦写得很自由。这自由有一个表征是，全书大致有一个体例，但迪伦并未亦步亦趋遵从这个体例。体例的三部分——1. 歌曲版权信息；2. 歌曲解读；3. 歌曲和歌手评论——迪伦有时丢掉第二部分，有时丢掉第三部分。这使全书表现得极不对称，短的篇目仅两三百字；长的篇目满满两页，歌曲解读、歌手传略、歌曲美学和音乐评论一样不缺，足足码上两千字！像个武林高手有时只用一根指头，有时又全身飞腾如在华山之巅，把一首歌发展成剧本，说出远得要爬上几座山才能看到的"题外话"。

这本书所展现的才艺，与迪伦在歌曲中、自传中、新闻访谈中所表现的，都不一样。从角色看，这是乐评人在著书。乐评人的新角色，也确实需要不一样的迪伦。

就写作体裁论，书中迪伦对歌曲的解读，并不常见，虽然美国不乏像格雷尔·马库斯这样的乐评高人，但迪伦与马库斯也不一样。迪伦的解读是直面歌曲，不绕弯子，执剃刀顺流而下，迅捷打通歌曲在时空交叉上的节点，就依着字面、声音和创作背景，作洞悉式的全景描写。这些以第二人称写出的文字，就像是画出了歌曲的一幅画像，由此，这解读不仅关乎这歌曲，也关乎这歌曲所在的时空、所处的人世——全书第二部分的写作，经常有这个特点。

《加油干》（*Pump It up*）三言两语就勾画出了一个速写形象。作者埃尔维斯·科斯特洛也这么想吗？那才怪，肯定他写歌时未这么想。但这个速写是全息的，把研究样本呈四维摊开，补上必要的涂色和细节，因此涵盖歌曲彼时彼地，同时也是人生诸多同类处境的状况。

《如果你到现在还不了解我》（*If You Don't Know Me by Now*），在一篇千字文里，毫不夸大地说，迪伦对这首歌用上了性别分析、家庭分析、社会分析、心理学分析，呈现了永远也不可能解决的人生矛盾和问题，所以这文字才这么深刻。

《每个人都在呼唤仁慈》（*Everybody Cryin' Mercy*），一篇短章就是一套价值观念，就是彪悍人生的写照，就是一个强硬、恶作、藐视全宇宙的人物形象。它所揭示的人生，硬得在大千世界到处戳出刺来，是这整个人间都未必装得下的残酷真相。

读这些歌曲画像，我有时会想到1981年获得诺奖的卡内蒂，想起他独树一帜的著作《耳证人》，二者都是勾魂式的现代艺术作法，以抽象与高度提炼，似是虚构，却作出更大力度的写实。迪伦的歌曲解读，有时又如哲学，充满对普遍真理的指认。又是散文诗，文字优美得仿佛有眼睛深处的光芒在每一个字上闪亮，有时又有泪水，从上面缓缓滴落。

对乐评人来说，一个经常的、恐怕也是永恒的挑战是，如何描述音乐。在一本要对66首歌曲作分析的专著里，这种挑战变得愈加贴身和紧迫，没有个三头六臂、七十二般变化，压根儿招架不住。而迪伦所作出的应对具有多样性，所使用的各种修辞，令人信服。

比如谈到佩里·科莫的舞台风格和演唱技艺时，迪伦说：

"他可以不装模作样，只因为他有这个资本。口袋里装着闪电的人从不夸耀。……他可能比写下这些歌的人更相信这些歌。……我们相信他唱的每一个字。"

而同样对舞台风格和演唱技艺，谈到约翰尼·雷时，变成了这样一套说辞：

"他升高音调，仿佛置身于只有他和罗伊·奥比森能够生存的稀薄空气之中。不过约翰尼的声音里没有乡村乐的味道。这声音来自一个被抛弃在城市肮脏街头的受伤天使，他歌唱、尖叫、哭泣和哄劝，用力敲打着麦克风架和钢琴凳。"

他夸奖《飞翔吧（在蓝色中，涂成蓝色）》［*Volare（Nel Blu，Dipinto di Blu*]，这样形容：

"这首歌极速前进，呼啸着飞驰而过，它加速冲向太阳，一头撞上星星，弹飞出去，吞吐梦想的烟雾，炸开了云端的布谷鸟乐园。这是一首异想天开的歌曲，而且一直飘浮在高空。"

他赞美《何时何地》（*Where or When*）罗杰斯与哈特的作词作

曲手法：

"罗杰斯的旋律如梦似幻，如同旋涡一般，带给听众一种神秘而复杂的时间感，就像斯蒂芬·霍金的作品。哈特的歌词驾驭着缥缈的旋律，让歌手在遐想中迷失，像幽灵一样面对爱人。"

迪伦褒贬某位人物、解析一首歌曲所实现的独特，大多带有美国格调和地方印记，源出于发生在时间激流中的独特事物自身，是历史传统的现代个性流露。对于绝大多数中国人——很可能，也包括并不十分内行的相当一部分英语读者——迪伦的有些语言并不容易消化，是只有行家才懂的双关语，其闪烁的文辞光彩，尽属这个行业的内幕、奇闻、掌故以及八卦。但是这并不妨碍你会欣赏它们。它们的劲爆有趣，就像蓦然插进冰河的火红钢梁，隔十丈八丈远你也能看得清楚那腾起的烟雾，闻得到草叶和树皮烧焦的味道。在逗乐方面，迪伦绝对是个说段子的好手。讲起演艺界那些逸闻趣事，他的高明之处是不只让你爆笑，也让你静下时垂头思考，一遍遍默念，从中感到振奋，足以抵挡这个行业及不测人生中的诸般背运，虽然它们并不是创作指南、励志书或成功学。

在论及一位乐评人的优秀时，我们知道，比描述音乐和漂亮修辞更重要的，是洞察力、批评和乐识。这方面，迪伦显然才情傲人。那种探入灵魂、刻进骨髓的认识，对他来说张嘴就来，并且，不是从任何其他地方搬来，就是出自这张嘴，是你从没听到过的意见。吉米·里德多少人谈过，但都没有像迪伦这样谈过，其见解老到得就像这论者本人也是一个里德，唯此方可以做到。这就是歌曲作家评论歌曲作家，是迪伦独有的优势。对汉克·威廉斯的演奏和演唱，迪伦的分析同样具有音乐家的高明，轻描淡写就指出了整个音乐界在当时的问题。对约翰尼·派切克，迪伦三言两语即描绘出他的传奇一生，介绍了我们所不知的一位杰出歌手，令人喷饭又肃然起敬。谈及歌曲《不再痛苦》（*Doesn't Hurt Anymore*）时，迪伦直言不讳，指出这个殖民国家的罪恶，一种你无论如何猜想，可能都未必会想到的体制黑暗。由此，约翰·特鲁德尔，《不再痛苦》的作者和演唱者，一直受国家迫害的印第安人，迪伦所讲述的他的故事，直让人放下书要站起来！有的人永远骨头硬、眼神冷、心肠热，天生这样，至死也将如此。

那些闪耀着热情、智慧和真理光辉的语句，简直每一页都能看到。比如，"但前方总是黑暗的，因为你无法用光明去照亮光明"。比如，"生活里最好的东西是免费的，可你却偏偏喜欢那些最差的东西"。然而我更珍爱那些富于洞察力的对音乐的卓见，比如关于个性化歌曲的内在矛盾："有时候，当词曲作者使用自己的生活经历创作歌曲，最终作品可能过于具体，令其他人无法产生共情。给日记谱上旋律并不一定能够得到一首发自内心的真诚歌曲。"紧接着这句话，迪伦道出了歌曲和演唱艺术，同时也是词曲艺术的一个奇怪的真相：

"另一方面，西纳特拉已经一次又一次地向我们展示，一首内容似乎很平庸的歌曲也可以一再让你心碎。"

我注意到，在话风上，迪伦是路子非常野的人物。这是个管不住自己嘴巴的家伙。有时候，他的话非常猛、非常毒，语涉不义，虽然语言生动，却是柄双刃剑。当然，你尽可以说这不过是修辞而已，一笑置之，但它的无所谓里有毒素，隐含了对恶的是非不分。可能，这位81岁的老人，心里有百年风云、千里江山，也有一份黑暗。

81年，跨越了两个世纪。我注意到，这位老人堪称一部百科全书。百科全书学派，是此书在内容写作上的一个显著特点，也是迪伦操持起音乐批评的一条路径、一种方式。书中，他展开百科全书式的知识分享和真相认知的对象，从鞋子到钥匙，从金钱到战争，从代际差异到老龄人口，从语言翻译到电影史，从音乐巡演到哭泣歌手，从亡命徒到离婚指南……大大小小，正经不正经，无所不包。在他百科全书式、具有全球视野、充满历史感的眼光下，画皮和面具纷纷倒下，世界的复杂性从没被讲得这么好过。

我还注意到——可能这一条最重要：迪伦通篇几乎都没有提到作品的调性、和弦、拍号，等等，所有那些可能与专业挨边的术语和音乐分析，迪伦从不涉足。这与我熟悉的另一位乐评大家，著有《爵士乐史》和《爵士标准曲》的泰德·乔亚，形成了鲜明对照。在乐评的语言策略上，迪伦更多是文学家，而非作曲家。但他没在谈音乐吗？不，他的每一个字都在谈音乐、谈作品，只是他始终坚持文学的方式，绝不以乐谱分析充当乐评。作曲的归作曲，乐评的归乐评。乐评的内行，并不在指出一首歌是大调还是小调，一个乐句跨了几度，用了什么和弦。面对专业门槛外的爱乐大众，音乐本体如何用非专业术语来谈，音乐感受如何以人人都能交流的文学方式来议论——迪伦的乐评，隐含了极其鲜明的音乐评论观念，也为此作出了示范。

极其重要，也非常严肃——这本书，还通篇隐现了另一个鲜明的音乐评论观念。自始至终，迪伦几乎一次都没挑选在编曲、录音、制作以及技术上引领时代的杰作，虽然这在他的时代是一再闪出耀眼光彩的事件，而且，在他完成自己的专辑时，也毫不含糊，非常重视这个方面。作为乐评人，迪伦将他的眼光基本上毫无例外，都投向了歌曲，投给了歌唱。至于编曲以及录音、制作，是第二位的，他很少单独论及。这种取向，暗示了迪伦在音乐评论方面另一条具有根本性的认识，即以歌曲和歌唱为主体的评论方向。当然，66首歌，实际上都是录音制品，迪伦评论的是录音成品而不是纸谱。但即使在这样的语境中，迪伦也未对名手演奏和高技术制作多看两眼，却多处流露了对简朴制作，对浑然一体的朴实演奏的欣赏。这合乎他对歌曲的看重——既然最重要的是歌曲本身的成色，那么一首歌曲的世界，自然是以它自身发散出的一切成型；从外面添加、装饰的做法，要么本末倒置，要么画蛇添足。

很可能，与这种音乐观有关系，迪伦选择的这66首歌，大部分曲目，包括演绎它们的大部分歌手，对中国听众来说都相当陌生。乍见之下，我以为这反映了迪伦的青少年经历，他的私人歌单，主要的是他年轻时受到了震撼的作品。但这种认识，虽然摸到了一点门儿，也还是狭隘。

为了做出准确判断，而不是仅凭印象，我作了一个统计。这66首歌，上世纪20年代的有3首，30年代无，40年代的有1首，50年代的有27首，60年代和70年代的各有14首，80年代的有3首，90年代的有1首，本世纪初的有3首——本世纪初的其中1首，其实是上上个世纪，"美国音乐之父"福斯特的作品，录制于

2004年。

　　这样看，七成多（60年代以前的）歌曲，确是迪伦年轻时期的，如今都已有50岁以上的歌龄。若再加上70年代的14首，这个比重将高达九成。而且我注意到，它们大多是流行歌曲，对，就是滥大街的那种，在美国可能人人听过；以为没听过的，当歌声响起，立刻也会跟着哼两句。而摇滚乐史上，尤其被认为在精神上、思想上震撼世界的名作，没几首出现在歌单中。大西洋两岸的民谣和摇滚英雄，迪伦的时代同道，大都不见踪影。相反，我们所见到的，是佩里·科莫，了不起的歌匠；是"约翰尼与杰克"，媲美"西蒙与加芬克尔"的二重唱；是约翰尼·雷，与灵歌假声无关的非凡中性歌嗓；是"奥斯本兄弟"，史上可能最霸气的蓝草乐队……在迪伦的笔下，他们一个个占据了舞台的聚光灯，虽然我们闻所未闻，却好得具有传奇性。至于他们唱的歌，每一首，都是一个广大的世界。我依次、全部，一首首听了一遍。有些歌曲未见得像迪伦说的那么深邃，但迪伦的解读，却也并未虚言。也许他在提醒我们，在经典歌曲的认识方面，我们很有可能被摇滚乐史、被思想和概念过度渲染，忽视和偏离了从歌曲自身看极其优秀的一些作品。

　　这66首歌曲，大部分，像是跟迪伦作品的风格品性没什么关系。奥妙就在这里，其实，大有关系，它们是迪伦得以成为迪伦的一部分根源，是迪伦心目中的好歌曲标杆。迪伦的歌曲创作，向来并不是从同道（他好像也没什么真正的同道）得到资源，而是从古老的歌曲大地获取了营养和教诲。大部分人，包括熟知迪伦每首歌曲的歌迷，可能都并没有真正地掌握迪伦的世界，所以迪伦才是迪伦。这位现代歌曲的巨人，有着独一无二的宝藏，因此他是独一无二的。

这部书隐隐蕴含着世事的沧桑，是一个过来人的智慧，是一个老者的时间珍藏。只不过，很少有读者会意识到这一点，他并没有给你看他那苍苍的容颜，一切却像是时间本身在说话。当然，它注定会包含这一个方面，就像诺贝尔文学奖颁给他时说的，"在伟大的美国歌曲传统中，创造了新的诗歌表达形式"——这位老人，一定会通过该书，从歌曲和诗歌这两个方面，对他的一生作出说明。可贵的是，这说明常常是反省，对已经成为传说，还在世界上继续传说的60年代，迪伦在反省。同时，他在反省历史，他的反省一直延伸进今天，也变成对今日世界的反省。

所以这部书不只是在讲美国歌曲，就像它的英文书名提示的，它也在讲"现代歌曲的哲学"。这一位叫鲍勃·迪伦的乐评人，身姿压得如此之低，貌似只是在一首首歌曲里，埋头扶犁耕地，但在他深耕的地方，正有一条从多个向度试图凿穿歌曲内核的路径，这一点，确实又很哲学。

2023年6月24日

（原载《文汇报》2023年7月13日）

李皖，知名乐评人、资深媒体人，出版过多部乐评合集，曾翻译出版鲍勃·迪伦等著名音乐人的作品。

行　云

◎ 朱　强

一

铅灰色的云块下，并无太多的新鲜色彩。时间转眼又到了元旦，很多平常看不到的面孔，又在稼轩路出现了。堂姐新家就在马路东侧。稼轩路作为赣州人日常生活中的一条寻常街道，可说处寥寥。人们沉沦于生活的琐屑中，感受着路上的热闹氛围，早已经不记得稼轩留在赣州的深长背影了。

早上，我把新日历挂上壁头。上面是郎世宁的《岁朝行乐图》。我知道，那才是传统意义上的元旦，爆竹声中一岁除。雪止了，天上涌出大片的宝石蓝，像一片绿海，尽情摇动。宝石蓝中，纤云弄巧。雪还来不及化，它们覆盖在金色的琉璃瓦和苍翠的松柏枝头，让人恨不得想对着画深吸一口，把那个喜庆的天地都吸到肺里。

今天，堂姐家乔迁，一家人都去祝贺。堂姐是继我爸之后，家里第二个把家搬城里来的。虽然城里人身份已不再如往常亮眼，但对整个家族而言，进城，的确是横在几代人心里的一桩大梦。

我步态徐缓，东张西望。迎面一个妇人声。她在唤我的小名：

强牯子，强牯子……声音在冷风中像鱼一样穿梭。我惊了一下，脊背似乎被什么凉凉的东西触摸。唤我乳名的人，是少奶奶。她脚踩自行车，一晃而过，声音却依然在我的头脑中荡漾，强——牯——子……声音是甜软的，腔调绵长而又陈旧，像戏剧里的念白，缠绕着我。不只是我的乳名被她叫出，便连魂魄也被她叫住。

二

一同前去贺喜的，还有我的大伯与叔叔，他们的出发地，则是城外的茶芜下老家。

大伯出门，又把那件厚厚的呢子大衣扛上肩头。大衣款式虽已老旧，但二十年来，也只有重要场合才拿出来"展览"一下，模样看起来依旧崭新。今年，大伯整整六十，他理了一个平头，如此更像是平头百姓了。在传统的观念中，人到六十，完全可称得上是老人了。不过，在我的头脑里，他似乎从来就是老的，黝黑的脸，高耸的鼻梁，干瘦的身子，陈旧的发型，无不显示出一种过时之气。叔叔相比之下，一切都时髦了许多，但这种时髦，也基本停留在上世纪九十年代。比如，叔叔出门，每次都会把长长的头发梳成一个大背头。他宽大有如道袍的西装与瘦高的身体显得极不搭配。我知道在他的心里，还住着许多曾经的偶像。尽管那些偶像，现在都已经老了。暮色悄无声息地降落在他头顶。早七八年，就屡听他说起，托了隔壁的一个工友，为他物色一副上好寿木。虽那时，他的年龄还未及五十，但是乡下的太阳，好像总比城里的落得早些。人们早早地就把一生该干的事情干完了；剩下的时间，就变得无用，只好用它来等待死亡。爷爷的寿材在老家的阁楼上停放了足足有四十年，中途赶上一场大火，结果化为灰烬；一家人一声叹息，不得不重新添置一副。

要说在我长辈的身体里，流淌的无不是农民的血。农民的命运都和土地的收成紧紧地捆绑在一起。他们重生死，在生死面前，也表现得特别大度、坦然。没有谁敢于否定由生死建立起来的传统。所谓的香火永继，不外乎是一盏灯灭了，两行泪垂落，然后又一个大大的"囍"字贴上了门楣，接着一声响过一声的小儿的啼闹从里屋传到了屋外……

自从爷爷走后，叔叔、大伯经常聚一起。他们聚一起时，不是摸牌、饮酒，谈论工事与农事，而是研究压在柜子里多年的家谱。当后辈从膝盖底下一茬茬冒出，作为这个家族里的晚辈，他们也会突然意识到自己是一粒水珠，即将卷入眼前的大河。面对滔滔江水，他们内心滚烫，目光努力朝着上游的方向望去。当他们这么做时，终于有了一种长河岁月静无声的味道。

三

茶芫下与稼轩路两处地名，如果不是因为我与我家，它们之间，该不会有太大联系。路修通以后，两地来去，车程大概也就半个钟头，但以前路并不是用车程来衡量的，以前路都是靠双脚来丈量。我爷爷每次来城里看我，进门便要抽出脚板上的两只布鞋，对着门前的石墩狠狠拍打鞋底的泥土。他弯曲却又硬朗的脊梁，还有银针般的发楂，让他在亮光下看起来像一尊雕塑。"乡土"被爷爷和老家的亲戚一次次地带进城市，而茶芜下更像是一个生产"乡土"的机器。稻米、花生、番薯、菜籽油、卷心菜在一条条肩膀上发出轻微的响声；扁担起伏，和着溪水与斑鸠鸟叫，一直穿过厚厚的城门……细究他们进城的目的，其实并不是为了把土地对人们的那点奖赏兑换成某种可以量化的收益，他们只是喜欢进城的感觉，当眼耳淹没在市井喧阗中，目光里一桩桩陌生的相遇，让整个人都有了一种轻微的窒息。

茶芜下之名的由来，志书里并无记载。"茶芜下"就是它唯一记载。想象中，漫山遍野的茶树在春天氤氲的水汽中吐出亮丽的舌头；云朵从秋天的树梢悄然经过；夏夜，星光和月光笼罩山岗，山水青绿，里面隐约地透出宋人的笔意。而这一切，都在文人的臆想里进行。事实上，茶芜下是真正的乡下，满目的浅山矮丘，好像平静的湖面腾起的一圈圈细浪。山岭之间，密布着一道道幽静的坑谷。长坑两侧，屋场林立。流水与炊烟把日子拉长，居住在里边的人，心里大概都藏着桃源式的梦想。不曾被文字刻画过的天地，到处显示出一种活泼泼的野劲。忘了是哪一年，叔叔在后山刨地，无意间挖出残碑一块，用清水洗净。一行有关朱学宾事迹的小楷向无尽的时间中，射出了一支响箭。

当然，这支箭，也射向我。朱学宾，这个在血缘上与我有着千丝万缕关联的农民，他在十九世纪的太阳底下生活劳作。我想象着他的欢笑、苦恼和忧伤，想象着他起茧的双手和布满皱纹的额头。每当我看向镜中，就会想到两百年前的另一个自己，在茶芜下与锄头和土地交往的一生。可以说，我的伯伯、叔叔和我家里的大多数人，不过是这种人生的延续。

要说家谱从来就是个讲纪律的史官，除了该说的外，其他一个字也没有透露。清嘉庆十三年（1808），一个叫朱学宾的农民，不知何故，从信丰石背堡出发，几经辗转，来到茶芜下。然后，这个人就在茶芜下隐身了。当然他一直在，他只是以他的名字存在。没过几年，他身体里巨大的繁殖力，使茶芜下多出了许多朱姓面孔。原本荒僻之地，终究被外来人弄出了响动。

到我爷爷这一辈时，朱姓已是人丁兴旺。家族里自从有了我的爷爷，以往那种无声的历史和家谱式的叙事，也彻底地得到翻转。爷爷伸卷自如的舌头，怎么看都像是一个神奇的万花筒，他的讲述让这个家族的故事变得异常繁丽多彩。那些长期压在人们心里的秘密以及隐藏在黑暗时间中的往事也全都被他抖落了出来。

四

1935年，爷爷两岁，那年，他的额头上添了块新疤。据说是吃饭时，一个跟头，栽在破碎碗口，血流一地。太婆一把将他抱起，抓来大撮烟丝，死死地按住伤口，血才止住。也许是因为这桩意外，让母亲对于独子加倍爱惜。次日，爷爷和担到城里售卖的谷子一道，坐在硕大的箩筐里，摇摇晃晃地有了人生第一次进城的经历。

这一年，小太公朱文俊年满三十。他两道浓黑的类似于剑戟的眉毛底下，辉闪着两只明亮的会说话的眼睛。他古铜色的皮肤以及宽阔的肩膀里，藏着英雄还有游侠的风采。事实上，他也的确是一个英雄。他把屠宰牲口的绝门手艺带进了城里。握在他手里的白色刀片就像柳叶从春风中经过。天亮了，他把肉往案板上轻轻一展，就像是给冬天铺了一床厚厚的棉被。说这些，其实一点也不重要，重要的是他身为一个农民，一天中的大部分时间居然是在城里度过的。20世纪30年代，粤人李振求的部队开进了赣城。弹丸般的小城，从此被一股现代化的力量给撬开了。城里的许多旧房，都面临着征迁。逼仄的居民区，很快被开辟成公园、马路和菜场。整理翻新过的城市，里外洋溢着浓浓的现代气息。这也让生活在城里的居民脸上透发一层骄傲的光彩。小太公熟悉城里街巷的每处拐角，可是他在城里的生活，并不值得炫耀；说到底，他只是暂住城中，"关系"仍在距城十几里外的茶芜下。那时，茶芜下隶属永乐乡第五保。小太公白天属于城市，到晚上，又得返乡。家里人都觉得他有城里人的派调。可一开口，他嘴里就露出一股重重的土气。

那天，他和往常一样，双手握刀，立在卫府里菜场的某张案板跟前。光线昏昏的菜场，人头攒动。此时，有一个妇人声，异常尖脆：杀猪佬，砍两斤前夹心，肥瘦各半。小太公不愧是全城"头把刀"，手起刀落。他的目光和刀锋简直一样迅疾，似乎只看顾客眼神，便知对方要说些什么。

不料，"头把刀"竟然失手。他遇到了一个蛮不讲理的辣椒婆。城里人说话，眼珠子习惯性地往天上翻。妇人改口，说她要的是前夹心的排骨，而非肉。这个女人，显然已经被身体里的优越感宠坏了。小太公头面气得发烫。他仍然佯装笑脸，但手上的秤并不服气，秤砣滑至某颗星时，"哗"一下，秤杆像受到惊吓，立了起来。透明的凝脂，纷纷地向妇人雪白的脸和鼓鼓的胸脯上飞去……

　　爷爷后来总说小太公是被骨子里的某种"气"给耽误了，横竖学不会城里人的话语。应该说，小太公算我家最早有可能搬迁进城的。根据当时屠宰一头牲口可得银元两块的行情，城中一处四扇三间的大宅顶多只消他一年的辛苦。小太公无疑是家里的一个传奇人物，他头脑精明，手艺出众，仗义疏财，主顾除住家居民以外，城里的各大银行、茶馆、饭店、百货商店的伙房里几乎都有他的生意。也就是说，小太公是否能成为城里人主动权完全在他自己。可他天生就不是一个容易被物质与面子收买之人。表面上看，他身在宰行，但他心里只认自己是个农民。三十年来，最让他陶醉的一件事，便是敞开衣服像个婴儿躺在茶芜下的田埂上吹风。风里携带了大量久远的气息，周围青色的山峦还有流浪的白云将他团团环绕。这样他觉得自己就是一个田野上的王。而事实上，也的确如此。小太公生活的年代，城市在乡村面前优势并不明显。人们只是喜欢城里的花团锦簇，而真正可以托付的仍然是血脉里的乡土。乡土里才有根，一个人的成就一旦离开了他生命中的土壤还有什么意义呢？

　　在进城这件事上，家里人对小太公寄予了很大希望。家族里有人进城，说起来，面子上总是有光的，但小太公并不愿成为面子的牺牲品。在一个迁徙与流动都不是太普遍的年代，和许多在城里为官、游学的人们一样，让小太公能够获得生命认同的，仍然是那个古老的家。在宰行经营多年，终有一天，他把那些锃亮的刀具统统背回茶芜下，仿佛一个闯荡江湖的刀客，开始隐迹埋名于山野。他离去后，赣城宰行再无"头把刀"。回到乡下的小太公俨然沦为废人，因未能够完成人们交付给他的光荣使命，他自觉有罪，在精神上成了刺秦失败的荆轲，有罪的身体在迅速衰朽。他死后多年，从家里大大的"囍"字底下，又蹿出了一群风一样的孩子，其中就有我的大伯以及父亲。他们爬进漆黑的阁楼，拉出了一只蒙着厚厚灰尘的皮箱，撬开锈迹斑斑的铁锁，发现里面压着满满的纸钞。毫无疑问，这些纸钞都沾着小太公手上厚厚的油渍。可惜它们在黑暗中皮藏多年，时过境迁，早已经不能用了。孩子们把它们折成纸飞机。这些比灵魂还要轻盈的飞机，在五色的阳光下，一次次飞进湛蓝的天空，围着茶芜下转完一圈，然后像老虎似的一头栽进了绿色的山野……

五

稼轩路在我的脚下延伸。前面等待我的，将是一次热闹的家庭聚会。说实话，我已经很久没有参加类似的聚会了。年轻人四海为家。一家老小，齐聚的机会实在少得可怜。但分散并不意味着人们不再连接在一起。通信工具已经催生了新的聚会方式。通过网络，一家人随时随地都可以聚在一起，但堂姐家乔迁毕竟不比其他，总得有一些仪式感的。大家拿出与平常截然不同的自己，从四方相约而来。几十年来，家里大多数亲戚，年轻时都有过进城的念想，结果都潮打空城寂寞回了。命运到底是一种怎样的安排？三十多年间，家里两个把"关系"迁城里来的人，居然都挤在了同一条路上。

天空像一口结实的巨锅，白茫茫一片，分不清哪儿是哪儿。

我发现时光对人心的作用实在是太大了。彼时的人，心里异常坚定的东西，到此时，就完全动摇了。当年小太公紧紧抱住的那个乡土，到我爸爸这一辈时，就一点也无所谓了，我爸甚至特别厌恶自己的农民身份。作为城里人，好处当然数不胜数。比如城里人可以喝自来水，坐马桶，用淋浴，挤公共汽车，还可以和陌生人吵架。我爸为了将来在城里站稳脚跟，早早就拜了乡里的老裁缝为师。尽管穿衣服在天底下从来都不算是新鲜事，但城里人在穿衣上的确是花样翻新的。有花样，才有时尚。大伯恨自己的命没有我爸的好，恨当年入错了行，成了一个篾匠。城里人谁会去在意一个篾匠？与此同时，我爸裁缝的身份，恰好与一个赶新潮的时代情投意合。作为农民的爷爷，一生都未脱土气，但是他却并不希望儿女们重蹈覆辙。他把一生与土地打交道攒下的那点积蓄，全部拿出来，用于帮助儿女们进城。这么说，他不愧是一个伟大的父亲，但是这个老父亲在乡土面前，显然是已经变节了。

因为进城这一件事，爷儿俩父子同心，成了亲密的合作伙伴。1980年代的某个深秋，金色的阳光从大地一侧斜斜地照向赣州古城。城墙上凹凸有致的铭文与坑坑洼洼的弹痕在秋阳中阴阳交错，古城千年的兴废，都潜藏于这光影里。城外的脉脉流水成了城乡之间的分界，江上有三座灰色的水泥桥和一座形态简朴的木桥。水泥桥修建于上世纪五十年代，木桥则修造于八百年前的南宋。进城、出城，都在桥面上进行。当年粤人李振求在城里留下的骑楼并未过时，它与无数新盖的水泥盒子眉来眼去。人们呼吸着阳光中被热闹空气搅动的细小尘埃。街道两侧的商铺里除了有来自上海、广州的新鲜玩意，也有从江对岸运来的鲜笋、红菌、山猪肉、石鸡等各种土货。此时的城市，不仅是一个供人们进行交易的开放市场，也在情感上被越来越多的人认作生命中新的故乡。爷爷在人群中目光躲闪。几十年来，他只要一听到有关城里人这样的字眼，脖子至耳根之间的部分，立马就开始僵硬了。这时，在他木色的脸上，升起了一片非常暧昧的酒红。他好像一个手脚笨拙的风水师，他要在城里为儿子谋一处店面，让儿子锋利的剪刀向着一卷卷五色的布料划去。

学艺多年，我爸的剪刀就像是水波里的一条银鱼，一道银色的光从整块的布匹中间经过，伴随着长长的一声布匹被撕裂的声响。有时那声音是迅疾的，果断得好像一道旨意。金属与布之间，埋伏着一条条直线与转角，而尺寸都在我爸的心里放着。刀柄与刀锋都是张开的，我爸紧紧地屏住一口气。他裁衣的样子特别像一个杀伐决断的将军。

我爸裁衣喜欢在深夜里秘密进行，夜色与月光浸润在他的刀锋之上，那些被他构思过的布，都被赋予了丰富的想象空间。他爱听布在夜色中被裁剪所发出的嘁嘁畅响，那么畅快淋漓。他的剪刀在尽情地挥舞，那是一个农民的儿子在城市的夜晚的狂欢与宣泄。他把城市的夜剪成了无数细小的碎片，他甚至觉得整个城市都可以裁剪成自己想要的样子。白色的刀锋与神奇的裁剪声显然已经让他内心膨胀，当他想到这些被他裁剪过的布料即将变成一件件华丽的衣服，穿在城里人身上，他也就确信自己距离城里人已经不远了。

六

但也有一种比剪刀还更加坚硬锋利的事物。它在原本浑然一片的地上，裁剪出城市与乡村两种不同的生存空间，城墙与流水跨过去都太容易了。唯有剪刀经过之处，留下的天堑无法跨越。

我爸在城里最初的日子颇难，可想他是经历过怎样的煎熬。他像是一只流浪的风筝，牵风筝的那一双手，仍然在茶芜下。那是一只具有欺骗性质的风筝。当他一万次地假想自己是一个城里人时，他就已经被这种想象囚禁了。他被城市的巨大魅影牢牢拴住。茶芜下，他怕是再也回不去了。按理说，我爸完全可以在这种想象中自得其所，可他通过与城里姑娘的几次相亲之后，发现人们的内心终究是现实的。他农村人的身份一旦暴露，此前所有的甜蜜与肉麻，立时就成了泡影。

每至夜深，我爸服装店的雪白墙上，便见人影晃动，它们被说成是不祥之兆。这是我们家族在城市留下过泪与伤痛的魂魄。里面自然就有我的小太公，他的柳叶般的刀片与我爸的白色裁剪相互撞击，好像两颗不同志向的心灵正在激辩。一方认为，乡土里才有永恒的温暖与美好的生活秩序；另一方认为，唯有城市才能把人类带向理想未来。有时候，他们争辩得累了，也开始用另一种眼光去看待对方。处境不一，两个不同时代的人，怎么可能达成观点上的一致呢？但从本质上讲，在"我是谁"的问题上，他们都有过深刻的思考。

最终让我爸如愿以偿的，并非他的剪刀，而是他的热情。他的热情并不一定像火，但必定温润。有关于这个家族身体里方的部分，到他那里，都已经被磨成了圆和曲面。而这种圆，又非圆滑，是被眼界陶冶过的敞亮与开阔。我看过他拍摄于1987年初冬的照片。那时候，他是真的年轻，如青青绿竹，喇叭长裤，白衣胜雪，撑开的笑脸里，露出一口整齐的白牙。

而很多事，都是从一条皮尺的末端开始的。裁缝这门手艺，与其他行业最大的不同，就在于它的任何一道工序，都是围绕着人的身体而展开的。皮尺游走之处，必有商量话语，宽一分，短一分，都在商榷的范围之内。而有些话，就从这一分商量开始，逐渐地引到了另一方领域。我爸在城里晃荡经年，终于等来了一个头发花白的顾客，这个顾客的另一个身份，是我爸在城里的第五个房东。在他的目光里，也有着同样的温文儒雅。这种相见，使他们很快地成为莫逆之交。头发花白的他，觉得眼前的年轻人必定是懂生活、知人情的。从年轻人爽朗干净的笑里面，的确可以看到他的心灵正向着美好生活敞开。这时，也不知是哪位热心肠，在年长者的耳根，悄悄地嘀咕了一句，您家的二千金不正愁没有对象？年长者看看年轻人，越看越喜，心里堆出了一片锦绣。

就这样，年轻人被一束温暖的目光相中。

这个头发花白者，后来理所当然地成为我的外公。我外公是上世纪五十年代的长跑运动员。有关于他的光辉过往，简直如星河灿烂。他向来信奉家有黄金万两，不如薄艺随身的道理。他非常慷慨地就为眼前的这对新人粉刷好了房屋两间，一间用作店面，一间布置成喜房。两家人在欢闹的唢呐声中结为亲家。正午，鞭炮的繁响把云堆里的太阳震得异常明亮。冒着透明烟雾的阳光从紫蓝色的天空氤氲而下。它把城里的每座屋顶都绷成了白色的鼓面；把茶芜下的无数座山岗摇晃成了璀璨的黄金；长时间埋藏在我爸心里的那些蓓蕾，也被热情四射的太阳光追赶着、催促着，成了千树万树的繁花……

当我爸翻开人生崭新的一页，他把黑夜积淀在脸上的胡须刮得干干净净。在他口腔里翻滚了多年的土话，一夜之间也被他出卖得精光。"乡土"从他的舌齿间拆卸下来，相应地又安装上了属于城里人说的官话。城市为了使投奔它的人口拥有足够的忠诚，早早就制定了一项严酷的认同制度：任何人想在身份上被城市认可，都必须学说一种古老而特殊的官话。

在我看来，每个人的口腔里，都有一个远远大于他们自身的世界。十万烟火、千里江山都从这深不见底的幽暗之中涌现。相比起我爸，从城市外部直接闯入的第一代进城人口，我对自己城市人的身份，感受向来平静。我的生命的基础，早就不再属于乡土，取而代之的，是坚硬又充满了流动性的现代城市。距离家族的整体性方向，我已越走越远；我无法感受根从泥土里拔出来的锥心之痛，也理解不了被拦在城外的冷落之苦。当我把耳朵贴近地面，发现这个家族浩荡的历史就像是藏在一枚海螺里的涛声，前面所有的故事最终都淹没在一片空旷辽远的回声里了。

七

此时，灰白的云层中，擦出了一抹亮色，空气里飘来一阵阵满足的酒香与肉香。时间已经临近正午，路上行人逐渐散去，人们有的钻进路边的酒馆，有的回到了家中开始大快朵颐。落光了叶子的苦楝还有槐树，静立于道路的两侧。它们细密的枝条伸向天空，好像诗人身体里丰沛的表达欲望。

与其他路相比，我觉得稼轩路更多的是围绕生活的本质而展开的。它的作用多在于连接，把南北走向的几条马路连接成一张密密的网。晚饭以后，东西两边的熟人，相约在中途的某个公园碰面，人们沿街散步，说些闲话。柴米油盐、家长里短都汇聚到了这条狭长的路上。住在周围楼上的居民，多是从老城搬来的拆迁户，家里几百年的风霜雨雪都已经渗透到了城市的骨髓，人人一口流利的城里官话，听来好像粉墙黛瓦，又似秦砖汉简，腔调里都有了一层厚厚的包浆。城里的许多古老风俗，相应地也被他们带到了这条崭新的路上。赣州人一年四季，家里都要泡一口醋坛，里面扔进些平常吃不完的菜梗、萝卜、蒜薹、刀豆……屋子一隅，只需有这样一口黑漆漆的坛子，家便有了天长地久的意味……

长期以来，人们已经习惯了通过一种风俗或生活来定义自己。行走在地上的人们，谁没有一个身份？有些人，为了获得理想之名，殚精竭虑，青丝成了白发；也有人把既有的身份，死死抱在怀中，为此，绝不退让半步，即使舍了命，也要将它保全；而那些在身份问题上不如意的人，却因此落下了终生的病。年轻时，稼轩孜孜以求的梦想，无非是重新做一个宋人。当稼轩之名被记上宋朝的人口簿，庞大的国家，不过是又多了个子民。但作为宋朝子民的稼轩，心情却颇不平静，他不再是一个形貌可疑的流亡者了。这世界上，总有些人，他活着，并不只为了活，他活着的意义，更多的是为了获得身份上的认同。且这种认同，并不来源于自我想象，它来自周围人的目光。我为什么不能成为这一类？当你问这个问题时，你就已经不再是简单的"这一个"了。在无数个深夜，我爸在城市的小租屋里，剪刀划过夜空的长响，正是"这一个"对"这一类"所发出的诘问！

乾道四年（1168），稼轩因为献俘有功，到江阴军做了一名签判；他以为如此，为自己正了名，不想从周围人的目光里，却发现自己脸上似乎被刺了行字。"归正人"成了他心头的另一门痛。一个总是在乎自我身份的人，他也就必然比普通人有更多的路要走了。回到南方的稼轩，总觉得身体里有一股莫名之力，在催他上路。他甚至把家搬到了路上。他与奔涌的群山赛跑，与青山对语；他希望得到流水和山雀的赞美。在稼轩的身体里，有自己也没有自己。没有自己的他，总是被一只看不见的手，遣往南方各地，担任一些诸如守令、监司、帅臣的地方官；有自己的他，在任上，看到周围人的眼珠子，里面满含着猜疑与偏见，他就觉得恼。

淳熙二年（1175），一批贩卖私茶的商人在南方起事。三十六岁的稼轩从杭州仓部郎官的任上驱驰前往赣州。既然这个北地归来的年轻人身体里蓄满了血气与剑气，那为何不用他的剑，去收割茶寇们的头颅？

老历的七月过去了，八月也过去了。风急天高，转眼就到了赣州的九月。耳朵里满是秋声了，秋气从两只空空的膝盖里升起。两个月来，他日夜在兵车羽檄间度过。枫叶红了，秋天的果子熟了，茶商军贼首的头在辛提刑的剑下，像一枚熟透的果子应声落地。那铁铸的头颅，砸在地上，发出一声沉闷的声响。那声音很快被众声淹没。暮色悄然降临，山林间草木窸窣，偶尔有一两声鹧鸪鸟叫。战争过后，空气中除了弥散着一层淡淡的血的腥味，更多的是无边无际的肃杀之气。

读《辛稼轩年谱》，观稼轩行事，我觉得稼轩从本质上讲，首先是一个英雄，其次才是一个词人。作为英雄的他，一刻都没有忘记为自己的身份正名。握在他手里的剑，其实并不想杀人。他只想削去刺在脸上的那一行字，他想用一张清白的脸，去晤山水，去看人间……

要感谢稼轩为赣州带来了一条稼轩路。这条双向车道的柏油马路，连接的东西实在是太多了。往事如烟云聚散，一个人步履能及的地方实在有限。稼轩在赣州说过的话，写过的札，想过的事，都顺着城外的流水不知所往，唯有他留在此间的两阕长短句写进了厚厚的中国文学史册。

写出"郁孤台下清江水，中间多少行人泪"（《菩萨蛮·书江西造口壁》）的稼轩，其身影必然是伟岸的。他的胸中装的是整个大宋河山。他的驰骋之地，本该是北方的辽阔疆场。他的剑，本该是用去收复失地，以雪靖康之耻的！无奈，时局所困，他却只好屈身于这南方小城。"江晚正愁余，山深闻鹧鸪。"顾随说：稼轩手段既高，心肠既热，一力担当，故多烦恼。这种烦恼，我想多半是英雄的烦恼，并不是我爸还有小太公能够理解得了的，但辛弃疾绝不只是一个英雄，他也是一个喝酒吃肉、爱鲜衣怒马也遭同僚谤毁，需要忍受种种歧视目光的凡人。身在现实世界里的辛弃疾，并不只会把吴钩看了，栏杆拍遍。他也常去为朋友的乔迁贺喜，与友人饯别，同妻儿、仆人们玩笑。如此稼轩，大隐于类似稼轩路的市井里。即便是他的苦痛与悲伤，也都带着世俗烟火的味道。

——秋深了，督捕茶寇的差事眼看就要收场。事平，弃疾奏：今成功，实天麟之方略也。天麟是辛弃疾在江西结识的没齿难忘的兄长。两个肝肠似火的人，素不相识，却在一场讨捕茶商军的战事中相遇，天麟兄作为这里的守备，为前方战事给饷补军。不料今事已成，竟遭到小人算计，说他挟朋树党，政以贿成，守备的位置自然不保。事如流水，动荡的时局中，每个人都像是一枚可怜的棋子。人的身份影影绰绰，需要接受太多的阴晴圆缺。

"落日苍茫，风才定、片帆无力……倦客不知身近远，佳人已卜归消息。便归来、只是赋行云，襄王客……"（《满江红·赣州席上呈陈季陵太守》）写下此笔的稼轩，肉身是真的已经沉陷于普通人的情感里了。这场饯别的酒宴，酒注定是没有少喝，表面上看，这是稼轩为劝慰友人置下的酒，但事实上，辛弃疾端起的这一杯酒，又何尝不是蓄着满满的愁。一个浑身是愁的人，居然在劝别人精神当振作。这似乎也太吊诡了吧！

要感谢稼轩路，让我在庸常热闹的生活中，看见事物之间的潜在逻辑。在日常的遮蔽中，事物被拆解成一个个无关的个体。人们沉醉在自我的世界里，目光皆是向内的。我爸永远也不会把他进城的经历与稼轩扯到一块儿。他心里装着的，是普通人的日常，卑微又琐碎。他是庞大的世俗世界里并不起眼的角色。与披附着"词中龙""抗金英雄"等各种光环的辛弃疾完全不具有可比性。可是稼轩路的出现，让我从两座看似无关的冰山中间，看到了二者潜藏在水面以下的巨大联系。在由稼轩路所提供的整体性的视野里，我不仅发现历史与现实是一对孪生兄弟，还感觉到小人物与大英雄之间，也常常是可以对话的。我在想，回到南方的稼轩，名字被记上大宋的人口簿，难道他就真的成了宋人？在一份名为《辛稼轩交游考》的史料里，我发现见于稼轩词集的一百零九人中，竟有三十几位都与他有着同样的经历。他们由金归宋，被打了"归正人"的烙印。这其中不乏稼轩的族人、同僚与挚友，甚至妻子范氏一家。可以想象，这个群体在不公的待遇下，不得已，他们抱团取暖，惺惺相惜，彼此吐露心声，以求得到心灵上的慰藉。表面上看，他们是回来了，但在精神上，他们仍然游离于主流之外！

　　也许，对稼轩而言，这是一座永远也进不去的城。在词中，他反复地称自己为倦客。我想，包含在"倦"之中的，不仅仅是壮志未酬的失落，也是颠沛的心，在路上始终得不到安顿的无奈。悠悠苍天，此何人哉？他成了一个可怜的离人，像一块铅灰色的行云，没有哪儿是他可以停留的。即使在弥留之际，目光投向人间的最后一瞬，他仍然没有忘记用嘶哑的喉咙喊出"杀贼！杀贼！"。他的努力，并没有因为生命结束而停止。"天上有行云，人在行云里。高歌谁和余？空谷清音起。"——这是稼轩隐居带湖时写下的句子，行云作为一种飘零之物，它承载着普通人难以理解的苦恼。也因此，它成了稼轩最生动的灵魂小像。

八

　　话扯远了。忘路之远近，敲门已是堂姐家。

　　前来祝贺的亲戚都已到齐。人们围坐于客厅中央的一张玻璃茶几四周。喝茶、嗑瓜子，聊天的气氛十分火热。我并没有立马坐下，而是履行参观者的权利，在屋子里四处走动。目之所遇，眼前的新家其实一点也不新了，甚至显得有些老旧。整个装修风格仍然停留在本世纪初流行的金黄色调子。经过时光的浸泡，门和地板都有了明显裂痕，整套屋子散发着前任主人留下的气息。旧主人姓陈，是附近银行的一名职员，儿女们迁居异地，老两口也索性将旧房子卖了。房子过户到了堂姐名下，这个八十平方米不到的两居室，自然就成了坐实她城市身份的关键之物。乔迁新居，人们轻重都有表示。大伯从茶芜下老家为女儿带来了一个亲手编织的火笼，里面燃着红红的炭火；这也是祖上沿袭下来的规矩，新屋落成，灶头的火种都要从老屋带来。火和人一样，也要接续传承。我在一堆熟悉的面孔中间坐着。亲戚们话语滔滔，交谈所用一律为老家话。

　　现代的生活节奏，让大家在平日里聚少离多。爷爷在时，家里至少还有根主心骨，逢年过节，少不了一聚。自从老人走后，亲情越见淡薄。如无重要事体，几乎没有相见的可能。爸爸早早脱离于这个家庭，把家搬到了城市，无论从哪方面看，都与家族的其他成员表现出诸多不同。但凡家里遇到任何社会性的麻烦，他们首先想到的仍然是我爸。他们看来，城里人的人脉关系，总比乡下人发达宽广。久别重逢，没想到我爸和每张面孔都有交道，他们之间，早已经互为"好友"。口腔里沉睡已久的老家话居然在这个场域中复活了。当他将嘴张开，把"太阳"还原成"热头"，把"父亲"还原成"爷佬"，把"我"还原成"哐"，当他把一桩桩物事还原到茶芜下人的语言日常，他好像被一个古灵魂附体了。毫无准备，扑通一声，他跳进水池，然后就尽情地游开了。他把祖祖辈辈嘴边的话，轻轻松松地接过来，流畅自如地言说现代人之事。话语里带出田野里风的气息，土的气息。大量久远的气息在他的滔滔不绝中被带到跟前。

这些年，我觉得我爸是越活越通透了，那些曾经让他着迷的身份，现在都已经无所谓了。他收敛起骨子里的狂妄与偏执。那层被裹得紧紧的铠甲也终于卸了下来。而今再看，他三十几年前的进城，亦可说成是一场暂时性的出走。我爸做了那么多年的城里人，没想到回去的路那么近。他对于土地的爱，也在未来的某天终于得到释放。我家原本一无用处的楼顶，在他的捯饬之下，居然成了一个生机勃勃的空中菜园。前年他在楼顶种了辣椒与白菜，去年又种了红薯与丝瓜。每当他满头大汗地从楼顶回到客厅，我就觉得他是完成了一次华丽的还乡。

我知道，这种还乡，更多的是属于精神性的。我爸的生命中，始终供奉着一抔土，这是他永远也放不下的土。他有时会像孩子似的和我分享，他又梦见了童年的晒谷场与烟囱，梦见自己从茶芜下的山岗上向着山谷里扔石子。这些五色斑斓的梦，让他在逐渐苍老的路上有了无穷的寄托。茶芜下是他的精神之乡。我想，这种还乡更多地停留在意识里或者纸上。而现实里的茶芜下，他恐怕是再也回不去了。去年，大伯与叔叔主动提出，想把家里的老房子拆了。这是爷爷修建于上世纪七十年代的土房，里面收藏了我们家近半个世纪的眼泪与欢笑。近年，大伯与叔叔都各自盖了新房，居住空间得到大大改善，但周围的邻居没有哪家还留着老屋的。他们在自家的宅基地上，相应地盖起了数层楼的砖房。唯独剩下这栋老屋，样子特别碍眼，一家人的面子都因此挂不住了。大伯和叔叔几次三番地来和我爸做工作，希望改建老屋，三兄弟每人盖上一层。但是我爸对自己的下半生早有谋算。一个习惯了城市生活的人，对于医疗、购物，生活中的种种……都已经有了天然依赖。加上我爸性喜热闹，老家的大部分人平常都寄宿城里，人们在城里务工、上学。唯有到了寒冬腊月，往年热闹的光景才会重现，而空中菜园正好让我爸的乡愁有了安放之所。这不由得让我想起博尔赫斯《庭院》里的句子，"庭院，天空之河／庭院是斜坡／是天空流入屋舍的通道"。空中菜园作为连接我爸精神故乡与现实生活的庭院，里面有太多的风景值得他用余生去料理。

两百年前的某个春日下午，我的祖辈朱学宾在茶芜下的田野里犁地，他的手上沾满了泥，他热气腾腾的胸膛向风袒露，目光望向天空的行云。两百年后的某日，我爸在楼顶的菜园里翻土，握惯了剪刀的手再握锄头，他发现锄头里面隐藏着一种更加粗率、朴素的美学形态。他抬起佝偻的腰，一块行云像大鹏张开的翅膀，扑向他。他猛然后退了一步。行云是没有任何时间性的，它从古代传说中的南溟一直飘至北海，然后又由北往南，如此反复。每一个看见过行云的人，一生都无法摆脱掉在路上的命运。

英雄与普通人都难逃在路上的命运。他们都可能是行云的化身。英雄的命运中，通常充斥着宏大叙事，普通人的命运里，永远有说不完的生活的鸡零狗碎。历史的正面向来由英雄书写，历史中的小日子多数由普通人提供，但是为了在"我是谁"的问题上有个清晰的答案，英雄与普通人也常常混淆。年轻时，我爸为了寻找理想的岸，不惜碰得头破血流。他锋利的剪刀底下，埋藏的是一次次的呐喊与冲锋。辛弃疾沉陷在南方的无数个日夜，他那原本用来补天的手，也一次次用来举别离的酒。当年的壮声英概——被稀松平常的日子侵蚀，渐渐地，也失了从前的风采。

九

几盏茶后，热烈的聊天氛围突然沉静下来。人们面面相觑，中间好像经历了什么。在这一两秒的无声中，我仿佛看到有个紫色的影子从屋子中经过，当他经过时，整个屋子像掉进了一口巨大的深井。我的肚子呱呱乱叫，众人的肚子也都相应地唱起了歌。我下意识地看看厨房，里面悄无声息。座中也不知是谁说了一句，酒菜都已经好了。原来午餐预订在隔壁的风味酒家。我缓过神，终于想起，这是城里人的乔迁之宴。

（原载《山花》2023年第8期）

朱强，中国作家协会会员，南昌市散文学会会长。出版散文集《墟土》等。曾获紫金·人民文学之星奖、万松浦文学新人奖、丰子恺散文奖、谷雨文学奖等。

日本留学打工漫记

◎ 琪　官

　　前几日，川村阿姨发来信息，约我周六去吃河豚火锅。她是我学生时代打工的咖啡店店长，在我辞职前就说有空一起吃顿饭，后来新冠疫情反反复复，一直拖到了现在。川村店长和我母亲差不多大的年纪，也只有一个和我同龄的独子。我由于疫情已经三年多未回国，川村店长的儿子在名古屋生活，母子两人关系似乎不太好。我俩相处起来，倒意外的十分融洽，经常被店里其他同事调侃说像是一对久别重逢的母子。

　　入座后，一位一看便知是外国人的女孩过来点单。她胸前挂着"研修中"的名牌，说着生硬磕巴的日语，神情有些紧张，看长相和说日语的腔调，应该是越南来的留学生。一位扎着头巾的日本大叔远远地站在她身后，一边小声指点着，一边满眼歉意地对我们点头，意思这是个新人，请多多包涵。川村店长一改平日快速的关西腔，以缓慢清晰的标准语点了单。待女孩慌张离去后，川村店长又换回平日里不拘小节的姿态，点了根烟，将烟雾吐向空中后看向我说："你刚来店里那会儿，日语虽然也不大好，但比她敢说。"

　　"我刚来日本打工的时候也像她一样，慌得要命。后来就习惯了。"我说。

搬来大阪前我曾在神户读了近两年的日语学校。在咖啡店之前，我已经有好几年的打工经历，因而对我来说，只是换个地方赚生活费而已。我经常敬语、自谦语混着一顿乱说，倒也引得顾客阵阵发笑，也就不觉得有什么恐怖的了。

　　"不过你现在好了，在大学当老师，再也不用打工了。"川村店长满脸欣慰地看着我说。

　　"非常勤讲师而已，上一节课才拿一笔工资，说白了跟打工没什么区别。"

　　"那总比在咖啡店里端盘子、洗杯子强吧？"

　　"这倒也是。"我笑道。

　　说话间，刚才点单的女孩送来两杯生啤，小心翼翼放下后，又立即抱着托盘逃难似的跑向后厨。我看着她慌乱得有些可爱的背影，想起刚来日本那会儿的自己，也像她这么生涩来着，一眨眼七八年就这么过去了。往事种种回忆起来，总觉得是浓缩成一团团的，就跟挂在大太阳底下忘了收回来的葡萄串儿似的，猛地想起来再跑去看，一条茎秆上原本丰满紧实的果肉已经皱得干巴巴的——是残留在回忆之线上一粒粒风干的记忆点。

　　我举起生啤和川村店长碰了杯，按照日本人喝第一口酒前总要进行的固定程序，互道一声"你辛苦了！"后大闷一口，放下酒杯，我才感慨道："不过现在想起来，在日本打工的那段日子，虽然辛苦得很，但仔细回味回味，还挺感慨万千的。"

　　"你是被那些打工的日子磨炼出来了，总算混出头，想想你爸妈得有多高兴哦。"川村店长放下酒杯后说道，"不过日本真多亏了有你们这些留学生，不然就靠我们这些腰疼眼花的老阿姨，日本经济早完蛋了。"

正如川村店长所言，自费前来日本留学的人，十之七八会选择打工。独立行政法人日本学生支援机构（JASSO）2022年9月发布的一项调查结果显示，虽然较之疫情前大幅减少，目前仍有二十四万多名留学生在日本求学，其中就约有百分之六十七的人在课余选择了打工，而这一比例在疫情之前的2018年，则高达惊人的百分之七十五点八。

日本的劳动力在很大程度上都依赖于各种中短期打工族。日本高中生的学习任务并不像国内那么繁重，高中阶段便开始打工的学生不在少数；日本女性结婚后选择离职在家带孩子的现象仍然普遍，等孩子上了学，很多家庭主妇就会再次走出家门，利用孩子上学的时段，打一些短时间的零工；此外，那些常年奔波惯了的上班族定年退休后，不愿天天在家眼睁睁任时光荏苒，很大一部分人也会继续出去谋一份轻松些的兼职，不是为了赚多少钱，而是想证明自己依然存在一定的社会价值。

除了日本人之外，数量庞大的留学生群体更是这打工族当中的主力军。一方面，严重的人口老龄化和少子化，使得日本社会不得不依靠这些来自国外的"廉价劳动力"来维系日常社会的运营。另一方面，日本由于地少物稀，又痴迷精益求精的匠人精神，因而从吃穿到起居，整体物价并不便宜。要是贴上"日本国产"的标签，价格更得翻上好几倍，例如一到夏天，就经常能看到一颗哈密瓜、一盒樱桃拍卖出几百万日元的咋舌报道。就连平时在外面简简单单吃碗面，换算下来，都得五六十元人民币。而在日本打一个小时工的工资，大概就是一碗面的价钱。如果不是家底比较殷实，或者学业忙得焦头烂额，每个月靠国内汇来生活费在这里生活，总觉得有点冤大头，因而，很多留学生都会选择打打零工。如此看来，这一个愿打一个愿挨的留学生打工制度，可说是一项"你好我也好"的双赢政策了。

留学生办理打工资格的手续也十分简便，只需在最初入境时，在海关处申请一个"活动外资格许可"，盖在作为外国人身份证的在留卡背面便可。当然了，拿留学签证的人并不能无限制地打工，日本法律规定，留学生每周的工作时间不得超过二十八小时，寒暑假不得超过四十小时，也不得从事与风俗业相关的工作。记得刚到语言学校的时候，那个戴着厚片眼镜的日语老师就反复强调："就连按摩店的清扫类工作都不可以哦，被抓到了有理也说不清，是要立即被遣返回国的！绝对不行！不行的哦！"语气过于强硬，反而给人一种心虚的错觉，仿佛如果真去什么小巷子里闪着霓虹灯的按摩店扫地，很有可能会跟他撞个满怀。

玩笑归玩笑，日本政府虽然需要我们这些留学生所提供的劳动力，但还是用法律提醒我们，来日本的目的是求学，而不是赚钱。可现实情况是，有些留学生会为较为丰厚的时薪所心动，拿着留学生签证，学校里却成天不见人影，一天打三四份工，签证过期续不了，便索性黑在了日本，继续过着疯狂打工的生活，心想着反正被抓了也就是遣送回国，倒不如在那之前先赚他个盆满钵满。

写到这儿，不禁想起之前看过的一部纪录片，张丽玲导演的《含泪活着》。她曾饰演过1987年版《红楼梦》里娇杏一角，后来也跑到日本留学，于2006年拍了这部纪录片，是系列纪录片《我们的留学生活》的收官之作。它讲述了上个世纪八十年代，上海一名工人丁尚彪在三十五岁的年纪，毅然决定跟随第一波留学大潮来到日本求学，希望可以借此改变自己和家庭贫困的命运。可这批满怀憧憬的留学生到了日本才发现，他们来到的是北海道一个鸟不拉屎的边陲小镇阿寒町，地广人稀，除了成片废弃的房屋就是老态龙钟的留守老人。别说打工挣钱还债了，就连当地的人都很难找到工作。丁尚彪在一个夜晚逃离了阿寒町，只身前往东京。可到了东京，原本联系好的日语学校却在签证上出了问题，丁尚彪想着跟亲戚们借的一大笔钱还没着落，一咬牙一狠心便留在东京成了黑户，开始了长达十五年之久打黑工的生活。

　　丁尚彪来日本的时候，女儿还在上小学。为了日后能送女儿出国留学，丁尚彪没日没夜地打工，在餐厅掌勺、在商场清扫、在工厂干活……赚了钱也舍不得花，也不知道怎么花，每个月如数寄回去，夫妻两人仅靠一笔笔汇款和一通通电话维持着婚姻关系。最终女儿不负众望，高考后考上了美国纽约的著名学府。去上学前女儿在东京转机，父女俩时隔八年才再次相见。彼时女儿早已出落成了大姑娘，父亲兴奋地给女儿介绍自己生活了八年的城市，父女俩显得亲切却又生疏，是一直活在记忆和电话里的彼此突然出现在眼前。她长大了，他憔悴了，隔着漫长的时间的湍流，两人反而有些拘谨得如同远客。

　　由于没有合法身份，丁尚彪无法进入东京成田机场，只能在日暮里车站和女儿会合。短暂相聚后，翌日女儿又要前往成田机场飞往美国，丁尚彪同样只能在机场的前一站下车。下车前，原本有说有笑的父亲开始旁若无人地默默揩泪，女儿见他一哭，眼泪也就下来了。父亲下车后，久久站在月台上看着女儿的背影，直至列车消失在远处轻雾中，他依旧神情落寞地孑然独立着，环顾四周，来日八年，他依然是这个繁华都市里的局外人。就这样，丁尚彪从一个三十五岁的青壮年开始，黑在日本没日没夜地打工，在知天命的年纪，女儿也在美国即将取得医学博士学位的时候，终于做出了回国的决定。

这部纪录片我反反复复看了好几遍，每次都会热泪盈眶。我虽然无法赞同这位父亲用牺牲自己的生活来成就下一代的做法，但不容置疑的是，他是个极其伟大的父亲，是那个时代里钢铁一般的男人。张丽玲跟拍了十年，记录了这个钢铁般的男人在日本渐渐生满铁锈的十五年。纪录片的最后，消瘦苍老的丁尚彪坐在回国的飞机上，看着窗外渐次远去的日本大地，两眼通红地默默合掌致意，像是在祭奠自己挥洒在这片土地上的每一滴泪与汗，以及自己一去不复返的青年时代。每次看到这里，我总会想起当年即将落地日本之前，那个坐在飞机上看着脚下陌生灯火连绵如星河的我。他去我来，那时的我与影片中即将同这片土地永别的他，形成了某种平行时空层面上的对照。我们虽然素未相识，却在那一小格相似的飞机窗玻璃上，看到了彼此淡淡的投影。

当年的我也像影片中的丁尚彪一样，为了所谓的改变命运，不顾一切跑来日本留学。我出身农村，家境并不富裕，但从小学习成绩不赖，父母也尽全力供我读书。记得小升初那会儿，父亲决定送我去一家私立初中，比起公立初中要多交两千块的"培养费"，这两千块还是父亲向左邻右舍借钱凑出来的。高考我还算争气，考上一所还不错的大学，毕业后没经历什么坎坷，进入一家大型出版社，做着体面的工作。可一颗想要看看外面大千世界的心，一直在胸膛里文火慢炖着。工作之余，我私下里联系好了日本的语言学校，确认了所有的留学手续后才跟家里提及。父亲听后表情十分的冷静，既不表示反对也不予以支持，只是一边抽烟，丢下一句："想去留学可以，但钱这方面你自己想办法。"母亲当时紧皱着眉，一直叹气，在昏暗的灯光下扒着烂黑的棉花果，是未能绽开就因下雨落到地上的，一个个捡回家，熬夜扒开，虽不及白棉花值钱，积少成多，多少能换些票子。

得到父母的"默许"后，我便开始准备各种留学材料，可最大的难题当然还是钱。留学签证材料里需要一份三个月的定期存款证明，我记得是十来万的样子，当时家里刚建了新房子，还欠着外债，根本不可能有十几万的存款。我便跟亲戚们开口借钱，可建房子借的钱还没还上，亲戚们也都不是什么大富大贵的人家，也有各自柴米油盐的日子要过，有自家的孩子需要培养成人。得知我想去留学的事情，一开始他们也没说什么，这次我主动开了口，他们倒也借此机会劝起我来，圆滑世俗的话语颠来倒去，说白了无非同一个意思——出生在这样的家庭，你父母供你读到大学已经不容易了，还是安心工作为好。说实话，当时满脑子想改变命运的我，听了那些话，只觉得他们铁石心肠，反而更加坚定了我要出去留学证明给他们看的决心。最终，我拉下面子，跟大学里一拨玩得比较好的朋友们借钱，好歹凑够了那十几万，存进银行，准备好所有的材料，递交了留学签证申请。

没过多久，签证很顺利地下来了。临行前，母亲替我收拾行李。虽然她嘴上没说，但我知道她是开心自豪的。我是整个家族，甚至是从那个小村庄走出去的第一个留学生。小半辈子过下来，她活得总是那么抑郁，从三十几岁起脸上就爬上了皱纹，也曾有过几次试图自杀的举动。我记得她常挂在嘴边的一句话就是"妈妈要不是看着你觉得舍不得，早就不在这个世上了"，我是她清贫生命里唯一的骄傲，是她可以在其他兄弟姊妹面前挺起胸膛的唯一筹码。以前年少不经事，听到她在亲戚邻居面前显摆我这我那，我总是会粗鲁地打断她。现在想来，只觉得心疼。我很庆幸自己意识得还不算晚，疫情之前偶尔回国，母亲还是会在众人面前炫耀我这个在外留学的儿子，我虽然依旧觉得浑身不自在，却从未再阻止过她。

2015年7月13日傍晚，我登上了前往大阪关西机场的航班。不知什么原因，登机后足足等了两个多小时飞机才起飞。一颗兴奋又忐忑的心一直悬空着，仿佛不到安全降落的那一刻，一切就都还会有叵测的变数。到达关西机场已是半夜，我看着窗外全然陌生的异国夜色，脑袋里嗡嗡的，是因为生理和心理还处在不同的时空里。以后每年到了这天，就像是此刻的"我"和之前每一年的"我"之间的秘密纪念日一般，我总会翻开那天发过的朋友圈看看，回想当时坐在飞机里的那种惴惴不安的心情，还有同那张皱巴巴的机票一般，被我汗涔涔拽在手心里前途未卜的未来。

语言学校位于近畿地区的神户市，一座雅静端庄的海边城市。周围的一切都是新的，是我生命钟摆里的时针走了两圈之后，又回归到了原点。父亲虽然说过留学的钱让我自己想办法，可我临走前，他还是凑出了两万块，替我交了第一笔学费。在国内生活了二十几年，早已习惯了抱着半个西瓜用勺子挖的物价，突然来到一个"西瓜切八块，每块卖三十"的国度，站在超市一排包装精致的水果前，反复看着标价，心里总得日元人民币换算个半天。就像是原本稻麦不分的姑娘嫁到婆家，突然受命当起了家，日子的方方面面都得精打细算起来。为了解决生活费，我很快便开启了打工生涯。

第一份工作是在六甲山人工岛上的一个工厂里，是语言学校介绍过去的，学校和他们应该有合作，长期替他们介绍兼职人员，从中拿点回扣。这个工厂是日本肉制品行业巨头"伊藤火腿株式会社"的冷藏仓库。人工岛风景优美，碧海连着湛蓝的天，海鸥翱翔浪漫，巨轮在白浪里高鸣起航，就环境来讲，是个令人心生愉悦的地方。工作的内容也并不复杂，也无需多好的日语能力，只需按照各个超市的订货单，从一排排货物架上找到相应的货品，塞到一个纸箱里后，送给领班的日本人确认。由于都是肉制品，仓库里只有几度，大夏天也得穿上笨重的棉袄，戴上帽子、手套、棉口罩工作，只能看到对方的一双眼睛。员工之间也没什么交流，大家仿佛都是一根鱼线上的那一颗颗橙色的浮标，被一张张订单拖拽着游来游去。

员工里有几个中国来的研修生大姐——"研修生制度"也是日本吸收外国劳动力的重要来源，美其名曰是来研修技术的，实则就是从国外大量引进廉价劳动力，做一些流水线的机械工作。在陌生的环境里看到中国人，一开始总觉得亲切，可慢慢发现他们跟你的交流，也仅仅限于日常的打招呼，眼神里是漠然的疲惫。后来我才意识到，除了他们这些常年的员工，这个工厂里人来人往如食客，流动性很大，已经有太多像我一样刚去日本的留学生过去，没过多久就选择了辞职。既然都是云烟过客，又何必掏心窝子嘘寒问暖。

机械枯燥的工作内容让我内心产生巨大的落差。想想之前的工作，我每天坐在舒适明亮的办公室里，审稿、策划图书、联系作家、和美编讨论排版设计，秋天还会参加集团举办的划龙舟大赛，年底还有盛大的年会可以尽兴。虽说一开始工资不算理想，但终归是个体面有趣的工作。而现在，却要穿成南极探险队的样子，在一排排货架之间寻找全是日语片假名的辣味香肠，会因弄错特惠装和普通装遭到日本人领班的白眼。晚上精疲力尽地回到出租房（当时住在一幢一户建最上层的狭小阁楼里），躺在地铺上，看着头顶一格小小天窗外逼仄的夜空，怀疑自己是否真的应该像亲戚们当时劝我的那样，安安分分地工作，而不是来日本成为鱼线上一颗被现实生计来回拖拽的浮子。

可我像当年的丁尚彪一样，没有了退路。我只能在前行的路上劈开一条条另有可能的岔路，迎头摸索。在工厂干了两个月之后，压抑冷漠的工作环境还是让我毅然决定辞了职。可生活还在继续，房租要交，学费要存，学校介绍的工作我不想干，只能靠自己寻找兼职。对于像我这种刚来日本，日语还不行的留学生来说，中国人经营的中华料理店是很多人的首选。幸运的是，我很快就找到了一份料理店帮厨的工作。

料理店名叫"青岛"（估计是因为青岛啤酒在日本比较出名的缘故），开在神户三宫街头繁华区的一幢三层小楼的二楼，楼上是有美女陪着喝酒的小酒吧，楼下是挂羊头卖狗肉的按摩店。"青岛"从晚上六点营业到早上五点，赚流连于花街柳巷的酒鬼们的钱。店主是一对福建来的小夫妻，三十来岁，为人很热情。两人也曾来日本留学，在语言学校相识相爱，老板在留学期间也在中华料理店当帮厨，结婚后就盘下了这家小小的料理店，做起了料理人。命运往往就是如此的奇妙，很多人从未预料到自己会从事现在的职业。我想如果有人采访一下日本中华料理店里掌厨的，十有八九会说他们从未想过自己有一天会成为一名厨师，就像《含泪活着》里的父亲和"青岛"店的老板一样。

　　"青岛"店面很小，十几平方米开方，只能容下五六张桌子。老板负责在后厨炒菜包饺子，老板娘则在外场接客做酒。我一般从晚上六点上到十二点，一周上三四天，时薪不算高，神户市当时的最低时薪，不到九百日元的样子，夜里十点之后多加百分之二十五。但由于是现金支付，政府系统里没有记录，每个月需交的健康保险金就会按照没有收入的标准征收。而且每次下班前，老板还会做一顿便餐给我吃完再下班，又可以省下一顿餐费。

　　深夜下了班回家，经常会在楼下碰到一个二十来岁的姑娘，露出甜美的笑，用略带口音的日语问我要不要按个摩。问过几次后许是意识到我是二楼餐厅的员工，她也就只会笑着说声"辛苦啦"。之后听老板娘说，这个小姑娘也是中国人，老家好像也是福建那一块的，估计已经黑在了日本，在楼下的按摩店里上班。虽然算是半个老乡，老板娘却嘱咐我少跟楼上楼下的姑娘们交谈，一个个看着人畜无害的，其实都是吃人不吐骨头的主儿，楼上的酒吧一屁股坐下来，光座位费就得五千日元。

　　料理店的工作我适应得很快，一开始只是在后厨帮忙准备食材、洗刷碗筷，后来渐渐干习惯了，老板娘忙不过来的时候，也会叫我去点单送菜。这份工作虽然仍远不及小说编辑来得轻松舒适，但至少是充满人间烟火气的，人与人之间的交流是市井热闹的。当然了，我并不是说在工厂上班的人们没有生活，只是那样的生活着实让我有些喘不过气来。

饮食店的工作其实也不轻松，店面虽小，老板做的包菜猪肉馅儿的煎饺却远近闻名。到了周末，更是连逼仄的过道里也要塞下简易桌椅，客人点上两盘煎饺一杯生啤，吃完后又换下一拨客人。我常常半夜一身油烟味，骑着自行车沿着JR铁道线回家，途中会路过一条从六甲山流下来的湍河。我有时会在桥上停下来，趴在石栏杆上抽根烟，看远处神秘无言的六甲山，听脚下昼夜不息的潺潺水流声。初来日本打工时的落差感日渐消散，这让我既欣慰又有些担忧。我既渐渐适应了打工生活，却也站在了疲于奔命的死循环入口。可一根烟抽完，我立即骑上自行车回家，得抓紧时间洗漱睡觉，明天一早还得去语言学校上课。

"青岛"夫妻俩育有一儿一女，儿子刚上幼儿园，女儿刚会牙牙学语，都放在福建老家给奶奶带。店里闲的时候，夫妻俩便会像两个趴在草地上观察螳螂的小孩一般，挨着头趴在厨房里的灶沿边，用家乡话和视频那头的两个小孩说话："有没有听奶奶的话？""睡觉前不准吃巧克力了，牙齿要坏掉的。""爸爸妈妈很快就回去啦，你从今天开始数，数到一百爸爸妈妈就回去了。"欢快的语气里隐隐总有那么一丝无奈，视频结束后，总是会听见老板娘无可奈何的哀叹。闲下来我问老板娘为什么不把小孩接过来一起住，老板娘说他们夜里上班，白天又要睡觉。两个小孩还太小，他们奶奶又一句日语不会说，接过来也没人带。只能等孩子大些再看。我点点头，没说什么。老板娘末了却加了一句："可一直不在身边，等孩子大了，也就不会跟我们亲了。"

有时候看着他们细碎的日常，会觉得羡慕，心想这就是寻常婚姻该有的样子。他们每天忙于买菜开店，下了班回家倒头就睡，没什么时间出去玩，来日本十几年，也没交到什么朋友，夫妻俩也就成了在这异国他乡里彼此唯一的依靠。他们赚的钱也像丁尚彪一样，定期换成人民币，汇回国去，养小孩，建房子。听说他们用在日本赚的钱，回老家建了栋气派的三层小洋楼，却只有父母和两个小孩住在里面。

可成天工作生活都绑在一起，摩擦在所难免，夫妻俩斗嘴吵架也是家常便饭。最厉害的一次，就因老板娘多睡了会儿觉，买菜来店里晚了些，店里一开店就涌来一拨客人，点了一堆菜。每次客人不喝酒光点菜，老板就会烦躁，因为一道菜的利润远没有一杯酒的利润高，还费时又费力。老板一边叮里咣当掂着中华铁锅，一边数落老板娘的不是。夫妻在一起生活，一旦一件小事看不顺眼，对方做什么都会变得碍眼起来。就跟吃饭吃到一根头发一样，其实可能只是粘在了碗边，但一下子一筷子都不想动了。十几平方米的店面，厨房的狭小程度可想而知。老板娘被他骂得一句话不说，进厨房铲冰块也没吭声，老板端着锅转身准备装盘时，差点浇到她身上，便火力全开漫骂了起来。老板娘也窝了一肚子的气，多少年的埋怨都泄出口来："头晕多睡了会儿怎么了？我跟着你这些年，每天日夜颠倒的，还不到四十，脸都老成什么样了？跟着你过过几天好日子？"说着说着所有的委屈都涌上心头，也许是仗着我在一旁会拉住她，老板娘拿起砧板上的菜刀就要往老板砍去。我隔在他俩之间，从老板娘手中夺过菜刀。餐厅里欢快的中国风音乐开得很大声，客人们在高谈阔论着，没人注意厨房里的动静，见迟迟没人出去，还不停地大声催促上菜。我只好硬着头皮从老板手里接过锅，装好盘端了送出去。后来有次跟他们说笑，我说得给我涨工资，我这又刷碗又上菜，还要忙着给你们劝架，哪有这么使唤人的。老板憨憨地笑笑，说要不请你去楼下按个摩？被老板娘照着后脑勺就是轻轻一巴掌。

我在神户的语言学校待了近两年，在这家料理店也干了近一年半。离开神户后，我常常会想起那个充满烟火气的料理小店，想起小店里那对动不动就刀光剑影相见的夫妻，刀剑亮相后收入鞘中，又是相濡以沫搀扶走下去的绵绵岁月。后来我以这家小小的料理店为题材，写了篇小说发了出来。之后偶尔有事去神户，却再也没去拜访过他们。因为在那篇小说里，我给他们唯一的孩子安排了死亡，我知道他们可能永远都不会读到那篇小说，但总有点做贼心虚的愧疚。

2017年春天，我考上了大阪某大学的中文专业的研究生。回想起自己的这些年，总觉得不可思议，像只一直在迷雾森林中寻找出路的鹿，慌里慌张的，看见哪里有光就往哪跑。本科在以理工科闻名的大学学英语，毕业后却进入一家出版社当中文小说编辑，工作一年后辞职，跑到日本，最终却选择了中文专业的研究生，听日本老师用日语讲鲁迅、讲新感觉派、讲中国独立电影的窘境、讲古汉语发音与现代日语的渊源。常有人在得知我在日本学中文时，会不自觉地发问："为什么啊？"是啊，为什么呢？我也问过自己无数次，为什么呢？为什么来日本？为什么在日本学中文？为什么放着好好的工作不做跑来刷盘子？为什么写小说？为什么要试着记录下不可能完整的过往？我们似乎每天都在询问着一些"为什么"，这诚然是好事，可以让我们保持思考的习惯。但生活不是数学，大多"为什么"就连当事人都说不出个中缘由。就像是高中语文的阅读理解，画线部分的比喻句隐喻了什么，表达了作者怎样的不满，抒发了作者什么样的情感？学生解答起来头头是道，可拿给作者本人，却是满脸的为难：就是个比喻句啊，我写的时候也没想这么多啊！一路走到现在，我仍然会问自己很多"为什么"，但从不再追求什么答案。

考上研究生之后，我搬来大阪，又是人生新阶段的开始——说是新的开始，但深究起来，其实也是换汤不换药，打工的日子仍在继续。就像日本有一种很著名的拉面，店家几十年不换面汤，一口大锅昼夜二十四小时咕嘟咕嘟熬着，只要不断往老汤里加入新料便可。端出去给客人，又是刚出锅的一碗新鲜美味。人生也是如此，换了环境总觉得一切都是从零开始，但其实都是在之前的底料里添入未知口味如何的新食材而已。丢却任何一个看似无所事事、从早睡到晚的"昨天"，都无法塑成"今天"的这个自己。这事往大了说是宇宙相对时空的奥秘，往小了说就是一碗面汤的事儿。我凭借之前打工积累下的"底料"，很快又在学校附近的一家咖啡店找到了新的兼职。

咖啡店的店名直截了当，就叫作"咖啡馆"，是日本一家大型连锁饮茶店的"我孙子町"分店。相较于之前神户市中心的"青岛"，这家位于大阪南部边郊地带的咖啡馆，则更像是一个温和的大家闺秀。由于开在学校附近的居民区，客人以当地的居民和学校的学生为多，做的是细水长流的常客生意。当时我刚搬到大阪，路过时进店喝了杯招牌炭火咖啡，觉得不错，结账时便斗胆问了句是否在招工，第二天就接到了店长打来的面试电话。这一干，就是整整五年，从研一一直干到了博三，连说出来的日语都不自觉地带了点儿关西腔调。

如果说，之前工厂和"青岛"的打工，我还是在为了生存，被生活牵着鼻子走的话，在接受了打工是留学生活中必不可少的一部分之后，我学会了利用它。在咖啡店打工的那几年，我已经不再简单将其视为一个赚钱糊口的场所，而是我窥得日本风土人情的一个窥视孔。我开始观察店里的每一位常客，感受巨大落地窗外那棵香樟树一年四季的变化，试着与店里的其他日本员工成为朋友。我将这些所有的元素一股脑吸收进体内，用心底的温火细细熬着，熬成一锅锅可以塑成任何形状的铁水后，我又开始写小说了。

刚来日本那会儿，每天疲于奔命，我有很长时间都未再动笔写过小说。看着国内和我大抵一起出现的"九〇后"作家们一个个写成了气候，心里难免会有些失落，觉得自己因为想要"改变命运"，却在无形之中，被柴米油盐偷走了生命中很重要的一部分。但当我学会了穿过打工的镜面，看到背后生动真实的生活细节之后，心中那种原始的诉说欲望再次被唤醒。我经常一边手冲着咖啡，一边观察收集目光所及的生活的零碎，杂糅重组，丢进我的一篇篇小说里。因而我小说里的登场人物们也大抵爱喝咖啡，他们坐在窗明几净的咖啡厅里谈情说爱、嬉笑谩骂，是现实窗玻璃上的人物身影映照在了小说世界的帷幕上。

近几年，当我的名字时不时出现在一些杂志的"海外华语作家"栏目里时，我才意识到，这世上，从来都没有什么既定成型的命运，因而就根本不存在"改变命运"一说。这些年的打工琐碎，也从未偷走我生命中的任何东西，而是为我开辟了另一条蹊径，沿途有着我一路独自看过来的别样风景。

用餐接近尾声，我微醺，川村店长还是面不改色的样子。河豚火锅还在咕嘟咕嘟沸腾着，我是再也吃不下了。

川村店长又点上一支烟，吸了口后轻描淡写地跟我说："你还没听说吧？咖啡馆再过两个月就要关门了。"

"啊？"我从座椅上直起身子，酒一下子醒了不少。

"都是疫情闹的，营业额一直上不来，总部那边就决定关了'我孙子町'店。"

"那你怎么办，去其他分店吗？"

川村店长摇了摇头说："我到了这个年纪，再去其他店也干不了几年。索性就让我提前退休了。"

"你就甘心这么退休了啊？"我心里替她叫着屈。

"我这性子，在家哪待得住。"

"那你有什么打算？"

"准备去家附近超市的生鲜部门，每天卖卖海鲜，活儿很轻松，下班也早，还可以回家做做饭。在咖啡馆干了三十年，一天忙到晚，很少有闲下来的时候。"

我看着她若无其事的样子，觉得有些心疼，体内的酒精开始回流作祟，眼泪猝不及防地就滚下来了。

这倒把川村店长吓了一跳，她连忙掐灭烟头，倚过身来，拍了拍我肩膀，压低声音跟我说："你个傻小子，哭什么啊？不就是换个地方打工嘛！生活还在继续，我们还可以约了一起出来喝酒的啊。"

"我是想到你这三十年都付出给了咖啡馆，结果却被他们一脚踢开……"

"我是替咖啡馆打工了三十年，但并不是卖给了他们，这三十年从来都是属于我自己的人生啊。快别哭了，这么大的男孩子，要笑死人了。"

此时，之前的越南女孩过来收拾碗碟，我转头佯装在包里翻着什么。许是为了给我整理情绪的空隙，川村店长抬头对她说："打工很辛苦吧？在日本要好好努力呀，你看这个哥哥也跟你一样，一路打工过来的，现在在大学里当老师，厉害吧？"语气里满是难抑的自豪，仿佛我真是她儿子似的，就像母亲以前在亲戚邻居面前炫耀我一样。

（原载《江南》2023年第1期）

琪官，曾获"《日本华侨报》杯"第三届日本华文文学奖优秀小说奖。长篇小说《无姓之人》于2023年由江苏凤凰文艺出版社出版。

大地的根须

◎ 周齐林

一

闭上眼，东莞寮步、深圳上沙、道滘大罗沙、广州白云区、虎门北栅综合市场这些熟悉的地方就浮现在我的脑海里。沉重的货车从马路上碾压而过，马路上留下的脚印迅速变得扭曲模糊，直至消失无踪。这些年我在南方小镇辗转颠簸，搬了无数次家。每次搬家，弥漫着浓郁生活气息的家具和生活用品舍不得丢，又带不走，我久久地望着它们被遗弃在垃圾堆里而心神恍惚。我没有带走它们的能力，能带走的只有自己。

频繁搬迁之后，我在博夏社区住了下来。这个嘈杂的城中村离我上班的地方很近，步行只要10分钟，附近上班的白领、保安、打工妹、销售员、电工都聚集在这里。廉价的房租磁石般吸引着过往的人，我租住的房间不到20平方米，月租200元，屋里摆放着一床、两椅，还有一张从楼下捡回来的破旧桌子。

天空飘着一丝细雨，疲惫地回到昏暗狭小的出租屋，躺在床上，望着漆黑的天花板发呆，楼下烧烤店嘈杂的声音长了脚一般攀墙而上，迅速步入我的耳中。隔壁房间那对在附近KTV上班的情侣，此刻正在激烈吵闹。对面房间的小男孩哭泣着，发出嘶哑尖锐的声音。整层楼呈凹形，我住在最里一间，仿佛受到两面夹击，一步步被逼入了绝境。每次从外归来，无边的喧嚣总是迅疾把我淹没。窗外雨声密集，淹没了周遭的嘈杂，世界顿时安静下来，只剩下雨。

住在顶楼的租户跑到楼下房东老徐那里抱怨房子漏水。老徐不停地说着抱歉，他住的小屋也在漏水。雨水落进脸盆里，发出叮叮当当的响声。"屋漏偏逢连夜雨""告别出租屋，拥有一个自己真正的家"，雨雾中电线杆上贴着的房地产传单总是一语击中无家可归的人。

2015年底，低迷多年之后，房价开始松动。年后，随着股市暴跌，越来越多的人把资金转移到房市中。隐约感到房价上涨的速度加快，连续看了几个小区的房子后，我迅速交了一万元定金。带我看房的房产中介小安30岁出头，做房地产已经七八年。小安说去年年底到年初，她已经投资了三套房子，等过两年就卖出去。我惊异于她的投资理财意识。这是位于城区的一套120平方米的二手毛坯房，售价84万元。谁也不会料到这套房子5年后会暴涨到360多万元。准备签合同时，我的征信却查出有问题，信用卡逾期了七八次，原来之前无意中为支持跑信用卡业务的朋友而办的两张信用卡，有几十元忘了及时还，我被拉入了黑名单。"逾期太多，贷款贷不上。"事情一下子陷入僵局。"小周，看来你跟这套房子无缘了。"小安无奈地看了我一眼。

走出门店，走在车水马龙的街头，我感觉自己的魂魄抽离了肉身，没想到一张小小的信用卡把我逼入了绝境。这些年省吃俭用存了40万元，朋友们邀我去游玩时，我常借口有事委婉拒绝。我没有一次付清全款的能力，更不好意思把手伸向年迈多病的父母。不能贷款，意味着我间接地丢弃了购房资格。一时间我像热锅上的蚂蚁，急得团团转。没有谁不渴望拥有一套属于自己的房子，哪怕很小。望着不断上涨的房价，我不由悲从心来。深夜，我坐在床沿，望着窗外绵绵的细雨，愈加感受到命运的卑微与凉薄。

那段时间，我甚至做好了辞职回老家的准备。回老家不仅可以照顾年迈的父母，还可以和婷在一起。我的想法得到了父亲的支持，他建议我把家里的房子建起来，早点成家立业。在哪里都是过一辈子，父母希望我的日子过得平稳安逸一些。但我不想这么灰溜溜地回去，更不想过一眼望到头的日子。

三个月后，小安跟我说当初我准备买的那套84万元的房子已经涨到100万元了。这加深了我的焦虑和恐慌。我不敢再关注房产的消息，卸载了一切关于买房的软件，微信上看到房产讯息，也选择关闭。饭桌上，朋友们聊买房的话题，我通常会沉默不语或者借故走开，一举一动有点杯弓蛇影的味道。

父亲打了一辈子工，全国的许多地方都留下了他的足迹，但他从未有过在他乡安家的想法。在父辈眼里，外边只是养家糊口挣钱谋生的地方。第二代农民工则不同，他们将进城居住和生活作为目标。这不仅仅是因为他们一离开学校就进入城市，不存在城乡生活方式转变的心理隔阂，还因为在与同龄人的交流和比较中，城市化已经成为普遍的目标。现实是残酷的，父亲积攒了半生的钱在农村盖的水泥房早已老旧，而我这般身处底层的打工者却依旧在为城市的一套房的首付而苦苦挣扎。

我的大学同学小赵也深陷在买房的焦虑中。2016年初的一天，饭后，他抱着小孩到村头的空地上散步。村里的几个老人见他来了，忽然不吭声了。等他一走开又议论起来。他没想到自己会成为他们议论的焦点。"现在村里就剩他家没买房了。"这句刺耳的话还是传到了他耳里。村里人纷纷在县城买了学区房，房子装修好后，就把孩子转到县城中小学读书。村里小学只剩下十几个学生，曾经的热闹变得冷冷清清。"爸爸，我们什么时候买房，我也要去县城读书。"10岁的儿子放学回来，扔下书包，拽着他的衣角问道。突如其来的一问让他不知如何回答。儿子之所以嚷着在县城买房，是因为他的好伙伴这个学期转到县城去读书了。家里一直捉襟见肘，妻子开了个小超市，他则花了几万块钱买了个旧面包车，给人拉货。一家人靠着这两份活，日子不咸不淡地过着。闲暇时，他跑到江边去钓鱼，带着孩子在草地上烤红薯。曾经的悠闲一下子被打碎了。考虑了两天，他终于决定买房。一周后，他向在深圳开厂的发小借了20万元，问姐姐借了5万元，外加家里5万元的存款，在县城买下了一套120平方米的二手房。签完合同的那一天，村里的老人都笑嘻嘻地问他买了多大的房。"买了就好，三房一厅，恰好一家四口住呢。"几个老人说道。

小赵的遭遇加剧着我内心的恐慌。7月，身边曾经租住在一起的同事辉和锋纷纷搬离博夏出租房，搬进了新房。2015年，去库存成为国家任务，化解房地产库存成为结构性改革五大任务之一。身边的朋友小杭擅长投资，他在年底敏感地捕捉到了房价的新一轮启动，从亲戚朋友手里东拼西凑了40万元，加上自己这几年的积蓄，在莞城中心区按揭买下两套二手房，坐等房价上涨。与我们这些身处底层的打工者不一样，文友平年近六旬，温州人，擅长投资的他从2003年开始在东莞投资买房，到如今手上已经拥有近20套房产。2003年他零首付在东城买下一套200平方米的房子，除了交3万块手续费，剩余的都是通过银行贷款的方式按揭。十多年后的今天，这套位于东城中心的房子已经涨到了1000万元。茶余饭后每每聊起这件事，我们都向他竖起大拇指。"撑死胆大的，饿死胆小的。"我从他身上的胆识与豪气里看到了底层群体在生活面前的战战兢兢和如履薄冰。

身边的同龄人纷纷搬进自己的新房，我变得更加沉默。相恋多年的婷已经辞去老家的公职，下个月就要过来我这边上班。为了能和我在一起，婷牺牲了很多。辞掉公职，跟着一个无房无车的人过苦日子，这是极大的冒险，遭到了家人的极力反对，激烈的争吵在我耳边回荡，她蜷缩在墙角哭泣，我的眼眶也禁不住涌出泪来。

霓虹灯闪烁着昏黄的光。细雨中，我沿着运河默默行走，雨水沿着脸颊流进嘴里，我感到一丝苦涩。

婷顶着巨大的压力辞职过来了。走进出租屋的一刹那，看着收拾整洁干净的屋子，她没有嫌弃，反而紧紧地抱住了我。在出租屋，我们一起择菜炒菜，饭后一起沿着运河散步。漂泊的日子，因了她的陪伴多了一份贴心的温暖。看着她瘦弱的身躯，环顾20平方米的房间，我内心满是愧意。老家体制内的生活是安逸的，东莞的生活充满了颠簸和未知。出租屋离她上班的学校有12公里，开学后，每天清晨要6点起来，下班回到家已是晚上7点多。为了省钱，每次往返都是坐公交回家。看着她疲惫不堪的样子，我总是倍感辛酸。

一天早上，晚起了15分钟，她打滴滴去学校，可能因为心急，催促了司机几句，不耐烦的司机忽然停下车，叫她下车。上班高峰，车流越来越密集，一气之下，她一路小跑到学校。在校门口不远的地方，一辆快速行驶的三轮车不小心撞在她的膝盖上，手提袋里装着的书散了一地。电话里，她抽泣着喊着我的名字。庆幸只是皮外伤，在医院的走廊上，她静静地坐着，脸上挂着一丝泪痕。我紧紧地把她拥在怀里。

二

2016年国庆前夕，面对节节攀升的房价，我最终以哥哥的名字买下了一套二手房。签完合同已是薄暮时分。黑夜潮水般漫过街道、小巷，昏黄的灯火在风中摇曳着。逼仄的出租房里，我静静地看着爱人摆放整齐的生活用品和衣物，脑海里浮现出她每日起早贪黑往返学校疲惫瘦削的身影，眼眶不由一热。

夜深了，我毫无睡意。起身走出房门，快步下楼，看见房东老徐和他年近五旬的老婆以及两个10岁左右的孩子四个人竖躺在一张狭小的床上。老徐是我老乡，吉安新干人。隔着窗户，我朝老徐的房间张望了一眼，昏黄的灯光下，老徐尴尬地说道：没办法，今天客房都住满了。老徐是二手房东，从当地村委会手里承包了这栋五层的房子用来出租。除了一楼的六个房间用来日租，其他都是月租房。

老徐55岁，鬓发全白了，大儿子15岁时患了尿毒症，多年的治疗花光了家里的积蓄，最终还是撒手而去。通过试管婴儿技术，年近40的妻子冒着生命危险生下了现在的两个小孩。平常老徐独自在外管理着这栋出租房，逢年过节老婆就带着两个孩子过来这边玩。老徐做二手房东一年6万元的收入是家里唯一的经济来源。

重新回到出租房，隔壁两个房间已安静下来，偶尔传来水掉落在桶发出的滴答声。

深夜从睡梦中醒来，锯齿形的闪电划破漆黑的夜空，让我想起去年的夏天，阵阵热浪把我逼出房间，拿着凉席跑到顶楼的阳台上睡。铺好席子躺下不久，老徐带着他两个小孩也上来了。酷热的夏天，正是生意好时。"一楼6个带空调的房间都出租出去了。"老徐咧嘴朝我一笑。老徐两个儿子围绕在他身旁嬉戏打闹着。夜缓缓沉下去，那些喧嚣的声音也渐次隐遁而去。半夜，一滴冰凉的雨滴落在我的脸上。雨水打湿了梦境。我一骨碌爬了起来，叫醒了正在睡梦中的老徐。紧接着，雨密集地下了起来，一双无形的手织成一道泛着微光的雨帘。

拿到房产证的那一刻，不由感到恍惚。我这棵来自乡村的水稻似乎在城市森林的缝隙里找到了一个生长的地方。

搬家的那天，整栋出租屋静悄悄的。一个月前，老徐已经回江西老家。我把他一直送到火车站，上火车的一刻，他朝我不停挥手，说一定会再回来。老徐头顶那一根根兀自矗立的白发让我想起年迈的父亲。去年年底村委会主任把老徐承包的这栋五层出租房提高了两万五的租金，老徐几次提着酒和烟去公关都收效甚微。合同到期后，只好离开了这栋他居住了八年的房子。

收拾好行李，下楼，老徐熟悉的面容浮现在我脑海里。老徐很会炒菜，我经常在他那蹭饭吃。炖了排骨汤和鸡汤，老徐总会给我留一碗。老徐的存在，让我的漂泊多了几许暖意。

老徐没有再回来。他是上一辈漂泊者的缩影。许多人在城市漂泊了二三十年，把青春留在了城市里，最终却带着一身病痛回到了熟悉而又陌生的故乡。

三

晚上，我拨通了家里的电话，想将搬进新房的消息告诉他们。母亲说白天你爸跟隔壁的兰娇婶吵了一架，已经睡了。父亲性格老实巴交，兰娇婶飞扬跋扈，与她吵架，父亲肯定要吃亏。

兰娇婶年逾七旬，两个儿子在深圳开工厂。去年年初，她家在原来的地基上盖起了一栋五层楼高的新房，新房装修考究，耗费了近百万元，房子四角特意安装了监控摄像头以防小偷。这栋气派的房子顿时成了村里的关注焦点，五层楼的新房矗立在村子里，巨人般藐视着周围的三层小矮房。

与城市鳞次栉比的房子相比，在乡村，房子的意义变得复杂扭曲。房子是人的命根子，更是面子。村里卖豆腐为生的王大叔，早年一家五口住在一栋旧房里，房子倾斜着，几乎坍塌。多年后的今天，王大叔的三个儿子相继长大成人，很有出息，三年前，他把旧房推倒，盖起了一栋四层新房。乔迁那一天，王叔摆了十几桌，沾亲带故的都请来了。震耳欲聋的鞭炮声打破了村庄的寂静。我跟着父亲去喝喜酒，王大叔喜上眉梢，手里揣着几条软中华，见人就发一包，来人接在手里，自然欢喜。那天王大叔喝得酩酊大醉，多年淤积在心的憋屈似乎一扫而空。王大叔通过建新房重新确立自己的身份，一扫几十年来在村里人面前的屈辱。

那天清晨，父亲一大早把鸡圈里的鸡赶出来喂食，有两只鸡蹿过水沟跑到几米之隔的兰娇婶家院子里去了。两只鸡刚进兰娇婶的院子，"扑哧"一声，拉下两坨鸡屎。站在门口的兰娇婶见了，气势汹汹地拿起扫帚把打在一只鸡身上。兰娇婶下手很重，几乎要置鸡于死地。鸡被打晕了，倒在地上挣扎着。这一幕被父亲看见了。父亲感觉这一下子仿佛打在自己脸上，火辣辣的。

"你下手这么重，把我的鸡都打死了。你怎么这么歹毒？"站在兰娇婶家五层楼高崭新的房子前，再回观一下自己的房子，父亲似乎显得有些底气不足。

"好好管住你的鸡，弄脏了我的新房子，你赔得起吗？"兰娇婶气势汹汹，明显完全没有把我的父亲放在眼里。

"盖个房子很了不起吗？"父亲反驳道。

"有本事你去盖啊，我看你一辈子都盖不起。"兰娇婶的话一下子噎住了父亲。寒风里，父亲沉默着回到了屋里。父亲输得很惨。打死的鸡被兰娇婶扔在小路边，父亲执意叫母亲不要去捡回来。兰娇婶远在深圳的儿子小军得知后，打电话过来给父亲赔不是，并赔付了两百块钱作为补偿。小军比父亲小十几岁，一直叫父亲叔。倔强的父亲选择了妥协，下午，母亲把鸡捡回了家。

房子是村里人的命根子，城市的气息渗透到村庄的各个角落时，房子的意义也变得愈加复杂。一栋栋三层楼高的小洋房争相矗立在大地上，密密麻麻地占满了整个村子。与周围的洋房相比，父亲多年前建起来的平房仿佛一个补丁。不时有人问父亲什么时候盖房子。与王叔的三个儿子不一样，我和哥哥都在珠三角打工，每月拿着微薄的薪水，父亲深知他的愿望还需要长时间的积累才能实现。兰娇婶阴阳怪调的话击中了父亲脆弱的内心。

父亲一直期待我们哥儿俩能把老家的房子盖起来，盖上三层，然后里里外外装修一番。这是父亲这辈子最大的愿望。

四

父亲有很深的房子情结。

禾水河环绕着整个村庄，彻夜不息地流淌。1982年，父亲靠着自己做木匠积攒下来的积蓄在禾水河岸建了一栋瓦房。房子依水而建。黄昏时分，推开后门，坐在庭院的木凳子上，能看见余晖映射下的河面波光粼粼，仿佛披上了一层薄纱。彼时，母亲刚刚怀孕，父亲喜悦的心情没有持续多久，一场百年难遇的暴雨彻夜不停地下了起来。

随着屋后忽然传来的崩塌声，半边房子迅速沦陷，散了架一般，迅速沉入湍急的河流。1982年，这场百年难遇的洪水让许多房子倒塌了。洪水消退后，父母亲又搬回到阴暗潮湿的祖屋。两年后，我出生在这里。我的降生让原本逼仄的房子变得愈加狭小起来。一年后，父亲借钱咬牙在距离祖屋几百米的地方建了个80平方米的新房。1992年，打工浪潮席卷到村里，一个落雨的清晨，细雨敲窗，犬吠声起，父亲跟着村里人踏上了去广东的火车。从那之后，到了月底，身穿绿衣脚踩永久牌自行车的邮递员总会准时出现在我家门口，送上父亲准时寄回来的800元或900元的汇票。父亲像蜗牛一样，让自己背上的壳不断地更新生长，寻求足够的空间来遮风挡雨。2000年，父亲终于在小镇靠近农贸市场的地方买了一块120平方米的地皮。

人生总是福祸相依。2003年夏天，高考前夕，火热的太阳炙烤着整个大地，我背着一蛇皮袋子书从学校回到村里。这个看似平常的中午，却暗藏杀机。我汗涔涔地踏进家的门槛，母亲迎头从里屋走了出来。"林林，我得癌症了。"母亲面色苍白，一边说一边眼泪如断线的珍珠般往下流。母亲患的是子宫内膜癌中期。一个月后做完手术，鬓边发白的老医生神情严肃地说，能挺过五年，以后就不会有太大问题。母亲如履薄冰地活着，仿佛一不小心她身体的这座危房就会倒塌。

出院在家的日子，婶婶为了一只鸡跟母亲吵得不可开交，母亲躲在屋子里偷偷流眼泪。为了让母亲有一个安静的居住环境，父亲咬牙在填好的地基上建起了一层新房。年底，我们一家四口搬了进去。

新屋变成了老屋，那些成长的记忆弥漫在老屋的一桌一椅之中。新房很安静，在慢慢的调养下，母亲的脸色也变得红润，死神隐遁而去。又一个十年过去后，年近六旬的母亲因小肠畸形引起大出血，生命垂危，从市人民医院转到省人民医院的那一夜，主治医生连续下了三道病危通知书。深夜，我蹲在黑漆漆的楼梯口默默为母亲祈祷。次日，母亲竟然侥幸化险为夷。母亲的身体仍然十分虚弱，几十年的风湿性关节炎让她的手脚都肿得变了形，平常人几秒钟就能穿好的衣服，母亲需要颤抖着双手，花上几分钟才能穿上，一块细小的石头也能变成行走的障碍。属于母亲岁月的河流已经干涸，像一尾搁浅的鱼，她在干枯而又散发着腐朽气息的河床上苦苦挣扎着。给别人装修了一辈子房子的父亲结束了20多年的打工生活，回到了老家，开始承担起照料两个女人的任务：一个母亲，一个妻子。两个女人在他的生命中扮演着至关重要的角色。父亲以这样一种方式回到了陌生而又熟悉的村庄。

五

房子是栖息的港湾，把老家的房子盖起来成了父亲余生最大的心愿。

父亲说，即使以后你们都在外面安家了，老了还是要回到老家安度晚年的。这是你们的根。

父亲总会跟我说起表哥的事。表哥在东莞定居多年。家里那栋老房子很破旧，他父亲因肺癌过世后，家里就剩母亲一人。他是家里的独子。每年过年，表哥载着妻儿回到村庄，白天待在老屋里陪母亲，到了晚上就驱车带着妻儿住在县城的酒店里。他觉得没有必要再花几十万在家里重新建房。直到有一天，他坐在门槛前抽烟，隐约听见午睡的母亲发出的梦呓，他才醒悟过来。"孩子，建房吧，等我走了，你们还会回来。"母亲梦中的这句话深深刺痛了他。清明节前夕，他着手召集村里的泥水匠，开始动工建房子。他看着母亲忙前忙后给人端茶倒水，脸上时刻洋溢着灿烂的笑容，丝毫也不觉得倦怠。新房仿佛给他母亲的体内注入了新鲜的血液。

房子建好了，他专程从东莞回来，去县城的花卉市场买了很多盆栽，整齐有序地摆放在客厅宽敞的阳台上。临返回东莞前，他再三叮嘱母亲一定要记得按时浇水。他明显是有备而来，深谙老人的心理。每隔一段时间，他母亲就会拍照给他看盆栽青翠欲滴的样子。有的盆栽开花了，母亲就会兴奋地拍照给他看。这些他亲自购买的盆栽代替他朝夕陪伴着他母亲。看着这些蓬勃生长、在晨风里盛放的花朵，母亲脑海里就浮现出他的身影。这一年过年，表哥载着妻儿回到了老家，除夕之夜，他们一家人围坐在客厅的炉火旁烤火，屋外寒风呼啸，他母亲满是褶皱的脸被炉火烤得通红。

听完父亲讲的表哥的故事，我们哥儿俩都陷入沉默中，父亲的意思已经很明显。

过完春节，临返广东前的那一晚，昏黄的灯光下，父亲拿出半新半旧的存折，对我们说，这是我这几年的积蓄，总共59950元。父亲嗫嚅着嘴，满是老茧的手紧握着存折，借着微醺的酒意，终于说出了想把房子建起来的想法。房子是一个家庭的脸面，更是一个家庭的根，父亲不想被别人看低看扁，更不想后辈把根丢掉，一向不求人的父亲向两个儿子低下了头。虽然在外的日子过得艰难，但父亲的愿望再也不能拒绝和拖延了。我和哥哥东拼西凑了20多万元交给父亲。半年后，一层的老屋变成了三层的新房。房子装修完毕的那一晚，父亲彻底喝醉了。昏黄的灯光映射出父亲满是褶皱的脸，他的头发已白了大半。饭桌上，父亲笑着对我们说，以后你们回来，一人住一层，屋子宽敞气派着呢。父亲还说，等我和你妈妈百年之后，你们哥儿俩也要常回来。在父亲眼里，房子在，家就在。房子成了从城市通往故乡的情感纽带。

六

父母住过几十年的老屋，每一个角落都弥漫着他们的气息和脚印。房子是有温度的，它不是简单的钢筋混凝土，亲情的温度会让房子充满温馨。在乡村，每一栋房子里都有一颗孤独的心。在寂静的村庄，独守着偌大房子的老人深陷在无边的孤独里。

父亲内心的孤寂无人知晓。他的身体尚且硬朗，能很好地照顾母亲和祖母。有一段时间，父亲连续一个月腹泻便血，暴瘦了十多斤。他很焦虑。我连夜从东莞赶到南昌火车站等候父亲。父亲临近晚上七点才下火车，见到我说的第一句话是："家里你妈还生着病，要是我再查出什么病来，这个家该怎么办？"在医院经过一系列的检查，有惊无险，查出的只是轻度肠炎和便秘。医生建议父亲做小肠镜。听到做一次小肠镜要8000多元，父亲毫不犹豫地拒绝了，任我如何劝说，父亲也不同意。

陪父亲从南昌检查完身体，我把想将他们二老接到东莞去安度晚年的想法告诉他，却遭到了委婉拒绝。倦鸟知还，父亲不想再出去了，去陌生的城市，整天待在房间里，无异于牢笼。况且母亲走路都成问题，让她去千里之外的城市里生活，无异于上刑。我据理力争跟他们聊起城市生活的便利，父亲却跟我聊起大伯他们一家的生活。从父亲的语气和眼神里，我能看到他的羡慕与期待。

2014年，堂哥在广州打工近十年后，娶了隔壁莲花县一个女孩为妻，而后在莲花县买房定居下来。一年到头，大伯和大婶在莲花县给他们带孩子。莲花县离我老家文竹镇仅二十公里，半个小时的车程。逢年过节，他们就从莲花回到文竹。父亲羡慕的是儿女陪伴在家的日子。

与堂哥一家相比，我和哥哥常年在外，一年到头才回家一次。每次过年回家，在家里待十天左右又匆匆返回广东。数字剥离出生活的真相。按当下平均寿命八十岁来计算，这意味着我与父母这辈子待在一起的时间只剩下短短两百天。

父亲是很想我把家安在县城或者市区，这对于日渐年迈的他们而言是一个依靠。父亲的期待落空了。我没有依着父亲的想法去做。我已经与故乡慢慢疏远，养育了我多年的故乡在我眼里早已变得陌生。我成了故乡的背叛者。面对父母，我满是愧疚，我的无能让他们的晚年变得危机重重。

再好的房子，如果没有亲情的温暖，也是冰凉的。这些年，村里许多熟悉的老人纷纷离世，枯黄的落叶般在寒风里飘然坠地。八字婶的儿子和儿媳安家在南昌，八字叔去世后，她独居在老屋里。2015年夏天，心脏病突发，死在家里七天才被发现，浑身弥漫着腐烂的恶臭。八字婶惨烈的死仿佛一块巨石砸入寂静的湖水中，掀起阵阵波澜。去年，年逾九旬的回玉奶奶瘫痪在床，一直由她大儿子服侍照顾，六十多岁的大儿子把她接到新建的别墅里细心地照顾着，年逾五十远在深圳的小儿子工作繁忙，无法脱身，直到她去世，也没见上一面。

父亲从村里这些离世老人的晚景里，看到了自己的宿命。父亲从自己亲身服侍照顾祖母的点点滴滴中，似乎愈加感受到人到暮年的无力和悲凉。

<h2 align="center">七</h2>

人到暮年，房子的重要性愈加凸显出来。在乡村，每栋布满青苔的老屋都曾经弥漫着鲜活的生命气息。年近九旬的祖母一辈子都居住在那栋爬满青苔的百年老屋里，未曾离开村庄半步，钉子一样牢牢地扎进故乡的泥土深处。

老屋，是血脉传承的另一种方式，满载着旧时光的点点滴滴。老屋老了，有些地方的墙壁已经剥离脱落，一条细长的裂痕出现在墙壁的正中央，仿佛祖母沟壑纵横的脸。

2011年5月，祖父的生命走到了终点。葬礼结束后，在两个老姑姑的见证下，召开了家族会议。会议主要商量祖母日后的生活赡养问题。祖母这辈子生了五个儿子、一个女儿。最小的叔叔没有房子，一直跟祖父祖母住在一起。偌大的祖屋是曾祖父留下来的。

那个冗长的家族会议最终讨论的结果是祖父和祖母的两间房子可以归最小的叔叔拆除建新房用，但前提是新房建好后必须留一间房子给祖母住。征得小叔叔的同意，在整个家族的见证下，双方写下了白纸黑字并按下手印，是为字据。这种传统的契约方式一直在乡村延续着。人潮散去，老屋里只剩下祖母一人。祖母依旧延续着几十年来的习惯，每天踩着晨曦外出捡破烂，黄昏时分又踩着最后一抹余晖提着满袋子的瓶瓶罐罐归来。长年的运动赋予了祖母健康的体魄，年近九旬的祖母未曾进过医院，成了村里人羡慕的对象。

面对村里人背后的指指点点，见邻里纷纷建起了漂亮的三层小楼，小叔叔焦急地定了一个日子，他欲在老屋上盖起一栋漂亮的新房。2014年初春，先辈留下来的百年祖屋轰隆倒地，荡起的灰尘在半空中久久地翻滚着，而后又缓缓地落下。祖母住了八十年的房子就这样在她眼前消失，老屋的一砖一瓦都浸透着旧时光的气息。屋子拆掉后，祖母捡了几块灰旧的砖头放到了自己的床底下。

小叔叔顺利盖起了一层的毛坯房。建好后，祖母住在紧邻大门的房间里，此时的祖母头脑清醒，思维敏捷，生活完全能自理，每餐能吃一碗大米饭，能喝一小碗自酿的水酒。祖母每天把家里收拾得干干净净，有条不紊。每天捡完破烂回来，在昏黄灯光的映照下，耐心地把捡来的破烂分门别类，码放在大门前的角落里，用白色塑料布盖上，以防雨水淋湿，一周后再把破烂挑到圩上的废品收购站卖掉，换来几十块钱。

命运的刺客早已潜伏在路上。次年端午节，姑姑送鸡汤给祖母喝。姑姑把炖好的鸡汤刚放下，祖母忽然起身跟她说道，叶云，快去把你爸叫回来吃饭。姑姑听了一惊。回到老家尚不到半个小时，家家户户放起了鞭炮，此刻，祖母弓着背，出现在姑姑面前。"你爸去哪里了呀？去叫他回来吃饭。"祖母再次问道。祖母自言自语着，弓着背，转身走了。谁也没想到祖母这么快患上了老年痴呆症，完全变了一个人，睡的房间弥漫着浓烈的尿臊味，房间的角落里满是屎尿。送去的饭菜已经发馊，苍蝇在上空盘旋着，发出嗡嗡的声音。祖母仍然每天去捡破烂，捡来的破烂散落在各个角落里。父亲端着饭菜，站在散发着尿臊味的房门口。"是铁匠回来了呀。"祖母忽然站了起来，向前走了几步，看着我父亲。铁匠是祖父的小名。"我是志佳，是你儿呀。"父亲无奈地摇头，苦笑着。

年底，小叔和小婶从深圳打工回来，进屋看着满地的屎尿和屋门口散落的垃圾，满脸不悦。小婶放下行李，抬脚把门口散落的破烂踢到了一米外的水沟里。祖母起床后，见门口空空的，在屋子里四处寻找着破烂的影子。她屋前屋后都找了一遍，始终没找到。"我的破烂哪里去了，是哪个没良心的偷了我的破烂。"祖母自言自语着。一旁的小叔叔突然厉声呵斥，把祖母给吓住了。祖母顿时如受了委屈的孩子般，回到房间里，弓着身，坐在床沿上。

祖母是一个爱干净的人，即使去捡破烂，每次出门，都把自己收拾得干干净净。我常想如果身患老年痴呆症的祖母哪一天清醒过来，发现自己生活不能自理，浑身脏兮兮的，成为儿女嫌弃的对象，这个倔强的老人一定会选择绝食。她需要体面而有尊严地活着。

两天后，在父亲的建议下，兄弟五人在小叔的新房里召开家庭会议，商讨照顾祖母的事宜。小叔和小婶常年在深圳打工，女儿正念大学，儿子在深圳打工，小婶不愿意留下来照顾祖母，她在深圳的工厂做厨师，月薪有5000多元，一年下来省吃俭用能存个5万元。"家里要建新房还要装修，需要一大笔钱，儿子还要结婚。志东在深圳做协管一个月才挣2000多元，我怎么留下来？"小婶解释道。二叔一家也常年在深圳打工，年底才回来一次，见小婶这么说，二叔也明确表示不能留下来。这样一来，照顾祖母的重任就落到了父亲和大伯身上。大伯作为长子，理应做出表率，但大伯这两年都在隔壁的莲花县照顾堂哥的两个孩子，根本无暇顾及这边。商谈一下子陷入僵局，大家默不作声，窗外的寒风呜咽着，仿佛有人在哭泣。身患老年痴呆症的祖母坐在不远的板凳上，望着她含辛茹苦养大的五个儿子，面带痴笑。她不知道他们正在商讨与自己的晚年生活息息相关的事情。她偶尔站起身来摸一摸他们的头，然后狡黠地一笑，仿佛一个调皮的孩子。

这个冗长压抑的会议最终不欢而散，商讨的结果是每家轮流照顾三个月，有困难自己解决。

春节过后，热闹的村庄重新陷入寂静的深潭。父亲主动承担起了前面三个月照顾祖母的任务。祖母的病情愈来愈严重。清晨，鸟儿在树枝上发出叽叽喳喳的叫声，父亲把一碗热气腾腾的面条端给祖母。祖母吃完不到二十分钟后，又自言自语地跑了回来，嘴里喊着我饿。父亲重新做了一碗面条给祖母吃，祖母吃到一半就颤抖着放下碗，打了个饱嗝，弓着腰蹒跚着往回走。

通往老屋的路，祖母走了一辈子，现在已经变得陌生。她经常走错家门，在村里人的指路下，才平安到家。村里许多无名的小路，依旧在孤独地延伸着，有些路已经杂草丛生，就像祖母的暮年。

八

祖母再也无法感知自己暮年的遭遇。她栖息八十多年的老屋已化为灰烬，那时她还是房子的主人。

在攀比成风的乡村，盖三层的房子已成为村里每家每户的头等大事。2017年底，小叔的三层洋房终于装修好了。那些关于百年祖屋的回忆只能在记忆的深井里不断打捞。祖母当初从几十里外的梅花村嫁过来时带过来的那张雕刻着鸳鸯的木床，暴露在屋前空地上，在烈日长久的曝晒下变得灰白，只剩下几块残存的骨架，这是时间留下来的遗骸。在小叔的新房前，年迈的祖母成了多余的人。房子的新衬托着祖母生命的荒凉。

新房建起后，祖母成了被驱赶的对象。小叔的新房外面有一条三米长、两米宽的过道，年后，临返深前，担心祖母把新房弄得臭气熏天，他买了石棉瓦，在过道口安装了一道木门。一间简陋的房间就架好了。趁着祖母外出捡破烂，小叔和小婶把祖母的床和衣服搬出，扔进了小房间里。

祖母成了寄居者，捡了大半辈子破烂的她，一下子成了儿子们眼里的破烂。几天后，父亲和姑姑过来看祖母，见其住在狭小寒冷的过道房里，气得浑身发抖。父亲气冲冲地跑进房，质问小叔。小叔平常大小事都听父亲的，这回却一直沉默着任父亲数落。最后他忽然从被窝里钻出来，冲父亲说道："你要是觉得她可怜，就把她接到你的老屋去住，你不是有间老屋一直空着吗？"父亲哑口无言，像是被人点住了要害穴位。站在一旁的姑姑气得大骂道："你怎么能说出这种没良心的话，当初爸去世时，一家人立好了字据，白纸黑字，都按了手印的。""要不是爸留下来的两间房子，你这栋房子能建起来吗？" 姑姑据理力争。小叔被说得哑口无声。见小叔无话可说，一旁一直沉默着的小婶说道，她把房子弄得这么脏，以后要是死在这个新房里，我儿子过几年还要结婚呢，这可是很晦气的事情。

　　吵闹引来了众人围观，大家都纷纷指责小叔小婶的不对。指责与吵闹没有起到任何作用，反而加深了情感的撕裂。回到家，父亲躺在竹椅上辗转反侧良久，起身朝正在客厅择菜的母亲走去。"伏娇，要不把妈接到老屋去住吧，老屋闲着也是闲着。"父亲忐忑地说道。话刚说完，母亲的脸顿时变得铁青。"让她进这个家门，除非让我死。你要是敢把她接过去，我们就离婚。"母亲把手中的菜气冲冲地扔在盆子里，择菜的手因为激动颤抖着。父亲看了母亲一眼，不敢再吭声了。父亲转身回头看母亲时，见她正默默流泪。

　　母亲与祖母关系一直闹得很僵。母亲体弱多病，闯过几次鬼门关。祖母是村里出了名的毒舌。六年前，祖父还未去世时，祖母和母亲大吵了一架。"你看你才五十岁，我都八十多了，身子骨还没我好，我看你还活不过我，说不定就走在我前头。"祖母指着母亲说道。祖母的话点在了母亲的要害，母亲气得晕倒在地。这次大吵后，一连三日，母亲以泪洗面，茶饭不思。祖母的话深深刺痛了多病的母亲。

　　2018年6月19日凌晨三点，父亲忽然被急促的电话铃声惊醒过来。酷热的夏季，窗外夜凉如水。村庄仿佛一座沉睡的坟墓。电话那边传来急促的声音。"志佳，快来田村这里接你老妈回去，她上身没穿衣服半夜跑到这里来了。幸亏遇见我，不然就被车撞了。"是父亲朋友王辉的声音。车田村离文竹镇有五六里路，319国道前几年加固拓宽后，马路上车来车往，到了半夜，沉重的大货车肆无忌惮地在马路上呼啸而过。放下电话，父亲焦急地跑到老街上叫醒姑妈。前几年姑父因肺癌去世后，姑妈独自住在老街的那栋老屋里。

半个小时后，父亲骑着摩托车载着姑妈到了车田村。皎洁的月光下，祖母正光着上半身蜷缩在王辉叔家门口的一个角落里自言自语着。父亲还没来得及停好摩托车，姑妈一跃而下，匆匆跑过去一把抱住了祖母。"阿窝（妈），你怎么跑到这里来了？"姑妈话到嘴边，忽然哽咽起来。在时间的侵袭下，祖母曾经哺育过六个孩子的丰满乳房，现在仿佛失去水分的丝瓜瓤，变得干瘪下垂，袒露在外。疾病加速了祖母的衰老，她瘦弱得像一个三岁的孩子。

祖母寄居在石棉瓦房，狭窄，密不透风，到了夏天，在烈日的烘晒下，仿佛一个蒸笼，令人窒息。难以忍受的热把祖母驱赶出来。夜色苍茫，接祖母回到家，父亲把祖母的事说给母亲听，母亲沉默不语。

次日，父亲打电话告诉了我祖母的事。放下电话，祖父临终前的话又浮现在我脑海里。祖父去世七年，未曾走进我的梦中一步。这一夜，我却梦见了祖父。在梦里，祖父指着他的喉咙对我说："林林啊，我这里好了，现在过得挺好的，你奶奶现在怎么样？"祖父是患食道癌去世的，患病最后三个月，粒米未进。祖父在梦中一闪而过，我正欲起身追他时，梦却戛然而止。窗外夜凉如水，如水的月光透过窗格子洒落在身。不断咀嚼着梦境，内心五味杂陈。2010年底，病重的祖父端坐在床沿，泪水涟涟地叮嘱我道："林林，爷爷去世了，你记得一定要回来。"次年五月，祖父离世，身在异乡的我身体抱恙，正在医院住院，缺席了祖父的葬礼。在时间的推移下，缺席慢慢成为一种挥之不去的痛。

几日后，父亲正在厨房炒菜，母亲忽然瘸着双腿走过去，说道：你去把妈接到老屋去住吧。父亲听了心头一热。埋藏在母亲内心深处多年的心结终于解开了。

　　夜幕降临时，几经打扫，父亲和姑姑把祖母接进了宽敞的老屋。屋前的柚子树已经枝繁叶茂，熟透的柚子从枝丫上掉下来，沉沉地落在地上，发出沉闷的响声。柚子的一面埋入泥土深处，在雨水的侵袭下慢慢腐烂。树就是人。我长久地站立在老屋里，童年的记忆不时浮现在脑海里，仿佛瞬间被激活了一般。疾病让祖母初洗如婴。在老屋住了两天，次日下午吃完饭，祖母跌跌撞撞地走到了置放她棺木的灰屋里。父亲紧跟在她身后。门嘎吱一声被推开，在阳光的照射下，滚起的灰尘上下沉浮着。棺木盖着一层晒干的稻草。缓缓掀开堆满灰尘的稻草，祖母整个身子伏在棺木上，手轻轻抚摸着棺盖。这是祖父生前给她置办好的棺木。祖母想爬进棺木中，父亲见了，迅速把她拉了出来。

　　薄暮下，父亲扶着祖母的手慢慢往回走。这一幕与许多年前的场景极其相似。几十年前的黄昏，彼时他还年幼，祖母牵着他的小手踩在铺满鹅卵石的小路往灯火摇曳的家里走去。我想多年后，父亲老得如祖母一般再也走不动，夕阳下，我也会慢慢搀扶着他，往家的方向走。

　　房子，是泥与土混合的艺术，每一栋房子身上都有着大地的影子。一栋栋矗立在村庄中的房子，仿佛一棵棵从泥土里长出来的树。一栋百年老屋仿佛古树矗立在大地上，它的藤蔓手指般紧紧抓住地面，它的根须深深扎进大地深处，与大地融为一体。血脉深处的情感汁液般在树的躯干里奔腾不息，温暖了乡村一栋栋冰凉空荡的房子，让大地的根须愈加繁茂。祖母、父亲以及我，三代人的房子情结仿佛一面多棱镜，映射出一个时代的复杂面容。

（原载《十月》2023年第4期）

周齐林，中国作家协会会员。曾获第三届三毛散文奖，第四届在场主义散文奖新锐奖，第四、第五届广东省散文奖等奖项，著有散文集《心怀故乡》《少年与河流》《大地的根须》等。

贺兰山阙作春秋

◎ 杨占武

一

贺兰山的独特之处在于，除了远观近赏，你可以随意地挑选一处沟谷，走进它的腹里。南北走向、长达二百多公里的贺兰山，东、西麓均呈梳篦状分布着众多的山口。清代翰林院庶吉士储大文有过《贺兰山口记》，他说（东麓）"山口约四十"，实际远不止此。今人统计，东麓大小沟口、河道一百八十条，长度十公里以上的有三十二条，最长的达五十公里；西麓亦复如此，大小沟口、河道近百条，长度十公里以上的有二十七条，最长的达二十八公里。这些山口长短不一，东南西北走向各异，更有一些沟谷相与贯通。纵横交错，如织如缕，如手掌的纹路。

我读古来歌咏贺兰山之作，最看重明代庆王朱栴的词《念奴娇·雪霁夜月中登楼望贺兰山作》，情景交融，意境宏阔雄壮，其中有"万仞雪峰如画""瀑布风前千尺影，疑泻银河一派"诸句，摹画出迥异于中原的雪色山光，只有身临其境者才能写出，仅此即远迈前人。但朱王爷显然与绝大多数人一样，是"遥望"而非"近抵"，更不是深入，对贺兰山的描摹终究绕不开大多数人"遥望"的画面："贺兰晴雪"。如若深入贺兰山的内里，它才乐于和你分享它的秘密，你会感受到它令人瞠目的复杂和多面：峰陡壁峭，雄壮奇美，也山低崖矮，衰弱萎靡；乱石嶙峋，草木凋零，也涓涓细流，姹紫嫣红；曲径通幽，温润如玉，也肃杀凄清，风云际会。你需要多攀爬几条沟谷，特别是在它的南、北、中段至少各选择一处去体验。

贺兰山的密码其实就隐藏在它的沟谷中。读懂贺兰山，应该从阅读每一道山阙的故事开始。史前人类的活动，游牧人的踪迹，"云锁空山夏寺多"的皇家园林，明王朝的边墙烽燧。……当然，还有声名更为卓著的贺兰山岩画。幽深的山谷总能激发人们探索的欲望，刺激人的想象，于是就有了贺兰山即不周山的考据，秦始皇修筑长城的传说，穆桂英挂帅的附会，甚至民国时期土匪的传奇。贺兰山口可描画可咏颂可探赏，而我更愿意记录每条沟谷的故事，贺兰山阙作春秋。

二

贺兰山的故事首先是游牧人书写的。或者更确切地说，迄于清代，贺兰山的历史就是一部游牧史。

据《元和郡县图志》所云，"贺兰山"之得名，是因为"山有树木青白，望如驳马，北人呼驳为贺兰"。北人，大概率是指北方游牧民族，而且很可能是鲜卑人；驳，同"驳"，指色彩斑驳，植物学家解释此指云杉与山杨、白桦等混生的景象，实际不必拘泥如此。贺兰山草木稀疏，裸露的石色任何时候都是斑驳的。如果

"斑驳"在鲜卑语中叫"贺兰",那么可以从与之有密切亲属关系的蒙古语中来索考。蒙古语把贺兰山称为"阿拉善山",那么,"贺兰山"也许就是"阿拉善"Alaša(意为"五彩斑斓之地")的音译。揆诸唐音,"贺"的拟音为[γα],而据日本学者村上正二的研究,"阿拉善"Alaša一词中古蒙古语是读为γalašan-qalašan的[村上正二译注《モンゴル秘史—チンギス·カン物语》,东洋文库(294),东京:平凡社,1976,258],二者对音契合。其尾音ša被译为音兼意的类名"山",较之"阿拉善山",省减了一个"善"字,确实是恰切而节略的。如此说来,是鲜卑人首先使这座山闻名于世。但与《元和郡县图志》撰者同时代的杜佑在《通典》中又提及,"突厥谓驳马为曷剌",如果"曷剌"即"贺兰"的转音,那么,"贺兰山""阿拉善"的语源可以追溯到阿尔泰语系。但无论是突厥人还是鲜卑人,都是贺兰山游牧史中的过客。贺兰山驻牧的族群太多了,在一鳞半爪的史籍记述中留下名字的就有西戎、鬼方、义渠、朐衍、匈奴、突厥、鲜卑、吐蕃、党项、蒙古等。

山峦是游牧人的庇护所。在贺兰山的沟谷盘山涉涧,总能想起史书中关于游牧人生活的描述。《隋书》说他们"冬则入山,居土穴中"。《元朝秘史》说:"挨着山住下呵,咱每放马的得帐房住;挨着涧住下呵,咱每放羊的、放羔儿的喉咙里得吃的。"甚而想起司马迁的描述,那些游牧的人,各自分散居住在各个谿谷,各有自己的君长,不相统一。活动在贺兰山的鲜卑人,我们至少可以寻觅到"贺兰部""乞伏部"两个部落。

而更重要的在于,纵横交错的沟谷提供了游牧人随季节变换、逐水草而迁徙的通道。东西联通的几条大沟谷,从来都是沟通阿拉善高原与黄土高原的坦途；繁多的曲径别道，提供了游牧人自由出入的捷径。哪怕是一只山羊，也很难抑制穿越的欲望。贺兰山西麓南北长而东西窄的洪积平原，西、北受到腾格里和乌兰布和沙漠的阻隔，牧草资源极其有限。然而，西麓却是适宜攀爬的缓坡，游牧人信马由缰即可登上贺兰山顶向东眺望：冲积平原旷远无垠，一望无际；黄河湿地柔绿如染，苇花飞白；甚或河水襟带左右，大型的农业灌区五谷蕃熟，瓜香果甜。游牧人如何才能平复自己垂涎的喘息呢？实际情况正是如此，历史上游牧民族南下，通道之一就是首先从更遥远的北方集兵于贺兰山东麓，然后顺黄河南下，再沿清水河穿越六盘山直抵京都长安。

三

显然，中原王朝很早就注意到了这条通道。

公元前320年，一路北巡的秦惠文王站在黄河东岸向西眺望。黄河水势浩荡，嵯峨的贺兰山若隐若现，河西湿地郁郁葱葱，匈奴人的牧马膘肥体壮。作为秦国历史上第一位称王的西部霸主，他会不会感到一种无形的压力？抵御匈奴人的长城已远在身后，为什么不把关口前移，将黄河作为防御的天堑呢？如果他有这样的闪念，那么百年之后秦始皇就付诸实施了，秦始皇三十二年（前215）蒙恬攻取河套黄河以南地区，"城河上以为塞"，在黄河的东岸分别修建了神泉障、浑怀障两个军事要塞。

而国力强盛的西汉王朝则进一步跨过黄河，直抵贺兰山下。汉兴之初，王朝继承了秦帝国的遗产，谨慎地维持着与匈奴以河为界的秩序，然而也早就显露出跨过黄河向西攻取的态势。在因袭黄河东岸秦帝国富平县的基础上，汉惠帝四年（前191）增置了灵洲县，最重要的是在四面环水、狭长的灵洲岛建立了河奇、号非两个官办的牧马苑，是全国五个牧马苑中的两个，其军事意图昭然。在元狩二年（前121）夏第二次"河西之战"后，元鼎三年（前114），汉帝国沿着贺兰山东麓，紧邻几个大的山口设置了灵武县、廉县，修筑了专门屯田的典农城、上河城，牢固地占据了河西军储基地和交通要道。

关于骠骑将军霍去病第二次"河西之战"的行军路线，《史记》只简略提及"北地""居延""小月支""祁连"几个地名。今人研究，霍军由当时的北地郡北上，从银川平原的某一障塞而出，然后绕道居延海完成战略大迂回，对匈奴实施了一次出其不意的突袭。那么，他是从贺兰山哪个山口出发的呢？我猜一定是灵武口。这个山口可通阿拉善盟的那林霍特勒，在今青铜峡市邵岗镇西侧，而邵岗镇正是西汉富平县的故址，大军在此渡河，渡河的工具、粮秣的补充自然没有问题。"河西之战"后仅仅过了七年在灵武口设置的灵武县，是"灵武"这个地名在历史上的首现，《史记》记载霍去病死后"天子悼之……为冢象祁连山"，这使人不能不联想到这个地名似乎出于对霍去病用兵如神的纪念。明清旧志都记载此地有泉水，山涧溪流淙淙，山前又是一大片开阔地，显然适合大兵团运动，因而是战事频仍的地方。建宁元年（168）东汉名将段颎大破羌人、明洪武十三年（1380）西平侯沐英征讨瓦剌部的战争，都发生在灵武口。灵武口的地标是莎罗模山，今称"（大小）柳木高"，是海拔分别为1579米和1514米的两座山。

明代庆王朱栴曾在此建造宁夏莎罗模龙王祠。

贺兰山阙多战事。即便是辉煌的大唐王朝，也不能平息它的烽火，读一读王维、卢汝弼的诗句就可遥想："贺兰山下阵如云，羽檄交驰日夕闻。""半夜火来知有敌，一时齐保贺兰山。"

四

对明王朝来说，众多的贺兰山口是收拾不了的麻烦。翻检史料会发现，明朝对贺兰山口的重视是空前的，没有哪一个王朝对山口的记录比他们更详实，只有现代的兵要志和地理学才能超越。保存至今的贺兰山口的名称，也数明代最多。

在明人看来，贺兰山"形势虽险，防守亦至不易"，主要的措施就是修筑边墙。自明代成化年间起，迭经嘉靖、万历年间修葺完善，在黄河西岸，沿贺兰山修筑了一道长长的边墙，并在一些重点防御的山口修筑三道关口，以增强防御纵深。

"三关口"的地名就是这样的历史遗留。这个沟口此前叫作"赤木口"，在今银川市西南约九十公里处，一直是银川至阿拉善巴彦浩特的通衢大道，后来建有银巴公路。依照《嘉靖宁夏新志》的记载，它与北部的打硙口（今称"大武口"）是"旷衍无碍"的通道，嘉靖十九年（1540）在此由东向西修筑头道关、二道关、三道关。从此，"赤木口"便被称为"三关口"了。

在依托边墙防御的同时，明朝政府还做出了禁樵禁牧的规定，并辅之以烧荒、砍木等措施，将贺兰山下的洪积台地划为军事禁区或无人区。但人们发现，这并不是一项好的措施：未禁之时，

"风林山阙处，茅舍两三家"，樵牧的人家在山上定居，敌骑到来时，家养的鸡犬鸣吠，声息很快达于瞭台；既禁之后，等于自断耳目，特别是风雨天气，往往敌骑抢掠撤回才发觉。《嘉靖宁夏新志》做出以上分析后还借别人之口挖苦说：林木长在悬崖绝壁上，敌骑又不会跑到悬崖上去，假如林木可以遏制敌寇，那反而应该是多多种植而不是砍伐。

然而，无论是修筑边墙还是制造无人区，明王朝只能在一隅之地设置隔离带，并不能阻止游牧人的南下。贺兰山口只是南下的通道之一，此路不通，自有他途。正如《嘉靖宁夏新志》所说，正统年间以后，北人更多的是避开银川平原，从贺兰山西侧即明人口中的"山后"直接南下，甚至到达甘州、凉州。

如今走过贺兰山口，见到最多的就是明代的边墙烽燧遗迹，不过是已坍塌的一道道土梁或一堆堆乱石。人为的阻隔早已消失，银川平原与阿拉善高原之间有多条道路，三关口还蜿蜒着一条崭新的高速公路，自驾不过一小时的车程。我的阿拉善朋友常常过来相聚，酒酣耳热的他自称"山后人"，高声喧哗："我买一把韭菜也会来银川！"是啊，山口依旧是山口，这是上苍赋予这块土地上的人们来往交流的通道，穿越历史的长空，仿佛看到时间老人在颔首微笑。

（原载《读书》2023年第6期）

杨占武，1963年生，宁夏同心人，博士，研究员。长期从事经济、文化研究，有多种著述。

古道悠悠

◎ 次仁罗布

以前，西藏有两条最重要的商道，分别是茶马古道和羊毛古道，这两条道路撑起了藏族人的经济贸易。茶马古道让西藏与祖国内地紧密相连，羊毛古道又让西藏与南亚的印度、尼泊尔和巴基斯坦等国商贸密切。虽然与南亚的联系还有好几个口岸，如比较有名的樟木口岸、吉隆口岸、普兰口岸等，但规模和便捷程度上与亚东的羊毛古道是没法相比的，它从拉萨起始，跨过雅鲁藏布江，翻越岗巴拉山，经浪卡子到达江孜，再途经康马，最终抵达亚东的下司马。之前，英国人入侵西藏也是走的这条道路。

藏族史书《贤者喜宴》里有这样的记载，说吐蕃国王堆松芒布患病，各种医疗手段都不能消除其病症。某日，一声清丽的啼叫声在窗外响起，被病痛折磨的国王循着声音望去，看见一只羽毛艳丽的鸟儿，嘴里衔着一根树枝，在栏杆上活蹦乱跳。国王被这只鸟吸引，走出屋外凑向鸟儿。国王的到来惊吓到这只鸟，它丢下嘴里的树枝，仓皇逃跑。树枝在阳光的照射下徐徐坠落，树叶却反射出碧绿的光，落在地面掀起一丝灰尘。国王蹲下身捡起地上的树枝，抬头望着鸟儿飞去的方向，诧异这种鸟先前他从未见过。鸟儿在天际消失，只看到连绵的雪山，在目光的尽头卷起白色的浪涛来，它们一浪接着一浪，绵延到天的尽头。国王把目光从远处收回，盯着手中的树枝看时，惊叹再次从心头荡起柔波，这种树枝他从未见过，上面的叶子宽大饱满，青翠欲滴。久病的身体原本迟钝的感官，忽然苏醒了一般，尝鲜的冲动在头脑里涌起狂浪，让国王无法自持。国王摘下一片叶子，揩拭干净放在干涩的舌苔上。一股清香在舌苔上潜行，津液如泉般恣肆，那种香气直抵他的脑神经。国王的病症一下缓解了许多，他命令下人把这些树叶煮给他喝。琥珀汤色的饮品送至国王跟前，厨房、廊道、屋子里馨香缭绕，令人心情舒畅，国王连饮几碗甚是欢喜。不几日，国王的病已初愈，他对这种饮品情有独钟。

失望，再次失望，国王堆松芒布再没有等到那只漂亮的鸟儿给他捎树枝来，也听不到那脆亮的啼声。

国王堆松芒布唤来他的大臣和属民，吩咐他们去寻找鸟儿衔来的那种树枝，并许诺谁找到就给予重赏。大臣和属民把吐蕃的疆域从西向东、从南向北地梳理了一遍，都没有找到国王说的那种树枝。唯独有个大臣，他循着边境线一路走啊走，经过长久的跋山涉水终于来到唐蕃交界处，在一片紫烟弥漫的山坳里他看到了那种神奇的树。可惜的是，在大臣的面前横着一条大河，湍急水流阻挡住了他的去路。大臣想，国王的病还没有痊愈，即使自己丢掉性命也要涉河到对岸去。正准备下水时，一条大鱼出现在河边，鱼儿领着他蹚过了这条河。大臣上岸看到满山都是国王中意的那种树枝，大喜的同时也长长地叹了口气，想着这么远的路程他一个人能驮多少树枝回去。他思量着要是有人帮他驮运的话，那可真是件美好的事情。正这样胡想之际，一头白色的母鹿从紫烟中走出来，它不避生人，径直来到大臣的跟前。大臣试着与母鹿接触，母鹿也没有抗拒。后来，大臣让母鹿驮上一大捆的树枝，自己也背上一捆，每天追着落日向西趱赶。

一个多月后，大臣与母鹿回到了国王的宫殿前，他把这些树枝献给堆松芒布国王。国王也信守诺言赏赐了大臣土地和家奴。国王心想，这么好的饮品，我不能用金银、玛瑙的碗喝，应该用与之相匹配的器具。于是，国王堆松芒布又派遣使者到大唐去索要碗。大唐国王却不肯给，他说，以前我给吐蕃送去医药、历算、工匠、乐师，让你们受益，不承想你们却经常派兵侵占我的土地，劫掠我的百姓，我们多次交战又会盟，反反复复，这次我决定不再给你们赠碗。如果你们有做碗的原料，我倒是可以派一名制造碗的工匠过去。这样，有一名工匠跟随吐蕃使者回到藏地。国王堆松芒布问工匠造碗需要什么原料，工匠回答，上等的用宝石，中等的用石疖，次等的用白石头。国王高兴地说这些原料都在库房中。工匠接着问国王，碗的种类很多，不知要造什么样的碗？国王沉思片刻便说，我要造的碗，应该是汉地都没有过的。它应该是碗口宽敞、碗壁脆薄，腿短，颜色洁白有光泽的。这种碗之前吐蕃没有时兴过，我希望它有长寿富足的寓意，所以就叫兴寿碗吧！碗上的图案首先应是鸟，因为是鸟将树枝带到这里来的，要绘成鸟衔树枝的图案，这是最上等的碗，中等的碗上要绘鱼在河中游，次之的碗上要绘鹿在草山之上行走。除这三种外，其他的碗形状、样子任由工匠去做即可。

从此藏族人与茶结下了缘，喝茶成为生活中必不可少的一件事情。但是，藏族人与茶产生联系想必比这个时候更早。堆松芒布是吐蕃第三十六代国王，之前的第三十三代国王松赞干布迎娶过文成公主，那时候可能就有茶叶进入西藏，因为当时唐朝饮茶是比较盛行的，只是在吐蕃不太流行罢了。到了堆松芒布国王时期，王公贵族间开始盛行饮茶的习惯，也有了相关的文字记录。这只是个人的一种揣测。从堆松芒布时期算起，距今也有一千三百多年的历史。正因藏族人好饮茶，在一千三百多年的岁月中，他们从内陆向西南藏地，用无数双鞋和骡马的蹄子踩踏出了一条通道，这一路他们不知点燃了多少篝火，唱起多少祛除疲劳的山歌，留下了多少不为人知的故事。有一次我受云南省普洱市作协的邀请到普洱市去，车子途经一座小湖时，普洱作协的人告诉我，这里以前是藏族骡帮来普洱购茶时的营地，他们在这里买好茶驮在骡背上，又向青藏高原进发。普洱的一位文化名人告诉我，这边的人称做茶生意的藏族人为"阿舅"，而且很愿意跟他们做生意。因为这些藏族人从不跟他们用嘴讨价还价，双方在长长的袖子里，用手指头把价格敲定，末了淡然一笑，双方心领神会，一笔生意就这样在默不作声中搞定。

关于茶马古道，它不仅运输茶叶这么简单，这条路上后来还运输起杭州的丝绸、景德镇的瓷器、沿海的海鲜干货等商品，这条道路不仅把中原的各种货物带到西藏，也把中原的文化与文明引进藏地，更成为往后西藏地方的头领、宗教领袖去觐见明、清皇帝，以获取他们在西藏统治地位合法性的必经之路。

关于茶马古道的渊源我就只写这些，因为已经有很多文章介绍过。羊毛古道却很少有人关注，但它与茶马古道相比是另一番的内蕴与景致。这个称呼是近代人赋予它的，至于以前怎么称呼，我确实不知道，在我阅读的有限的藏文史书里也没有看到专门的记载。

松赞干布一统青藏高原，建立吐蕃王朝时，他迎娶了尼泊尔的赤尊公主，这位公主正是通过吉隆沟嫁到如今的拉萨，迎娶的地方现在还能去参观。这位公主给西藏带来了尼泊尔的建筑和绘画技艺，早期的唐卡画一直延续着尼泊尔的画风，人物造型袒胸露背，穿着极其简朴，到了后期这种画风才慢慢本土化，人脸与服饰都被赋予了藏地的元素。特别是吐蕃王朝向外扩张，阶级矛盾逐渐激化时，国王赤松德赞引进佛教，建立桑耶寺，迎请寂护和莲花生大师到吐蕃，传说中莲花生大师也是途经吉隆沟来到桑耶寺的。有一位藏族学者曾对我说，当时吐蕃国王引进佛教就是想用它的理念调解社会各阶层的矛盾，以此凝聚人心，巩固王权。佛教是当时最先进的治国理政的法宝。那时道教、佛教在中原此消彼长，被皇权所利用。后来吐蕃王朝分崩离析，青藏高原被分封割据，民不聊生，战火绵延，许多人怀揣黄金面向南亚寻找精神慰藉的良药，以抚慰高原上伤痕累累的苍生。三百多年间，他们请来了许多南亚的高僧，青藏高原上出现了所谓后宏期，各种教派如雨后春笋般出现，它们积极吸纳西藏原始宗教苯教的仪轨的同时，宣扬佛教的教义，试着让佛教藏地化，形成了具有鲜明特色的藏传佛教的雏形。通向南亚的这些古道，锻造了藏族人的精神世界和人生观。1244年，一个萨迦派的老僧带着自己两个年幼的侄儿，在雪花飘飞的季节从这条羊毛古道上，向着凉州（今武威）进发。他们走得艰辛又漫长，马蹄敲打每寸黄土、草原、森林，太阳把他们疲惫的影子烙在大地上，月亮的清辉勾起他们思乡的愁绪，他们离故土愈来愈远，肩负的使命却极其伟大而艰巨。这位萨迦派的老僧与蒙古西凉王阔端，完成了西藏归入元朝版图的事宜，青藏高原结束了几百年的分裂割据，一统在强大的中央王朝之下。从那时开始，通向南亚的这些古道逐渐凋敝落寞，与之相反，西藏同中原的关系更加紧密了起来。

那些通往南亚的古道痕迹依然，道路旁突兀耸立的崖壁在猎猎日光的照耀下反射出寂寥的光来，弯曲的山道白花花地向前延伸，两旁的野草欲把它们淹没，透射出一股时光荏苒的伤情。如今替代它的，却是如欲腾飞的龙的平坦柏油路，在山坳中蓄势待发，曾经的骡马也被一辆辆飞速行驶的汽车替代。

这条羊毛古道我走过好几回，每一次去都会有不同的发现。已故藏语作家旺多先生曾写过一部长篇小说《斋苏府秘闻》，里面详尽地叙述了这条道路，他的这部作品成了西藏的长销书。

朋友，如果你没有走过这条羊毛古道，那我用文字向您展示它的今昔吧。

我们从拉萨城出发，经堆龙德庆向曲水县进发，这是宽敞的河谷地带，居民主要以农业为生，沿途有碧绿的拉萨河一路向西，快到曲水时它与另一条江河汇聚，转头向东流去，成为雅鲁藏布江。如果是骡帮的话，他们在出发前会在头领的带领下，先煨桑祈祷，然后在桑烟的气味中赶着骡队，在丁零当啷的声响中走出拉萨城。每个骡夫身披最好的衣裳，腰间插着长刀，身背叉子枪，挥动鞭子驱赶骡子。一般一个骡夫要管七头骡子，每到一个宿营地，他们要卸下货物，给骡子喂水喂料，第二天又把货物驮到骡背上。四五天的风餐露宿之后便到了曲水，然后用牛皮船把货物和骡马驮到对岸，等全部骡马渡过河，才向岗巴拉山进发。如今，既可以走这条路，也可以选择去机场的那条高速路，到了贡嘎机场附近向西一拐，就是去岗巴拉山的路。

这座山巍峨高耸，海拔五千多米，抬头望去，盘山公路弯弯曲曲，过了一个山嘴迎面又是一座山，车快行驶到山头时，每遇到一个拐弯处，仰头望过去，黑色的沥青路直插在碧蓝的天空和飘浮的云朵中，仿佛行驶到那个尽头你就能融入那片蓝色和白色里一样。当看到彩色的经幡在山头猎猎飘扬，听到哗啦啦声响时，你已接近山顶。车子刚拐过山嘴，就能望到山坳里躺着蓝得令人惊心动魄的一面湖水，那就是羊卓雍湖，宛如仙女眼里滴下的一颗泪水，荡涤你我的心灵。这种碧蓝在对峙的山峰间一直柔绵地延展过去，给这寂静的世界镀上了一层颜色。如果遇到阴天或下雨，湖就会变成绿松石的色彩，那又是另一番景色。下到山坳里贴着湖面行进，不久你就到了浪卡子县。按照行政区划，离开浪卡子就到了日喀则的地界。由于这里海拔太高，沿途你是看不到树木的。

离开浪卡子不久，你就能望见一座冰川，阳光下它反射出刺眼的光来，它就是卡若拉冰川。现在它的山脚下竖立着"红河谷"的石牌，只因电影《红河谷》中的一些镜头，就是在这里拍摄的。由于来藏旅游的人特别多，于是当地人守在这里向旅游者卖石头，以此增加收入。卡若拉冰川附近产的岩石品质上佳，铺在院子里夏凉冬暖，还能给人一种年代悠久感，以前许多寺院和贵族的府邸，院子里都喜欢铺设墨绿色的岩板。

站在卡若拉冰川前，我想起《斋苏府秘闻》里的那段故事，说的是在拉萨做生意的一名商人，途经这里准备从大竹卡渡口进些羊毛到印度去倒卖，再从那里进些紧俏的物资到拉萨卖，中间赚些差价。途经卡若拉冰川这一带时，他经过一个叫申腊的驿站，在这里吃过午饭准备启程，恰好驿站的信差拿着酒过来，要他一起在太阳底下喝酒玩耍。商人见信差这般热情，留下小酌几杯后要继续赶路。申腊驿站的信差让他晚上投宿在下一个叫杂热的驿站，说那里的信差是他哥哥，并让他带个口信说"寄去了一只绵羊"。商人离开申腊驿站到了杂热，把口信转达给了这里的信差。夜晚要睡觉时，商人发现门上没有门闩，在找木棍用作门闩时，发现墙角的麻袋里藏着一具尸体，于是他知道自己落入了陷阱。他没有睡在驿站信差事先铺好的被窝里，而是躲在墙角给枪上好子弹，以防万一。午夜时刻从屋顶的天窗里扔下一块巨石，正砸在他们铺好的被窝枕头上。心惊胆战的商人知道不久这些人会冲进房屋，他不时地把枪口对准房门和窗户。不一会儿，外面就有人用劲撞门，房门被撞开的刹那，商人开枪射杀了信差和他的儿子，再去找扔石头的人时，腿上被人插了一枪，他立马转身开枪，把这人也击毙。后来，商人因失血过多和寒冷倒在地上昏厥过去，醒来时他已被人送到了浪卡子县监狱。从小说的这个细节我们便能推断，那个时代这种杀人越货的事时有发生，贫困与贪婪折磨着人心。现在的我们无法想象，在这样一座美丽的冰川下，曾经发生过如此令人发指的恶行。

　　离开卡若拉冰川顺着绵延的山脚前行，以往只有骡队的铃声，抑或一两声雄鹰的长啸，敲碎这深邃的静谧。孤独的岩石目光冷峻，万年千年地这样目送过去与现在，感叹一切移动的物体，它们的生命竟是如此的短暂，犹如它脚边青了又枯黄的草。它的沉默就像在讥讽飘浮的生命，它的岿然不动源自无欲无求。

在窄狭的山道里穿行，前方会越来越开阔，一片河谷地带豁然映现在你的眼前。如果再仔细凝视，就能发现山头上的那座城堡，它便是江孜宗（县）所在地。它始建于明朝，清光绪三十年，来自西藏各地的民兵和藏兵，在这里阻击英军的入侵，演绎了一段悲壮的故事。如今的城堡是在政府的资助下，在原有的废墟上重新建造的。城堡的山脚下有一座古刹，名叫白居寺，因其独特的建筑风格，同布达拉宫、萨迦寺齐名，成为藏族佛教寺院建筑中的瑰宝。江孜因为土地肥沃，被人称为"西藏的粮仓"。曾经英国打到拉萨，胁迫噶厦地方政府与他们签订不平等的《拉萨条约》，其中就要求在江孜这个战略要冲设立商埠，并派人驻守。直到人民解放军进驻西藏，才结束了这段屈辱的历史。

以往那曲牧区的牧民经当雄县，翻越休古拉山到日喀则的南木林县伟悠沟，把羊毛送到达竹卡，这是藏族牧民运输羊毛的那条古道。在达竹卡羊毛被商贩买走后，他们需要翻越联拉山抵达江孜。

从江孜出城往南行进就到了康马县的地界。"康马"是红房子的意思，据历史资料记载，吐蕃时期来自藏东的褚氏家族后裔褚·崔成迥乃在娘堆姜若修建了一座寺院，起名为红色的殿堂，藏语为"拉康玛布"。后来这个名字成了这片河谷地带的名字。去年我在这河谷采风时，康马县宣传部部长巴顿和文旅局局长普布顿珠，一再强调真正的红河谷就是康马的这片河谷地。一百多年前英军打进来时，藏军和各地来支援的民兵，就在这河谷里伏击过侵略者。特别是康马县的乃宁寺，严重影响到英军的后勤补给。

英国人抽调重兵专门攻打这座寺院，僧人和藏军、民兵奋力抵抗，他们久攻不下后，改用猛烈的炮火和炸药来炸千年古刹的坚厚墙壁，最终撕出一个大口子，英军从那豁口蜂拥而入。撤退到大殿里的工布民兵，率先挥刀杀入敌阵，一个叫阿达尼玛扎巴的民兵一刀劈断了英军指挥官杂尼萨哈。侵略者见这些人英勇无畏，便丢下许多具尸体仓皇逃命。乃宁寺的门楣上依然能看到那些弹痕。

之后，英军又派来援军，最后攻陷了乃宁寺，一番抢劫后，一把火焚烧掉了寺院的大殿，让其变成残垣断壁。康马县是八大藏戏之一《朗萨雯波》的故事发生地。这出藏戏讲述的是一个叫江库村的地方，有一对夫妇，他们虔信佛法，可没有子嗣。随着年龄增大，那家妇女终于生出了一个女儿，这让老两口异常高兴，给孩子起名叫朗萨雯波。这姑娘渐渐长大，不仅人漂亮，性格也温顺，而且特别勤劳。朗萨雯波十五岁时参加乃宁寺的一项佛事活动，想着在那里卖掉自己织就的氆氇，以补贴家用。可是当地的头人看中了朗萨雯波，他将五彩箭插在她的颈部，要朗萨雯波做他的儿媳妇。强娶朗萨雯波回家后，头人的儿子并不认同这门婚事，但随着长时间的接触，头人的儿子也爱上了贤惠美丽的朗萨雯波，两个人也有了爱情的结晶。可是，头人的妹妹虽是个出家人，但怕朗萨雯波执掌这个家，于是到处煽风点火，挑拨离间，最后朗萨雯波被人毒打致死。她的灵魂飘入轮回之道，判官见她这一生积善良多，恶业甚少，劝她重回人间。朗萨雯波复活在东山顶上，听到消息，头人和他儿子忏悔不已，请她回到家里来。朗萨雯波念及自己幼小的儿子，遂了他们的请求。随着日子一天天地流逝，头人和他儿子的善心和诺言又逐渐丧失，心灰意冷的朗萨雯波带着儿子逃回父母家。见到苍老的父母、青春不再的玩伴，她对这个世界产生了深深的厌离之心，最后到寺院里遁入空门……康马县还有一座庄园，距今已有六百多年的历史，它是迄今为止西藏保存最好的一座庄园。这座叫朗通的庄园，共有六层：一层是草料库、家奴的厨房，二层是纺线织布房、裁缝房以及磨糌粑房和粮库，三楼是主人的会客厅、马夫休息室、客人休息室、男女主人的卧室以及佛堂，四楼是宴会厅和僧人的住房、闭关室等，五楼是侍卫室，六楼是观察台。这座庄园密道重重，各种储藏室设计之精妙，现代人也要叹为观止。其中庄园的佛堂堪比一座小寺院，其壁画的艺术价值不可估量，这座庄园的建筑美学也让人记忆深刻。

继续在羊毛古道上行进，能看到许多湖泊，或近或远，它们的美无法用简单的文字去描述。几个小时的路程后，车子会沿着一个叫多庆错的湖行进，湖对面是一座非常漂亮的雪山，叫卓木拉日。停车远望过去，你就能看到雪山上有一张精致的美女脸庞，雪山像是一下子复活了。要是夏季这里的景色会更加漂亮。再行驶一会儿，就到了曲米辛果，因为山脚冒出泉水而得此名。这里也是藏族人第二次抗击英军的第一个主战场，其结果是英军使出诡计，用现代化的武器屠杀手持原始武器的藏族人。继续趱赶，就到了帕里镇，这里紧挨着不丹，是重要的商业通道。听说时常会有不丹人到这里来卖山货，然后在这里买些生活用品背回不丹去。我在帕里镇的商店里看到许多外国货物：酒、糖果、藏红花、饼干等。驶离帕里镇后，在草山之间穿行，一路能看到一群群的牦牛，各种山花开放在坡地上，让人流连忘返。车子随着"之"

字形的山路，不断往沟底快速驶去，最终抵达了亚东县。

坐落在两山之间的沟谷地里的亚东县，是个狭长的小县城，中间有一条激烈奔腾的河向西流淌，水流声把峡谷给填满。在我来到亚东之前，凭借一首舒缓的藏语歌，我想象这是一个浪漫而又富有激情的地方。那夜整个县城灯火璀璨，酒吧、朗玛厅里歌声缭绕，简直就是一个不夜城。亚东有夏尔巴人，夏尔巴姑娘肤色白净，人也长得漂亮。这首藏歌有个背景故事，说一名拉萨商人来到亚东做生意，他在酒馆里认识了一位叫诺增色珍的夏尔巴姑娘，他们相恋相爱，日渐情深。商人离开亚东回到拉萨，心里甚是想念诺增色珍姑娘，于是跑到拉萨小巷的酒馆去喝酒，一杯两杯落到肚子里，思念让他不能自禁。他便拿起扎年琴诉说这份思念之情。

亚东跟不丹和印度接壤，《拉萨条约》里英国人要求在这里设立商埠，享受特权，听说这里以前还建有一座教堂。第二天早上我去寻找时，当地人指了个地方，淡淡地说以前在这里。可是我看到的是一座现代的房子，想来是在以前教堂的废墟上新建的。县城两边的山上全是茂密的森林，顺着山谷再往里走，就到了乃堆拉山口的中印边境线。以往骡帮到这里后，还要继续前行，他们穿越边境到印度腹地，然后卖掉羊毛、皮革、麝香等物品，用赚来的钱再买些大米、冰糖、干果、布料等，在幽静的山道上哼着山歌，慢悠悠地往回走。

这就是羊毛古道。

此刻，我又想起了那首藏语歌《卓姆仁青岗》，我用句首哀婉、忧郁的歌词来结束我的这篇文章：

卓姆仁青岗啦，有人要过去吗？虽没有贵重礼物寄，只想托一封书信过去。

拉萨深巷里的美人，声音勾人魂魄，一天两天地挽留，思念却已经深入骨髓，夏尔巴的仁增，我要沉醉美酒醇香里⋯⋯

（原载《青年文学》2023年第7期）

次仁罗布，藏族作家。著有中短篇小说集《放生羊》《界》，长篇小说《祭语风中》等。曾获西藏第五届珠穆朗玛文学奖金奖、第五届鲁迅文学奖、第六届汪曾祺文学奖等。

蔷薇科的两个春天

◎ 阿 来

小区院中，红梅开了。

头天这株梅树枝上都只是暗红的花蕾。2023年1月21日，年三十，近午暖和的阳光下，这一枝那一枝上，就有星星点点的两朵三朵绽开了花瓣。这花开得好，明天就是春节，不开点红梅觉得春天没到。成都，春天到或没到，我都以这树红梅的开放，作为具体标志。从十几年前，搬到这个小区时就这样了。

中庭水池旁，一共有三株红梅，小区刚建成时，就和紫薇，和木芙蓉，和含笑，和海棠、栾树、羊蹄甲这些花树为邻，彼此守望。把杜审言《和晋陵陆丞早春游望》中的句子重新组合一下，正是眼前景了："梅柳渡江春，偏惊物候新。"这些花树次第开放，绽放生命欣喜，标志四季流转。十几年前，梅树初移栽来时，枝条稀疏，树身低小。十几年中，小区楼房的墙面渐渐沉着斑驳，花树们却一年年高大茁壮，干劲枝繁了。

三株梅树，总是水池南边这一株最先开放。东边那两株，因为楼房的遮挡，每天少受两小时光照，花期要晚一周以上。

春节期间，饮酒读书，读书饮酒，其间下楼透气，都要到池边去看看这株梅树。池中水的软绿一天胜过一天，枝上绽放的红色花朵也一天多过一天。大年初七，人日这天，杜甫草堂例行祭祀诗圣杜甫，我照例前去参加。行前，在这树已经全然盛放的红梅前小立一阵，自然想起杜甫诗："梅蕊腊前破，梅花年后多。"

杜甫草堂，楠下竹前，更是梅花大放。祭礼上，在大雅堂前听人献赋，在工部祠老杜塑像前献杨柳新枝。

公元762年春节人日，高适从成都附近的蜀州寄诗慰问杜甫："人日题诗寄草堂，遥怜故人思故乡。"清人何绍基人日游草堂，题一联向老杜致敬："锦水春风公占却，草堂人日我归来。"成都一城，人日草堂，温老杜诗看新开梅，游人如织，早成风尚。

祭礼毕，一众人，借草堂一处清静地方，饮新茶温杜诗。檐前亭中，都开着梅花。窗后红梅，庭前白梅。

的确是春天了。

高适致杜甫诗悯人伤春："柳条弄色不忍见，梅花满枝空断肠。"

飘零中的杜甫见春来梅开，却心生欣喜："东阁官梅动诗兴，还如何逊在扬州。"

官梅，是官府中种的梅，也称官粉，就是人工栽培的梅。梅从野生到驯化，以至形成诸多观赏性品种，并渐渐包含人格或性情的象征意义，从中国文化源头即已开始。

野生植物驯化使人有了稳定的食物来源。梅树的驯化首先也是为了它的果，《诗经·召南·摽有梅》即欣喜于其果实繁多："摽有梅，其实七兮！"这么多果子干什么用？烹饪中，其味酸甜，可以调味。《书经》说："若作和羹，尔惟盐梅。"也就是说，初民时代，梅酪和盐，是最主要的调味品。

人之为人，不独供养肉身的衣食，还有情感与精神向度的审美，梅的人工驯化，就有了两个方向，果好的梅和花好的梅。闻名于汉代的成都人扬雄作《蜀都赋》就说，彼时成都城中，美化环境，就"被以樱梅，树以木兰"了。

有材料说，四川成都，在唐代就有了人工培植的朱砂型观赏梅，也就是红梅出现。演绎唐诗的《全唐诗话》就说："蜀州郡阁有红梅数株。"这红梅数株正是当年杜甫去蜀州见刺史高适所见的"东阁官梅"。

心里想着三千余年来一部中国人书上的梅花史，在杜甫草堂中看梅。白梅红梅，单瓣的复瓣的梅，可以看尽一部梅花的栽培史。还是意犹未尽。

看多了色多花繁、树形都经过修剪的家梅，便想去看更朴素、更生机盎然的野梅。当年陆游在成都，记录成都梅花大放的胜景："锦城梅花海，十里香不断。"又从城中往浣花溪来寻杜甫草堂，所见也是满眼梅花："当年走马锦城西，曾为梅花醉似泥。二十里中香不断，青羊宫到浣花溪。"放翁此诗，指示了当年的赏梅路线。青羊宫还在，浣花溪还在，沿途所见，定也是野梅居多。比放翁更早，杜甫在草堂居住时，进城应酬回来，走的也是这条路线，沿途也见不少野梅："时出碧鸡坊，西郊向草堂。市桥官柳细，江路野梅香。"但今天循这路线，沿江行，已经高楼林立，江边所植，也多是驯化的家梅了。

成都还有野梅，却大多退存于平原边缘的浅山地带了。

元宵节后，便挑一个有阳光的日子，西南行，去到古蜀州和古邛州一带旧称西岭的山前。行前在网上搜索野梅消息。知道一百公里路程内，朝北面东的盆周浅山中，今天崇州、大邑和邛崃一带，野梅已然绽放。

驱车一个小时，就已经出了平原，抵近山前。山岭层叠，岚气迷蒙，出山的溪流温润清澈。山野自有一种气息，虽然树林还是一派枯寂，但闻了那气息就知道已经出了冬天。

村前田边，李和杏已放出满树白花。

李花与杏花，和梅花一样，都是五片花瓣。古人称为"五出"。五出花瓣，是蔷薇花科的共同特征。

是的，春天总是以蔷薇科植物放花开头。

蔷薇科是一个大家族，在中国文明史上，驯化品种多，造福于人也是最多。李、杏、樱、桃、梨、苹果、海棠，要花得花，要果得果。现在，李与杏率先绽放，以纯净耀眼的白色，在和暖的大气流动中，宣告春天。好几种鸟停在枝头，蓬松了一身羽毛，吸收阳光的能量。蛰伏一冬的蜜蜂出了巢穴，在花间起落，采集花粉，这春天最初的馈赠。我一直有点嫌栽培品种花开得太多太繁。在城中看梅，也略嫌梅花树姿态太过雕琢，枝上花太密，花朵又大多经人工诱导，变出了太多的复瓣，所以要来山间寻更朴素更本真的野梅。

在每一条岔路前，问村妇，问农夫，道是只要往山里走，都有。

既如此，就不能光看野梅了，得附带看点别的。春节假期，不看书不可能，但为放松休息，便看闲书。一堆唐宋时代佛教在四川盆地传播的史料，和一些佛教造像的图片。因此知道，这山中也有唐末及五代时期的摩崖造像。看地图晓得眼前这江叫邛江，就记起缘江进去，山名飞凤，山上有一片佛菩萨像，叫药师岩。

二十分钟后，便停车在山前水边，循石阶上药师岩。

阳光淡淡，山林疏朗，常绿的柏树和棕树外，其他的落叶树都用光秃枝干衬着天空勾画出各种图案。只有野梅率先开了。还不到盛放时节，但这里一树，那里一枝，在受光多处，已然开放。登梯累了，就停在一棵花树前，空气清甜，淡淡梅香中混合着泥土苏醒的味道。

野梅与城中的人工品种不同。树形倚地趋光自然生长，茎干挺拔，枝叶疏朗开张，花朵也不像家梅那样服从的是"多即是美"的原则，那样繁密。山间天地宽广，野梅呈现出大自然简洁的美学取向，分枝疏朗，枝上花也疏朗。家梅以红色为主打，野梅是纯净的白色，就是白本身，不耀眼夺目。花瓣俏薄，是纸或绢的质感，不似家梅的白，要夺目，养出富贵的玉的质感。

自然的教导，自然的暗示，总是要把人的气质与情感导向本真与自然。

如此经过好多未放开的沉默的野梅与野樱，又经过了几株放花的野梅，就到了飞凤山半腰，药师岩上。那是向着江的一面红砂岩壁，东向，横向凿空，开出一道百多米的一字长廊。廊上因势造佛菩萨若干组。中间坐佛，两旁胁侍菩萨，上下左右密集的小佛像有序围绕。循长廊，我仰望，佛菩萨们倾身俯瞰。四川盆地岩石的主体是湖相沉积的浅红砂岩，容易开凿，也容易风化。所以，好些造像，风化得面目模糊。倒是好，风雨的剥蚀使得慈悯洞明的神情更加隐约含蓄。反倒是近些年修补过的佛面，与美与善都相去甚远，显得愚不可及。粗陋部分，便略去，不观不想。

摩崖的主尊是东方净琉璃世界的教主药师琉璃光如来。唐玄奘译有《佛说药师如来本愿经》，所说的是药师佛所发的十二大愿。第一大愿就说："愿我来世得阿耨多罗三藐三菩提时，自身光明炽然，照耀无量无数无边世界。"我默诵经文时，佛高坐龛上，宝相庄严，以慈悲光照我。日光遍照菩萨和月光遍照菩萨，胁侍左右，那眼神也是内外明澈。我接引佛菩萨的眼光，背上落满初春的阳光，身心和暖。

主窟旁边空着的石壁，有些后人题字，磕了头又往功德箱中投零钞的人不看。我看，看到了文与可的一首诗：

> 此景又奇绝，半空生曲栏。
> 蜀尘随眼断，蕃雪满襟寒。
> 涧下雨声急，岩头云色乾。
> 归鞍休报晚，吾待且盘桓。

文与可于北宋皇祐四年，三十四岁时以邛州通判兼摄大邑县令，这西岭山前的名胜古迹都曾游历，不止在一处题诗留画。这诗算不得上乘，此时读来却觉得亲切，因为山、涧、云、岩，都是眼前景色。只是未写梅花，诗中写到"雨声急"，那就该是夏天。我也没有如文与可在岩上久久盘桓。因为崖上近三四十年间弄出些形貌不佳、色彩艳俗的偶像，无论审美层次还是信仰程度都愧对祖先。于是，看了两三遍唐末造像后便选了另一条长些的路缓行下山。一路也是看梅，长枝疏花，有风轻动，自在；无风便凝住一小团日光，也凝住我的目光与心意，更是自在。有声音，是水声。不是涧中水声，是树身中的水声。春天，水正穿过许多树枝干中的脉络，上升，上升，在万千枝上滋叶催花。等真正听见潺潺水声，已经下到山脚，站在横越江的桥上了。

光阴荏苒，开了几乎有一月之久的那株红梅终于谢了。

不妨，蔷薇科的植物会继续放花。不然，怎么可以说是到了春天？

杏花。

桃花。

梨花。

海棠花。

樱桃花。

其间还间杂着玉兰、迎春与紫荆。

我说的樱桃花不是移植来的粉红的日本晚樱，而是白色花的本土品种，无论是山前的自在野樱，还是公园里的人工樱花，都相继开放。

杜甫当年在成都写过的啊！"恰似春风相欺得，夜来吹折数枝花。"

蔷薇科是个庞大家族，下面还分许多属。春天里先花后叶，开过了的，李和梅，李属。桃是桃属。樱是樱属。杏，杏属。海棠，苹果属。

二月，三月，这些花一番番次第开过。三月中再去一次郊外山前，一个村子，借一个民宿开一个关于苏东坡的小会，四周都是梯级层上的果园。樱桃已经结果，李花和桃花正在凋谢。海拔五百多米的成都，我的第二故乡，夏天将至，蔷薇科主打的春天已然过去了。

春已尽了。

海拔比成都高出两千多米的第一故乡来了消息，三月下旬，从邛崃山中的大渡河边。消息说，高原群山之中，春天来了。三月底，金川县举办梨花节，邀我参加。好啊！刚过完一个春天，再去过一个春天！

进山，车驶出成都平原，溯岷江而上，车窗外的风景，是倒放的时光片，那些已经凋零的花，又逆时序闪现：海棠花、樱桃花、桃花、梨花、苹果花、李花。从低海拔到高海拔，落叶树从一派新绿，渐渐变回枯寂萧疏。树也变了，不是刚进山时的樟树、槐树和女贞，而是渐渐换成了山杨、沙棘、花楸、白桦和红桦，还有在风中飘洒似雪花瓣的野樱桃树。

如此逆时光行进，三个小时，就到了唐时的蓬婆岭，今天的鹧鸪山下。翻越雪山的公路已经废弃好多年了，数公里长的隧道穿过大山深暗的腹部，出隧洞，就已离开了岷江水系，来到大渡河上游的支流梭磨河。一直向着西北的道路转向，折向东南。

河流湍急，峡壁陡峭。向阳那一面，是草坡，和密闭的栎树林。背阴的一面，岩壁参差，扎根于石缝中的是遒劲的杉树与桦树。太阳当顶，肆意挥洒强烈的光线，利用岩壁、树、河和参差起伏的山棱线，用它们迎光的高音部，用它们背光的低音部，把整条梭磨河峡谷变成了一幅取景深远的交响音画。已经很漂亮了，可似乎还有谁怕这样的画面过于单调，又让风来加入合唱。风摇晃那些树，其实就是摇晃那些光，使之动荡，使之流淌。

突然，峡谷敞开，山平缓些了，退向远处。河，不再不断地撞向悬崖，而是在谷地中央，奔涌流淌。这一带地方，是我的老家马尔康县。

台地错落的谷地是河流经年累月荡涤而成，河岸上的麦地、青稞地、苹果园，和一个个村寨，依傍在山前。冬麦正在返青。一树树浅红的野桃花正在盛开。

就是这样，从犹在冬季的雪山下，向春光渐深的河谷地带，从河的上游到下游，时光重又变回正向流淌。我已经回到家乡，进入一年之中的第二个春天。

松岗镇。早前，没有河边的镇子，只有山梁上的古堡。

在镇前停车，攀上山坡，去往山梁上的古堡，曾经的土司官寨。盘折上升的路旁，茂密的野蔷薇灌丛，攀爬在高山柳上的铁线莲，还有容颜苍老的核桃树，都光秃着枝干，还在冬眠。只有野桃花已经盛开。花朵密密簇簇，缀满枝头。粉红色的花瓣被阳光透耀，有精致的绢帛质感。但对这些野桃来说，这样的描绘也许太精致了，与眼前的雄荒大野并不匹配。

日本人永井荷风描写庭院中的桃花质感就用过这样的比喻："桃花的红色，是来自平纹薄绢的昔日某种绝品纹样的染织色。"永井荷风说，他写桃花所在的庭院狭小局促，甚至"不是一座为漫步而设的庭院，而是为在亭榭中缩着身子端坐下来四处打量而设的庭院"。

而我现在却是在高天丽日下挺身行走，长风吹拂，田野包围着村庄，群山包围着田野。两条溪流穿出群山，在古堡雄峙的山脚下与梭磨河相汇，向东南扎向更深的峡谷。我年轻时在诗中写过这样的地理："河流轰鸣，道路回转，我要任群山的波涛把我充满。"

山风起处，花树摇晃众多的树枝，飞落的花瓣纷纷扬扬。攀上山坡，到那个今天因文旅开发已叫作天街的古堡，民居，石碉，小庙。这是午后时分，天街很安静，大多数人家门上都落了锁。也有两三家正在施工，把旧民居改造成新民宿。花事阔大、静谧又热烈，从村前，一直扩散到目力所及的数条峡谷，云霞一样飘荡弥漫。

不只是眼前目力所及的这数十平方公里的地方，每一年，春天初上青藏高原东部，整个横断山区，海拔一千米到三千米的峡谷地带，沿着所有河，沿着所有溪，都是这样野桃开遍，浩浩荡荡。

这种植物，在大自然中早于人的出现。不是人类出现后，驯化了的、用以结果的桃，用以赏花的桃。这野桃树还是多少万年前的原初风貌，没有什么现成的修辞可以援引。现在，我也只是坐在高处，一个可以俯瞰众水从西北来，往东南去的地方，看野桃花如雾更如霞，把天地充满。

这种野桃在地球上出现至少有上千万年，后来，对万物命名的人类出现，它依然是无名的。

这种野桃获得命名的时间，不过一百多年。

上世纪初叶，这种植物，由英国植物猎人威尔逊在四川西部一带山区发现。他不但采集了种子和标本，还于1910年将这种野桃活株移植到哈佛大学阿诺德植物园。

植物学家科恩依赖威尔逊采集的标本、种子和移植成功的活的植株，根据其果核光滑这一特征，将其命名为光核桃。按分类学创立者林奈定下的双名法规则，拉丁名写为 Amygdalus mira（Kochne）Yu et Lu。

　　植物志上如此描绘这种野生桃：蔷薇科桃属植物，乔木，株高可达 10 米。枝细长开展，叶披针形，花单生，先叶开放，直径 2.2—3 厘米。萼筒钟形，紫褐色。花期 3—4 月。果期 8—9 月。

　　近些年，中国学者对光核桃的研究也逐渐深入，经过基因测序，进一步描绘出一部中国桃的进化图谱：从青藏高原的光核桃，到华北的山桃、甘肃桃，再到越来越多栽培品种。由此认定中国西部是桃的起源中心。中国人工栽培桃的历史，已有三千多年了，最初驯化野生桃就在黄河上游海拔两千米左右的高原地带。从汉代开始，经河西走廊，从中亚细亚传遍世界。

　　有一个关于中国桃西传的有趣故事，来自于唐玄奘《大唐西域记》，其第四卷载有一国叫至那仆底国："昔迦腻色迦王之御宇也，声振邻国，威被殊俗，河西蕃维，畏威送质。"

　　这个位于北印度的至那仆底国不大，"周二千余里"，但那个叫迦腻色迦的国王厉害，势力影响中亚，直至今天中国新疆与河西走廊。以至一个很靠近中原王朝的小国，要把王子送到那里作为人质，所谓"畏威送质"。至那仆底，这个"至那"，现在写作"支那"。唐僧说，就是"汉封"的意思。也就是那个当人质的河西小国王子，其国为中原王朝所封。因为这个中原所封国的王子住过，后来就成了国名。然后，唐僧写到了桃的西传："此境以往，泊诸印度，土无梨、桃，质子所植。"那里的桃与梨都是那个当人质的王子带去栽种的。"因谓桃曰至那你（唐言汉持来）"，国名，至那仆底，因中国而来；桃名，至那你，也因中国而来。

面对一部植物进化史，主流的观点当然是证明人类文明的伟大。也有很有趣的非主流的观点，说难道不可以认为是某些植物向人类展示诱惑，而心甘情愿被传遍世界吗？就桃来说，就是以酸甜多汁的果肉，深红浅红的花，让人心甘情愿引入家园，不断发掘其基因潜质，养育更多肉更多花的品种，并将其传播到世界的各个角落。

英国博物学家理查·梅比有一本有趣的书，名字就叫《植物的心机》。其在序言中有一句话说，人类该"将植物视为复杂而又好冒险的生物"。这意思也就是说，人在诱导并加快植物某个方向上的进化时，难道不是同时被植物所魅惑的吗？

根据对生物化石的研究，植物在六千五百万年前开始结出有甜美果肉包裹果核（也就是种子）的果实。所以，桃和苹果这一类水果的原始种，最初勾引的对象并不是人，而是某些贪吃的哺乳动物，有在中亚细亚研究苹果进化与传播史的学者就注意到，对苹果原始品种传播起重要作用的动物竟然是熊。因为熊会从枝头挑选最大最肥美的果实，吃下，移动，消化果肉，在离原生树很远的地方随便拉出不能消化的果核，也就是种子。而拉出的这颗种子因此还得到一份额外的好处，那堆粪便为将来的生长提供的营养。这就是最原始的优选与优育。

当人类出现，品尝到苹果的甜蜜后，此物的扩张就猛然提速，跨洲越洋，遍布了世界。

桃的传播大概也是如此。

走下山梁，离开古堡，梭磨河边老百姓居家的寨前寨后，栽着还没有开花的苹果，和将要放花的栽培桃品种，我还想到城中只为观花，不为结果的碧桃。也不由得会想，植物的演化，其中也包含了它本身的主动意愿吗？而不完全是人类单方面创造的耕作神话。

想问桃，桃树开裂的老脸皮黝黑沉着，不声不响。只有枝上花朵，绢薄的花瓣在微风中轻轻振动，笑而不言。

离开松岗，野桃花满坡满谷，一路相伴。这一路，河已经接纳了许多条溪流与小河，在峡中穿行时，水势渐趋浩大。再行十多公里，右岸花岗岩对峙的深峡中涌来一条大河，叫脚木觉河，在名叫热觉的地方与梭磨河相会，河流陡然壮大了许多，河面的波浪不那么高卷了，倒是一个漩涡套一个漩涡，显得幽深了许多，有力了许多。再行二十多公里，又是从右岸，也是从耸立着许多柏树的岩壁下，北来一条更汹涌的河，叫杜柯河，在柯尔因镇前与梭磨河轰然相遇。从此，两条河都在此失去了原来的名字，相会后那条更大的河有了一个新名字，大渡河。这是河流的地理。大渡河继续往前，也会失去自己的名字，那只是以更丰沛的水流加入了更大的江河，叫作岷江，然后，叫作长江。

但在这里，作为大渡河，它刚开始自己长达数百公里的流程。在猛然收束的深峡中，湍流上白浪飞腾，巨流撞碎在岩壁上，訇然有声。1977年，我十七岁时，作为一个水电工程队的拖拉机手，重载着建筑材料一次次在这条路上不断往返。和当年相比，道路宽阔了，路面铺上了柏油，两岸的山壁却依然陡峭，峡谷深切，河流轰轰然夺路向前。不到一个小时吧，我看着熟悉的山势，知道马上就要冲出这深峡了。

真的，封锁前方的山正在渐渐矮下去，变缓的山坡上出现了村寨，出现了依着山势梯级垂布的庄稼地和果园。梨和苹果的果园。远方峡口的天空越来越宽，天很蓝，西斜的阳光辉耀着云团。

终于，转过一个山弯，面前豁然展开了一道数公里宽、百十公里长的平缓宽谷。刚才还滔滔翻滚的河水，一冲出峡口就波平水阔，仿佛一条飘逸的绿绸。两岸是密集的村庄和青碧麦田，以及满坡满谷连绵盛开的梨花。

大渡河是这条河的汉语名字，清乾隆以前的土司时代，这条河的名字是我的母语，叫"曲浸"，意思就是大河，或大河之滨。清后期和民国初年是这里的大淘金时代，这河叫作大金川。清末，此地设治，叫绥靖屯；民国设县，叫靖化；中华人民共和国建政，叫金川县。大渡河从北到南，纵贯全县。

夕阳西下，给悬浮的白云镶上闪耀的金边。

村庄星罗棋布，掩映在漫山遍野的梨花中，炊烟四散。黄昏降临大地，西边燃起红霞时，梨花掩入暮色，渐行渐淡。晚饭后，和主人散步，但见河面辉映着满城灯火，晚风轻拂，带来了四野围城的梨花暗香。回到酒店，我特意打开窗户，高原春天的夜晚有新鲜的轻寒，但不想把浮动的暗香隔在外面。

淡淡的梨花香果然透窗而来。不由得想起川端康成一篇散文：《花未眠》。他是写旅馆房中的花供："半夜四点醒来，发现海棠花未眠。"那么，原野里的梨花是什么情形？想必也未入睡，依然是在星光下盛开着吧。

金川一县，大部分集镇村落与人口都沿大渡河两岸分布，从清朝乾隆年间开始便广植梨树。看前些年有些过时的统计资料，说四野中栽种的梨树百万株以上了。金川全县人口七万余，城里人和高山地带的牧业人口除外，摊到每个农业人口头上，那是人均好几十株了。所以，这里的梨花不是一处两处，此一园，彼一园，而是在在处处。除了成规模的梨园，村前屋后，地头渠边，甚至一些荒废多年的老屋基上，都站满梨树，开满繁花。

第二天当然早起，为的是去看盛开的梨花。

大渡河贯穿的梨花谷地，一百多公里长。时间有限，不可能全部游完。就选了两处地方：沙尔和噶尔。这两处，藏汉杂居，地名是藏音汉写。

沙尔在县城北，大渡河谷最宽阔处，好几公里宽的平缓谷地，田畴绵延，人家密集。田野、道路、村落，几乎所有的间隙，都满是梨树。梨花成团成簇缀满枝头，近看如新雪堆积，远看，则如雾如烟。雾与烟，都在将散未散、将凝未凝之间。

昨天下半夜有雨，宽谷两边逶迤的山梁都积上了新雪。这就是海拔两千多米的高原农耕地带，梨花开放的春天，谷中下的是雨，山上降的是雪。湛蓝天空下，好一个洁白无垠的花世界，雪世界。我们驾车去往山半腰，路上经过一户人家，房前屋后都开着梨花。十几年前，我在这里寻访旧闻时，在这户刘姓人家吃过饭。那是秋天，主人还从树上现摘了最大个儿的雪梨让我们带在路上。该去问候一声的，但见房门紧闭，便没有去打搅。

上到山半腰，背对积雪的山岭，宽阔的谷地尽收眼底。早餐时，餐厅墙上梨花满谷的大幅照片就从这个位置拍摄。县委书记说，好多客人不以为这张照片是真实景色，认为是P出来的。因为客人不是这个时节来的，不相信山岭积雪和谷中梨花可以同框，可以如此交相辉映。而现在，我们就站在这美景中间。太阳从东边升起，阳光所到之处，梨花和雪变幻出迷离的光彩。大渡河一川碧绿，穿过梨花开遍的谷地，穿过那些炊烟四散的村庄。

看过了纵深几十里的阔大风景，还是要走到一棵树干粗壮、枝叶苍劲的梨树跟前，贴近了去看一朵花，一簇花，一枝花。

刚抬脚，就发现树下地面拱出许多紫红色的肥嫩芽苞，问是什么，原来是新推广的栽培法，梨树下套种牡丹，花朵提炼香料，果实可以榨油。小心避过牡丹新萌的芽苞，来到了一株花树前。一条新枝横在面前，上面的花不是一朵两朵，而是六七朵、十来朵攒成一个花球，短短一截花枝，被五六个花球缀满。

梨也属于蔷薇科这个被人类驯化，为人类奉献花果最多的大家族。梨花当然也有这个科的共同特征：五出的花瓣。但比樱、比桃、比梅的花朵都大出许多，高原上的雪梨花更是如此。花瓣质地厚实，便有了如象牙或玉石般的肥润感。花朵大了，雄蕊就多，每一朵都很蓬勃地炸出二三十根，争先恐后，向传粉的风和昆虫，招摇着团团成熟的花粉。蕊须的绿色，和花粉的红色，折射到白色花瓣上，那花朵的白色中，就有了迷离变幻的色彩。这样的变幻迷离，全赖风轻重不一地不断晃动着那些花，全赖阳光在晃动的花上跳荡，如水光激滟。

在这宽广谷地中，风是可以期待的，谷中空气受了热升上去，雪岭上的冷空气就沉下来。空气对流，这就是风。风把花粉从这一群花带到那一群花，从这几树带到另外的那几树。风不大，那些高大的树皮粗粝苍老的树干纹丝不动，虬曲黝黑的树枝却开始摇晃，枝头的花团在这花粉雾中快乐地震颤，那是植物界一场生殖的狂欢。

如此，人就在梨花阵中了。

梨树都很高大，不像在内地看过的梨园。这些梨树几乎没有修剪。树干粗大苍老，分枝遒劲，生机勃勃，每一条枝上，都缀满繁密的花朵。深入研究过植物演化的科学家说，人工诱导了进化的植物，当它们开出比野生原种更多的花朵时，也有损失，那就是香气不再那么浓烈。我没见过野梨树，却知道，梨花香也是淡的。但现在，因为树大花繁，加上强烈的日光下，气温上升蒸腾，梨花香也变得浓烈。仿佛有一层雾气萦绕在身边。又似乎是梨花的白光从密集的花团中飘逸而出，形成了隐约的光雾——花团上的白实在是太浓重了，现在，阳光来帮忙，让它们逸出一些，飘荡在空中，形成了迷离的香雾。

看一枝花，再看一枝花；看一树花，再看一树花。心随步移，不经意间，顺着一行行梨树，一梯梯麦田，人已经到了山下。

海拔也就下降了两百多米吧，梨树下的牡丹，在此已经抽茎，肉红色的叶芽如婴儿小手般团在一起，再出几天太阳，再有几场风，几场夜雨，那些叶子就要像手掌一样张开了。

美国自然文学家约翰·巴斯勒说："伟大的自然之书就摊放在他面前，他需要做的只是翻动书页而已。"而在此时，梨园顺着一级级黄土台地依山而起，梨花怒放，风摇动一切，我只是站在那里，那些书页由午间的谷中风一页页地翻动。是的，就这样，我在这里阅读自然之书。

离开沙尔，顺大河而下，去往另一个目的地：噶尔。

这也是一个藏音汉写的地名。这个地名曾在清代乾隆年间的史料中频繁出现。只是写法不同，对音写为噶喇依。公元1776年以前，是大金川土司的一个坚固堡垒。

乾隆十二年，大清朝全盛时，大金川土司试图侵吞邻居小金川土司地盘。清廷为维持川边秩序，劝谕无效，便派大军进剿。高山深谷中，经两年大战，大金川土司于乾隆十四年，即公元1749年请降，是为清代第一次大小金川之役。清军平乱后近二十年间，大小金川土司间依然战伐不断。公元1766年，乾隆三十一年，乾隆皇帝再兴兵镇压大金川土司，战事惨烈反复，一直延续到乾隆四十一年，清军方才最后攻克大金川土司最后堡垒——噶尔，也就是《清实录》中反复写到的噶喇依，这场第二次大小金川之战才告结束。

来到噶尔。左岸山脚，面对大渡河有一块平整的肥沃良田。苍老的梨树高擎着繁花站在麦地中间和边缘。

噶尔城堡的废墟就在两三百米高处的岩石山嘴之上。上山去，路旁全是开花的梨树，还有成丛的醉鱼草正在开花，香气深烈。

攻克这个堡垒，是当年漫长血腥的大小金川之役最后一战，双方数千将士在此洒尽了鲜血。

我不止一次来过这里，我想应该遇见一个乡村里的贤人。他是村中一个常带着醉意的老人。果然，他已经等在那里了。三年不见，老头依然腰板挺直，依然穿着高勒皮靴，神气健旺。我问他还喝酒不，他豪爽一笑，掏出一个扁平的金属壶，像美国西部片中牛仔必带的那种，拧开盖递到我手上。我喝了一大口，口中立即充满了当地的麦香与玉米香，酒液辣乎乎地下到胃里，又热烘烘地攻到头上。此时，太阳也明晃晃地照着，我马上就感觉到花间嘤嘤歌唱的蜜蜂都钻到脑袋里来了。他问我酒够不够劲儿，我说你更有劲儿。这个老农民闲来无事，喜欢温习当年发生在这里的战事，并不惮繁难，数年如一日地为游客做义务讲解。

我们从河边平地沿着陡峭的台阶拾级而上，台阶两边，都是过去堡垒的残墙。残墙间站满了苍老的梨树，好些树的树冠已经干枯了，却依然枝柯苍劲，盛放着耀眼的花朵。这些花树，一路护持我们登上那个危临河岸的山嘴。

当年坚石厚墙的堡垒都倾圮了。废墟之上，立一座碑亭。亭中是乾隆皇帝亲自撰文的《御制平定金川勒铭噶喇依之碑》。碑身四面镌刻汉、满、蒙、藏四种文字。

义务导游带我们去到碑前。我不止一次读过这通碑文，再诵读一遍。

"噶喇依者，盖其世守官寨，故多深堑高墙。我师万层险历，千战威扬。譬之大木已尽去其枝叶，则本根亦可待其立僵。"

"我兵用大炮四面环击……于是进围益急，贼势日蹙。官军复摧其近碉，断其水道，番众惘惧，纷纷溃出……于是疆界厥地，屯戍我兵，镇群番而永靖，树丰碑以告成功。"

乾隆皇帝当然要写碑了，大小金川之役是他十大武功之二。

我只是绕碑走了一圈，便往后山上走。听见那位村中贤人洪亮的声音在亭子中回荡。他在讲述那场并不太遥远的战争。那些熟悉的人名地名断断续续飘到我耳中。我站在堡垒废墟后面，那条溪水旁边，看一只戴胜鸟停在溪边湿润的青草中间。这时，我想到读过的一本当地史料，曾写到战前当地栽培的植物。书叫《金川琐记》，作者是一个上海人，叫李心衡，清嘉庆年间，游宦川西多年。这本书是大金川一地最早的汉文地方志。其中说大金川一地，原先就多"梨、枣、柑、栗、核桃、石榴诸树，蔽芾可观。后因用兵斫去，仅存荒山"。所说"用兵"，即指乾隆年间这场战争。

同行的人听完故事从亭子里出来了。我听到有人在问老头的身份。不是问他的职业，而是问他是什么民族。这其实是问他到底是被征服者的后代还是征服者的后代。我没有听他如何回答。他本人的身世我不了解，但今天居住在大金川河谷中的大多数人，他们既是征服者的后代，也是被征服者的后代。当年惨烈的战事结束以后，当地男丁几乎死伤殆尽，清廷为了长治久安，活下来的士兵大多留下来就地屯垦。外来的士兵配娶当地妇女，共同劳作，繁育后代，使这片渡尽劫波的大地重新恢复了生机。

这些善后措施，《清实录》中均有详细记载。

关于这场战事，我已经了解很多，不问了。这一回，我感兴趣的是蔷薇科植物的驯化。我问村里上了年纪的人，这些梨树是什么时候有的？他们看我的表情有些奇怪，说小时候就有的，上几辈子人小时候就有的。回到县城，央人要来些当地史料，当晚就看。这些梨树果然与那场战争相关。

一本参加过那场战争的人的笔记，片言只语，讲到战前当地的物产，说当时本地就有一种梨，叫楂梨，是人工栽培品种，只是果子小，果肉粗糙。又一种史料说到金川雪梨的来源，是一位战后留下屯垦的士兵，回山东探亲，从老家带来了一种梨树种子，播种后长成了树，再与土生的楂梨嫁接，新的梨树居然结出了鸡腿形的、甜美多汁而几乎无渣的果实。因为这种新的梨树生长在雪山之下，就名之雪梨，或金川雪梨。从此，这个世界上就多出一种梨树，作为一场残酷战争的一个意外而美丽的结果。

战后，金川土司辖地改为绥靖、崇化两屯。留兵屯垦，铸剑为犁，大金川河谷，再现生机。经两百多年时光，新的梨树就布满了大金川河谷，春天如雪的梨花，秋天丰硕的果实和火焰般的红叶，完全改变了大地的景观。多民族的融合也重塑了这里的人文风貌。"新民植育梨万树，山谷不复旧桑田。"前一句是我编的，后一句引自宋人晁补之的诗《流民》。凑成两句，无非为了节奏更完整一点。

现今，当地政府有一个强烈的意图，就是向种植业挖掘观光业价值。这满山满谷野性十足的梨花，的确是很好的观光资源。杜甫诗："高秋总喂贫人食，来岁还舒满眼花。"虽是写桃树，但移到梨花上，也很恰切。物以致用，先是食用，这个功能实现后，审美性的观赏功能或许更有价值。我们这一行人，都是受邀来看梨花、写梨花的。可怎么写这些开放在雄荒大川上，生机勃勃还含着野性的梨花却是个难题。这两天，老听同行在耳边念岑参的诗："忽如一夜春风来，千树万树梨花开。"我心里却不满足。因为岑参诗是写雪的，写唐时西域轮台的雪，只是用梨花作比附罢了。真正到古诗词中找写梨花的诗句，都是写那浅山软水小巧园林中的梨花，到底显得过于纤巧，与我们眼前的金川梨花并不相宜：

梨花雪压枝，莺啭柳如丝。（温庭筠）
梨花如静女，寂寞出春暮。（元好问）

李白诗："梨花千树雪，杨叶万条烟。"庶几近之，却也没有写出这高天丽日下的山重水远。

梨花自寒食，进节只愁余。（杨万里）
梨花有思缘和叶，一树江头恼杀君。（白居易）

按植物学的视角，梨树开花，色香俱全，蜂颠蝶乱，是生命力勃发，是性冲动，是生殖狂欢。在这梨花盛放的高山大川中行走，我只感到勃勃生机的感染，即便真有点愁绪，此时都烟消云散了，更生不出一点闲愁。

如何看花？在古典世界，主流的方式是主观张扬的审美诗学。十八世纪瑞典人林奈创造了基于客观态度和科学观察的植物分类系统。在他的命名系统中，植物有两个名字，一个属名，一个种名。而种属的确定，主要的依凭就是观察花朵，即植物性器官的异同。用植物学的专业术语来说，叫作"根据植物性器官数量和配置方式来替植物分类与命名"。大致说来，开花植物外阴部是花萼和花瓣，雄蕊与雌蕊相当于阴茎与子宫。这种观察，自然使将植物花事视为人类情感与伦理投射物的文化感到不适与疏离。

科学史上有一段被文学史忽略的记载。

那是科学主义在欧洲勃兴的年代。1817年，牛顿的力学系统和林奈的生物分类系统已经建立，英国诗人华兹华斯、济慈和兰姆在画家海顿家聚会。济慈对牛顿的科学发现提出了诗人的抗议："他将彩虹化约成棱镜，摧毁了它的所有诗意！"另一位叫克莱尔的诗人说："按照林奈的方法分门别类……这让我倒尽胃口。"

科学主义的确改变了观察自然之物，比如赏花的路径。不再是神秘主义的视觉审美，不再是借物抒情，不再是托物寓意，不再是——用理查·梅比的话说，不再是使某物"进而成为恭敬的伦理信条"。但如此一来，自然界真的就没有诗意了吗？面对梨花，生不出闲愁就没有诗意了吗？我觉得是有的。眼前这些勃发着野性的梨花，都让性器尽情开张，蜜蜂在花朵间无休无止地振动翅膀，颤音制造幻觉的高潮，或者高潮的幻觉。强烈的日光似乎被激情控制，嗡嗡作响。花等风来，等风来传粉，也就是将梨花蕊上海量的精子扬起，雌性因成熟而感空虚的子房在急切等待。

　　更何况树由人植，金川一地，历史在此造成了特别的族群，杂糅的文化。树生别境，这里雄阔的雪山大川，化育了这种最接近原生状态的梨树。中国的地理和文化，多样丰富。同一种植物在不同的地理与人文情境中，自然就生发出不同的情态与意涵。所以，不看主客观的环境如何，只用主要植根于中原情境的传统审美中那些言说方式，就等于自我取消了书写的意义。日本作家永井荷风在写梅花时就注意到了这个问题。他说："我一望见梅花，心绪就一味沉浸于测试有关日本古典文学的知识当中。梅花再妍美动人，再清香四溢，我们个性的冲动却在根深蒂固的过去的权威欺压下顿然消萎。汉诗和歌跟俳句，已经一览无余地吸干了花的花香。"美国文化批评家苏珊·桑塔格也说过艺术创新的根底，就是培养新感受力。也就是说，对于不同的对象，要有新的体察与认知。在这一点上，永井荷风也说过意思相近的话："我们首先须清心静虑，以天真烂漫的崭新感动，去远眺这种全新的花朵。"

　　的确，如果对此种写作方式缺乏应有的警惕，那就滑入那些了无新意的套路。我看梨花，就成了"我看"梨花，而真正重要的是我"看梨花"。前一种仅仅是一种姿态；后一种，才能真正呈现对象。今天，游记体散文面临一个危机，那就是只看见规定的意义，却不见对象的呈现。如此这般，写与没写，其实是一样的。法国有一个哲学家曾经指出，无新意的文本，造成的只是一种"意义的空转"。

所以，我看金川的梨花既考虑结合当地山川与独特人文，同时也注意学习植物学上那细微准确的观察。写物，首先得让物得以呈现，然后涉笔其他才有可信的依托。

所以，我看梨花，看到了一场战争造成如此意外而美丽的结果。

所以，我看到了西方植物学家所说的农业文明创造的"耕作的神话"。

所以，我看到了不同植物所植根的不同地理与文化。

所以，我看到了一年之中，不同的海拔高度上，蔷薇科植物开出了两个春天。

（原载《收获》2023年第3期）

阿来，藏族。主要作品有诗集《棱磨河》，小说集《旧年的血迹》《月光下的银匠》，长篇小说《尘埃落定》《空山》《格萨尔王》《云中记》等。曾获第五届茅盾文学奖。